醉死当涂

LET THE RIVER RUN

金十四钗 著
JIN SHISICHAI

长江出版社
CHANGJIANG PRESS

ZUI SI DANG TU

第十一章 不挂，不苟，不羁	132
第十二章 向君一揖	144
第十三章 夫虱之处于裈中	158
第十四章 醉死当涂	172
第十五章 是开始也是结局	181
番外 1 嗨，西班牙	187
番外 2 入围	196
番外 3 圣诞礼物	203
番外 4 新年快乐	210

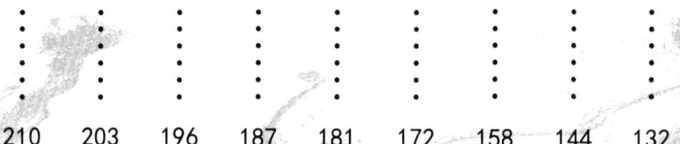

目 录
CONTENT

第一章　那个傻瓜在跳舞　001

第二章　押沙龙，押沙龙　017

第三章　做人好难呀　029

第四章　因小祸得大福　045

第五章　我们都是这样长大的　060

第六章　愤怒的子弹　074

第七章　我们都是玩风的人　083

第八章　肉身不死　096

第九章　饱暖思远方　112

第十章　我叫你大爷　125

我们像车辘辘一样承载着不断向前的使命，昂着肩上的头颅，躁动着腔膛里的心。

第一章

◀ 那个傻瓜在跳舞

"人和畜生差在哪儿?其实哪儿也不差,都是饥食渴饮,你死我亡——哎?你要不要来根烟?"

三月初,雾霾天,柏油地。

气温骤低于前些日子,这天儿多飘了一蓑牛毛雨,多吹了一口打头风,整座城市显得灰头土脸,眉目不清。副驾驶座上的男人是个坐不住的客,四十岁不到的样子,市井细民的打扮,叽叽歪歪自来熟,上车之后时不时要把头凑过来跟我瞎聊。这会儿他递上一包玉溪,我从打开的烟盒里抽了一根,说了声谢谢。

"这社会发展得太摧枯拉朽,人却还是那个熬不住饿的人,一餐不食就难受,三天不食立马英雄气短……"

"气短没关系,人活着头可不能低。"我把烟叼嘴里,用自己的打火机点着了。平时载客我不夹生,不拿劲,尤爱口无遮拦,但今天没太大心思发挥。路线比我预计中的要长,我心想就不该横穿整座城市送他去机场,车钱才给一百五,如果拉不到回程的客人,去了这趟远途的油钱,根本没挣头。

车是在车市上淘的二手白色雪弗兰景程,跑了七万多公里,但保养得还凑合。

为它我磨蜕了几层嘴皮子,最后以三万不到的价格拿下,险些把原车主的嘴给气歪。

我驾照拿得早,几包中华就搞定了驾校师傅,但决定买车还是三个月前,一来是图出行方便,二来是想载客营运。

其实就是开黑车,我跑得不算勤,运气好的时候,一个月也能入囊四五千。

目的地是市东国际机场,雪弗兰停在红灯前,再过两个街口,就该到了。

"就比如说你吧,为什么非要开黑车?"

我吐出一口烟雾,漫不经心地回答他:"不就是你刚才说的吗,我要吃饭啊。"

"一看你就没读过书,年轻人还是要多读读书,多一张证书多一块敲门砖，多一张文凭多一条谋生路……"

"我也想啊，从小就吃了没文化的苦——你会不会开车？！"

一辆红色的奇瑞突然从后头蹿上来，猛地打了个拐，要不是我反应快，他的车屁股一准儿擦烂我的车头。

奇瑞上的人估摸着不肯吃亏，当即摇下车窗骂了回来："你才不会开车！"

逆风香百里，骂人更得迎头痛击，对方这一回嘴彻底把我点着了。我又打一把方向盘回到道上，摇下车窗，把头伸进雨里，冲那车连珠炮似的大骂："你瞎撞什么？！撞死了没人管你儿子少教所管，没人养你老娘她得给你上坟，撞个半瘫不死你后半辈子分分秒秒都得住医院！"

奇瑞车不吱声了，我把手里的烟头扔出去，重新把住方向盘。

"你这人瞧着人模狗样……这嘴也太脏了。"身旁的男人露出吃惊的表情，似乎被我吓着了。

"嘴脏，心干净。再说，这不是良药苦口嘛。主要是教育他，生死时速，人命关天呢。"笑笑，我这人没别的优点，也就天生嘴贱，还挺过瘾的。

"哟！这不是顾遥吗？你偶像？"他从座位上腾起屁股，伸手拽了一把挡风玻璃前的挂饰。

别人都在车前挂什么辟邪木、平安符，唯独我挂了一个颇显精巧的相框。

相框里有张合影，我和大明星顾遥的合影。

两个男人看起来十分亲密，脸贴着脸，唇红齿白，仿佛挚友一般。

"不是偶像，是熟人。"似怕那人夺了我的相片，我从方向盘上腾出一只手把乱晃的相框稳住，半真不假地说，"他还请我拍过戏呢，就那部《大明长歌》，就那个最后刺死太子的常月，可我嫌剧本没劲，没接。"

《大明长歌》是两年前上映的片子，饰演常月的是个当时刚毕业于舞蹈学校的新人，就靠这么个看似不起眼的小角色一炮而红，从此星运亨通，票子赚到手软。

男人"嗤"地笑了一声，摆明不信。

"不信？我手机里还存着他经纪人的号码呢，是顾遥亲手给我输进去的。"

"哟喂，还亲手，你也太能扯了！"他又凑近了去看那相片，呼出一嘴馊了的口气，笑出一嘴被烟熏黄了的牙，"我最多就从这照片上看出一件事儿——你挺上镜的，不输大明星。"

夸我也不得劲了，我被这人的反应搞得很泄气，闭了嘴，专心开车。

雨声喧街，雨势不减，放眼望去人稀车少。唯有一些女孩子，年轻鲜嫩得像初春新透芽的枝丫，齐刷刷地穿着一款自印的粉色T恤，捧着花，拉着横幅，嘻嘻哈哈地小跑一路，噼噼啪啪踩出一串水花。

她们胸前印着一个男人的照片，我没看清，只看见她们背后印着一句表达爱意的英文，而倾诉爱意的那个名字是Lee。

看样子都是粉丝，来给哪个大明星接机呢。

去机场的路上常能撞见这样的事儿，我心无旁骛地继续开车，又堵一个红灯，目的地总算到了。

男人没给钱就下了车，我只得跟他一起下去。他掏了掏胸前口袋，掏出一本证件似的东西，伸长胳膊，让那东西在我眼前晃了晃——

窥一斑而见全豹，我瞟了一眼，证件显示他是市交通局的人。

"把驾驶证拿出来！"这人瞪亮了一双铜铃眼，一改方才的聒噪亲切，完全变了脸。

胆儿再肥的人也得被唬住，我大气儿不敢喘，乖乖掏出驾驶证交了上去。最近正严打，黑车司机大多不敢轻易接生客，就怕被来这么一下"微服私访"，治安拘留跑不了，还得交几万罚款。

"你叫……袁骆冰？"

打开驾驶本儿，这人一字一顿念出我的名字，见我点头，便又拿着本子重重拍了拍我的脸，跟老子教育儿子似的教育我："趁年轻就多读点书，干什么不好，非干违法的事儿。"

"哥，哥欸！您饶我一回……"我反应奇快，说话的同时还屈膝下跪，发出"扑通"一声脆响。

"家里太困难，要不困难我也不能违法呀！我妈死得早，我爸又病重，两天就得用一针药，那药一针就得好几百块钱……"我使劲挤了挤眼睛，成功挤出几滴泪，越哭越入戏，一把抱住他的腿，"哥欸，哥，我真不能进去……我爸肩不能扛手不能提，离了我一天都活不了……"

"得得得，别动手动脚的！穷山恶水出刁民，遇见你们这样的人最没法子。"男人看似饶过了我，往我面前的地上扔了一张五十块，然后说，"以后得长点眼力见儿，我坐你们这种车就没给过五十以上的。"

我突然有点怀疑，这人跟我扯了一路，根本存心涮我，此刻凶相毕露半真半假，只为少付一百块车钱。

低头去捡那张揉皱了的人民币，一摊泥水里映出一张长眉细眼的年轻脸孔——我看这人一晌，看见他眉目里深藏多年的愤、怨与苦，一经酝酿就汹涌欲出。然而这种陌生的情绪爆发未遂，泥水里的人影自己咂摸过来，他拂一把面上疲惫，又把惯常的嬉皮笑脸找了回来。

我慢慢地抬起头，对着那市交通局的人大声地喊："谢谢！谢谢亲哥！"

男人总算露出一脸"算你识相"的笑容来，走之前还不忘跟我说："大明星顾遥还找你拍戏？你扯个屁！我一个字都不信！"

雨毫无征兆地大了，打在地上噼啪作响，好比锣齐鸣，鸦乱飞。我从地上爬起来，攥紧手里的五十块钱，浑身湿透地回到车里。

车内空间狭仄，身上的雨水慢慢阴干，散发出一股不怎么令人愉快的腥味。

我抽纸巾给自己擦了擦，透过垂在眼前的湿发，一眼不眨地望着挂在车前的那张合影。

我这辈子扯过无数个屁，可今天还真没有。

我认识顾遥，还不止一面之缘。

我认识大明星顾遥，这事情得从王雪璟那个老娘皮开始说起。

我自幼学习舞蹈，开始只为修形健体陶冶情操，哪知道我竟有点天赋，很快就触各类舞种而旁通。起初我学跳舞，亦步亦趋地跟着我那身为舞蹈演员的妈，后来我妈跟人跑了，我就开始自学。十三岁时我欲更上一层楼,于是被我爸带去拜师于一位曾经享誉海外的舞蹈家,别人都恭敬地称呼她为"雪璟老师",只有我明里喊她"贤姐",背地里管她叫"老娘皮"。

老娘皮年轻的时候长得很像王祖贤,这是人所共知的事,即使现在应已年逾四十,看上去依然如绿缎子上刺的红牡丹,美得隆重又惹眼。她一直对外头瞒着自己的真实年龄,我也不知道她什么时候会死,所以每当我向别人介绍起她,开篇总是"生卒不详"四字。

老娘皮性子刚烈,自恃貌美与才高,既不懂向领导献媚,也不屑与同行相偎,因此开罪不少人,日子也越过越不如意。四十岁后她被更年轻的舞蹈演员们挤出了国家舞蹈团,只得自己开办民营艺术团(其实规模极小),靠教学生跳舞赚一点脂粉钱。

当时跟我一起在老娘皮这儿学习舞蹈的孩子不少,第一次见面,老娘皮就面目凝重地问每一个人,为什么要跳舞?

为名,为利,为陶冶情操,为光耀门楣……有人答得特别梦幻,有人答得特别现实,有人答得特别崇高,有人答得特别猥琐。

我记得老娘皮也问过我这个问题,我当时存心炫技,当着老娘皮的面跳了一个难度极高的动作,然后落地时崴了脚。

脚当场就肿了,皮下渗血渗得厉害,可能骨头都受了损伤,而我抱着伤腿嘿嘿傻乐,只说了一声:"喜欢,真的喜欢。"

多年之后回忆起当初练舞的日子,我始终认为,老娘皮对我"另眼相待"正是因为我的二皮脸遂了她心意,但也有知情的师哥师姐一早透露给我听,说我各方面都很像老娘皮曾经教过的一个学生。

好巧不巧,那人也姓袁。因为他比我年长,别人总以"大袁"的名讳提起他,再附上幽幽一声叹息。

艺术团里除我之外没第二个姓袁的,也算是冥冥之中一点缘分。所以我常问我的师哥师姐,那个大袁后来呢?

后来?后来大袁就被部队文工团挑走了。大袁觉得这是个成名的机会,可老娘皮不同意,她说他性子太犟,锋芒太露,不适合在那种地方生存,又说部队里同一个岗位上人才分配往往过剩,而表演"千篇一律的同质化现象非常严重，也不利于一个舞蹈家真正成就自我……

老娘皮说得直白恳切，但大袁认定是她有意阻碍自己的前程，于是一气之下不顾老娘皮的苦苦挽留，一意孤行地偏就走了。

在部队其实远比我们想得难，大袁这种以自我为中心又绝不低头逢迎人的性子果然在里头混得不如意，上头规定每年必须完成的百余场演出压得他喘不过气。估计是不忿于自己空有一身本事却无出头之日，大袁终于在某年大年三十的晚上给老娘皮打了电话，然后卧轨死了。

怪不得老娘皮从不过春节，也不需要我们这些弟子前去给她拜年，别人是爆竹声中一岁除，喜迎新年，而她总是黯然神伤。

我没机会见一面那个人人眼中的跳舞奇才大袁，但我愿意相信老娘皮待我严苛不为怀旧，只是惜才。那些日子她天天把我往死里操练，恨不能一天就倾其所有，而我也拼了命生吞死咽，恨不能一天就把她的浑身本事全吃进去。

老娘皮生平最得意的两支舞，一支是与德国现代舞大师合作完成的《践行柏柏尔》，还有一支是她自己编舞的成名作《醉死当涂》。

前一支舞我跳得青出于蓝，常能把观众跳哭，但后一支却百学不会。跳舞的人讲究"舞我合一"的境界，我却做不到。

我告诉老娘皮，我特别厌恶酒鬼，纵使太白有"沽酒与何人"的才情，在我眼里也只是语文课本上那个毫无雄性气质的死胖子。

那时候选秀节目不比现在多似牛毛，如果不进部队文工团，民间学舞蹈的人要想出人头地，就得参加大奖赛。我参加的那一届是第十七届，决赛地点安排在羊城，我头一回坐飞机，带着漱具、拖鞋、换洗的内衣裤、我爸悄悄揣我兜里的两个茶鸡蛋与一颗十八岁的灼灼雄心。

正式比赛开始前还有一场选拔赛，不在电视上直播，只会以花絮的形式做个剪辑回顾。

我这人有点人来疯的毛病，也不知道算不算缺点。从没见过那么大的舞台，那么多的观众，选拔赛时我跳了《践行柏柏尔》的其中一段，那支舞蹈不到七分钟，那几分钟里，我忘记了自己是贴地爬生的离离草，我乘风向上，苦尽甘来，我的血肉凝铸于舞台上，灵魂飘在万里之外。

一曲舞罢已浑身是汗，虚脱一般，而台下的掌声如旱天雷，炸响了一遍又一遍，我只得一遍又一遍向观众们弯腰谢幕。

　　我一直记得，那一晚我总共谢幕了六次。

　　后来老娘皮告诉我，我在台上跳舞的时候她就在台下哭，然后她通过一双泪眼看见，评委们也在哭。

　　可最后公布的决赛名单里却没有"袁骆冰"这个名字。

　　文艺圈、娱乐圈，但凡是人与人围成的一个圈儿，都特别讲究"人脉"。老娘皮与我得知消息时如遭雷劈，四处奔走，终于找着八丈远的一点关系，如愿见到了主办方的一位领导。

　　我听着老娘皮跟那人争执，她说："你也看见观众的反应了，他跳得多好啊！"

　　她反反复复就一句话，他跳得多好啊！

　　那人回答说："是，是跳得好。不止跳得好，长得也好，这孩子是为舞台生的，一上台就光芒万丈。可是不行啊，冠军已经内定了，有人砸了一笔钱，要捧一个也参加比赛的女孩子。"

　　"前三。"按理说老娘皮是个特别顶真的人，非第一入不了她的法眼，可她这回居然破天荒地服了软，对那人说，"这孩子真挺困难的，一直坚持跳舞不容易，给他个机会吧，就算不拿第一，我们拿前三也是可以的。"

　　那人摇头："你不能当观众都是瞎的啊，这孩子一跳舞，谁还看别的选手啊。播出以后一定会有人说是黑幕，这不是自己给自己找麻烦吗。反正他还年轻，以后再来吧。"

　　老娘皮与那人相争不下，却且争且让，一直低进了尘埃里。

　　最后那人被磨得实在受不了，以怜悯又厌恶的眼神看我一眼，说："决赛名单已经出来了，再改是不可能的。这样吧，我去跟那个出资人商量一下，看看能不能补偿这孩子一笔钱。"

　　眼见一切无可挽回，老娘皮顺了一下旗袍上浅浅的褶皱，她眼里泪光浮动，却笑如倾城名媛，艳烈逼人，她说："比赛不让我们上，那钱我们也不要了。"

连陪跑都算不上，才热身完就打道回府了。

我和老娘皮窝在火车站附近的小卖部里，一边吃泡面八宝粥，一边在一台六寸电视机前看完了正式比赛前的花絮回放，还真的，镜头剪得干干净净，连一个我的侧脸也没有。

去的时候我们意气风发，出手特阔绰地买了机票，回程就只剩下买硬座的钱。

超过三十个小时的硬座差点坐出我的痔疮来，我终于按捺不住，开嗓就骂："你个败家老娘们，你不要钱我要啊！头发长见识短的，难怪一直没男人肯收了你！现在好了，颗粒无收，白来一趟！"

老娘皮也不看我，合着眼睛，摆出一脸的"唯道是争，何悔之有"。待我聒噪够了，她才开口问我："还跳舞吗？"

恍惚之中我以为自己听错了，她的声音带着怯意，极不自信，闻所未闻。

"不跳了，我爸的身体越来越不行了，我等不了两年。"我回答得特别坦然，笑着跟老娘皮说，"这一次也不算两手空空，至少我觉得自己明白了两个道理，一是男生跳舞太娘炮；二是吃得苦中苦，不一定就能成为人上人。"

四十来岁的老娘皮突然就哭开了，眼泪吧嗒吧嗒往下掉，跟个小姑娘似的。

她一哭我就蒙了，不知怎么劝她，只得装聋作哑，把脸转向车窗外。

老娘皮哭着哭着就累了，一歪头枕向我的肩膀，慢慢睡过去。为免她着凉又为免将她弄醒，我小心翼翼地把外套脱下来给她盖上，然后自己在座位上佝成一团，瑟瑟发抖。

外头的天色很快黑透，月光明明暗暗，车厢里也就斑斑驳驳。这么大老远还坐硬座的人基本都不宽裕，累了，也就合上眼睛，胡乱睡了。一片起伏的鼾声里我摸了摸心口，里头一只冰坨子，冻得结结实实。

我把横空出世的梦想留在了羊城，随着火车一路向北。

北方好冷啊。

话扯远了,现在说回顾遥。

如前所述,我吃百家饭,也干百样活。因为我爸突然又犯了病,我顶替他给几个学生送外卖。那是我头一次进入大学校园,还是鼎鼎有名的戏剧学院,混迹在一众同气聚首又互看不惯的漂亮男孩女孩之间。我昂首挺胸大步向前,看静物,无论花草树木都觉新鲜;看活物,不管雌雄老少都不入眼。

大学就是大学,空气里都透着好闻的书香味儿。我在校园里乱晃,正逢秋光晴暖落叶簌簌,忍不住便骚性大发,扔下手里的外卖,腾空跨步,在连串的大跳之后做了个展臂飞行的舞蹈动作——

I believe I can fly!

有些不善的眼光瞥过来。管他们是不是把我当神经病。

脚尖刚刚着地,迎面便来了一个男人——

高出我半头,长相非常英俊。我铆在原地动弹不得,以目光与之短兵相接,来者温和,去者不善,十几秒钟后我招架不力,在他如春风化雨的眼神里彻底阵亡。

我当然认出了这张家喻户晓的脸,他是职场精英,也是民国阔少,是劫富济贫的绿林英雄,还是刀口舔血的黑帮卧底……

我从娱乐新闻里知道,这个人是顾遥,而他不止自己会演戏,研究生毕业后还留校任教了,年纪轻轻的就带出不少学生。

"行啊,功底不错啊!"顾遥露出白牙,冲我笑。那笑容不同凡响,如一豆火于一片黑,又暖又亮,大杀四方。

"还……行吧。"一颗心莫名起伏,在腔膛里乱撞,一双手都无措地不知往哪儿放。

"想演戏吗?"

"有钱拿吗?"

面对我问出的不合时宜的蠢话,顾遥又要人老命地笑了,这个男人这么英俊还敢笑得这么混账,简直如同欲望的渊薮,遥遥冲你招手。

"我的一部新戏还缺个角色,就要你这样会跳舞的人。"他笑着问我,"怎么样,想演戏吗?"

"我不会演戏。我没学过表演。"

"这不是问题，我可以在我的课上给你安排个旁听的座位。"

我天生爱占便宜，见对方和善，难免就要得寸进尺，说："我答应你前，你能不能也答应我一件事？"

顾遥不解："什么？"

"我想跟你……合个影。"想着机会难得，我尽量好看地冲他笑，笑弯了一双月牙眼，一脸纯良。

"拿你手机，来。"顾遥一把搂过我的肩膀，主动与我脸贴脸，拍了一张相当亲密的合影。然后他就低头摆弄我的手机，输入一个号码，嘱咐我有时间一定去联系他的经纪人。

"我还有事，得先走了。"顾遥已经转身了，可没走出几步又回过头来，朝我伸出了小拇指。一米八几的大男人，隔空对我做了个"拉钩钩"的手势，又笑笑说，"一定要来，我等你。"

当天我就把顾遥与我的合影打印出来，到家后扎进我那不足六平方米的房间，难得偷懒地躺在了木板床上。

即使闭上眼睛我仍激动难耐，感到心脏怦怦撞击胸腔，呼之欲出。

白日里做大梦也似，我想了很多。我想给我爸买套大房子，给他一个现世安稳；我想让老娘皮重回舞台，给她一支《醉死当涂》；我想在大学里和最姣好的姑娘勾肩搭背，一起昂首"蟹行"。

这些皆是我窗边的渴望，这些亦是我佛前的誓愿。

梦着梦着，更觉是三伏天里剖瓜吃瓤都比不上的好事，于是眼眶发酸，嗓子发痒。我试着哭两声，一开始只是小声抽泣，而后竟号啕大哭，哭得眼泪涎水一并流出，样子极其难看，我自己也不知道为什么。

隔壁的中年妇女打了通宵麻将刚刚回家，不堪受我骚扰，哐哐地砸我家的大门："大白天的号鬼啊号？你爸死啦？！"

这一吼吼得气壮山河，也把我从白日梦里唤回到现实中来。

"瞎想什么？演个小角色而已，真以为能上舞台了？"

待血液静了些，身子冷了些，把飘远了的魂儿牵回来，才意识到自己刚才那副样子难看得要死。别看我这人平时嘴贱，其实最是辈面素底

011

有耻且格,我骂了自己一句"蠢蛋",再看顾遥的相片一眼,便拿枕头蒙住自己的脸,好一阵子傻笑。

此后很多年我常想起顾遥那天对我说过的话,每次想起,我的枕头总是湿的,经年累月,它散发出潮湿腥气,洗都洗不干净。

可惜最后戏却没演成。我的梦想跟那些流出泪腺的眼泪、渗进枕头的涎水一样,它们逝去在南方,它们逝去在枕头上。

道家向来不对人这种生物高看一等,倒爱自诩为"倮虫",就是溜光溜光的一种虫子。正如我现在的处境一般,无毛、无羽、无鳞、无甲,换个意思便是,上头没人、兜里没钱、炕上没婆娘,还有在大雨里焦躁半天,却没等来一个客。

"姐姐,你好漂亮啊!姐姐,你要坐车吗?"一个穿毛呢裙子的少妇状女人从我面前走过,我立马笑得桃花灿烂,嗲声嗲气地对她喊。

一般人这么说话都会给人极不靠谱的感觉,何况还是黑车司机。但我不会。

我觉得老天爷待我哪儿都偏颇,唯独在皮相这一点上多有偏私,让我俊俏之中不失纯良,乍看一眼是好人,再看一眼更是好得不能再好的人。

雨天拉客本该不难,可今天真是炉子翻身倒大霉,那少妇一眼不看我,以伞遮面,走了。我极尽张罗之能,又在车里喊了老半天,一直喊到过了常人的饭点,也没等来一个打算坐我车去往西边的客,不得已,只得黯然接受空车回去的现实。

正当我垂头丧气打算打道回府,一个人影突然蹿进我的视野,我还没反应过来,他就一把拉开车门,湿淋淋地钻进了我的车厢。

"嘿……哥们儿?"我朝这人瞥去一眼——由头到脚一色儿的黑,口罩、帽子全副武装,墨镜隐约透光,依稀可见一双轮廓极美的眼睛。

"开车。"声音不错,清冷又性感。一上车就让我开车,该是早看出来,我在这儿等着载客。

"去哪儿?"我习惯性地发问,可话音还没着地,几个穿粉色T恤的女孩子便从他来的地方冒出头来,乍一眼还是三两个,转眼竟目测不下五十人，尖叫着扑过来，势如蝗虫轧过良田。

"先开车！"身旁的客催促着喊了声，我也被这阵势吓到了，赶紧发车。

居然还有追车跑的，不过柴火细腿跑不过四轮引擎，没一会儿便全甩开了。

我吸了吸鼻子，鼻腔里便满是这个男人的香水味，浓烈倒也不呛人，这车厢里鲜有那么高雅不俗的味道，大多时候飘着的是属于上班族那油腻腻的早饭味儿，或是醉汉那馊烘烘的臭脚味儿。

"哎，去哪儿？"我偷偷觑其眉眼，越看越觉得这张脸眼熟，只是这人藏掖得太严实，一时让人想不起来到底在哪儿见过。

他从口罩后头报了个地址，那地方我熟悉，电视台。

"等等，你是不是……"

我确定这位客不是艺人就是名人，刚想开口搭两句，他的手机铃声就响了。

"连安排专车这么小的事情都能出错，不用道歉了，直接让他滚。"

"我没推她，她疯了一样扑上来，结果自己跌倒了……"

"管好你自己的事就够了！记者想怎么写随他们，再说推了又怎样，没死也没伤，难道她还指望被我娶回家当'黎太太'吗？"

"……"

这人打电话时我在开车，貌似专心致志，实则时不时要拿余光往旁边瞥一眼——

他横冲直撞地发完一通脾气便撂了电话，根本不拿正眼看我，只慢悠悠道：

"你这对招子往哪儿放？别看我，看路。"

一个行人突然当道杀出来，我亏他提醒才没酿出大祸，却也险些把刹车踩成油门。

"不怪我牛嚼牡丹多看了您几眼，实在是您这范儿，啧啧，比明星还像明星……"惊魂甫定，我讪笑两声，赶忙掏出口袋里的名片递上去。

"袁骆冰……"他低头看了一眼我的名片，这么个平平无奇的名字被他轻声念来,实在好听得不得了。

"如果你要用车,随时可以打我电话。"我笑着回一句,不管明星还是名人,反正跑不了是个大客。

帅哥居然没扔我名片,随手机一起揣进了口袋里,然后一抬眼睛,看见了我与顾遥的合影——这张脸看着冰封三尺,可我打小眼尖,能辨锱铢毫厘——我明显看出他的面部肌肉微微一凛,嘴角不自然地抿一抿,然后才问:"你喜欢顾遥?"

"是……也不是……"我装模作样压低了声音,"我们认识。"

帅哥似乎对我的话来了兴趣,尾音扬起问:"你们认识?"

"是啊,他还找我拍戏呢,就那部《大明长歌》,就那个最后刺死太子的小常月。不过我嫌剧本没劲……"

帅哥不怎么礼貌地打断我:"常月那个角色台词不多,却十分有戏,电影里有不少他献舞人前的戏份,听说导演选角的时候北舞去了两次,两次都空手而回,所以直到开机前一天,人选都未定……你说顾遥找过你,那么说,你会跳舞了?"

"会啊,岂止会跳舞,我还拿过大奖赛的冠军呢。"话一出口我就悔了,我确实梦见过多次自己在大奖赛的决赛舞台上大放异彩,以至于一不小心就自欺欺人,以梦为真。可这位爷摆明了是圈内人,哪儿像一般的细民见闻有限,听见风就信了雨。

"大奖赛迄今二十届,真正的舞蹈家没出一个,十八线外的小演员倒是出了不少。"这位爷朝我微侧了侧脸,似乎隔着墨镜瞟了我一眼,"当然,还出了个黑车司机。"

好在对方也没深究的意思,只不置可否地翘了翘嘴角,便把头后仰,要闭目养神。

我怕再次失言,于是也就紧闭嘴巴,专心开车。

一路赶往闹市区,街上车挨着车,伞挤着伞,如置马牛于尘世,鸡鹜于樊笼。

我偶尔从车里望向街边,耸峙的精品百货前,伞下的几个妹子眉开眼笑,雨忽大忽小,闹着玩似的。

014

红灯，雪弗兰停在四通八达的商业街上，我扭头望着车外，精品百货的橱窗里贴着一张巨幅灯箱海报，顶级奢牌的亚洲区代言人，上头印着顾遥的脸。

比那年的他看着更成熟也更英俊了，我隔着几米不到的距离望着这张脸，却像遥望着山巅一捧新覆的雪，叹了口气，把目光往别处移了移，挨着顾遥的是另一家奢侈品旗舰店，入目而来是另一张英俊的脸。

灯箱海报上龙飞凤舞签着一个名字，黎翘。

我先惊，再愣，继而将信将疑，最后恍然大悟——我终于想起来在哪儿见过身边这位爷，不就在这儿吗！

黎翘与顾遥都是娱乐新闻的常客，戏剧学院的同班同学，顾遥演技更好，黎翘长得更帅，总体来说是半斤八两，各被媒体吹捧为"当红第一小生"，也各拥粉丝无数。

但网上一直有传，他们的关系远没面子上看得那么和谐，实则"敌不成死敌，友不成挚友"，微妙得很。

严格说来，黎翘不是我欣赏的那一型，相比温柔亲切、口碑甚佳的顾遥，他的美太过冷淡疏离，他的负面新闻也铺天盖地，而且他挑选剧本的眼光奇差，尽演一些屈从市场、谄媚观众的蠢片子。但不得不说，顾遥本人与电视上相去不远，只不过略显瘦些、高些，可黎翘就差得太远了，他真人远比硬照生动，五官的格局雍容华美，像个洋货。

"你……"我握着方向盘的手掌都出了汗，刚想酝酿一段俏皮话儿来活跃气氛，没想到手机铃声又来扰人。

这回是我。我腾出一只手去接手机，听见里头噼噼啪啪传来一通话。

我爸出事了。

挂了电话。我怔了好一会儿，才回过魂儿跟黎翘说："对不起，我不能送你了，家里出了点事儿。你要不在这里下车吧，这儿叫车不难。"

"你这一年里的事情计个总和，也不会比我一天的事情有价值。"黎翘低头看表，显得非常不耐烦，也根本没把我说的"重要事"当一回事。

"爷，"我苦着脸告饶，模样活像奴才，"我真有催命的事儿，这车费我不收您了,您就下车吧。"

谁想这人从皮夹里摸出一沓百元大钞,"啪"就朝我脸上甩过来。钞票散落在地上,他嘴角讥讽地翘了翘:"你现在收了,可以闭嘴开车了。"

拔出萝卜带出泥,再美的皮相也掩不住这欠骂的本质,喉咙口的话在翻江倒海,我勉力忍住,忽然猛打了一把方向盘——

车掉了头,向反方向疾驶。

"你去哪里?"黎翘显然不满意,拔高了音量冲我嚷。

"对不住了爷,"我一脚将油门踩到底,回头对黎翘嫣然一笑,"您既然不肯下车,就麻烦陪我跑一趟吧。"

第二章

◀ 押沙龙，押沙龙

我爸出事了。

我说我对酒鬼深恶痛绝,这事不赖李白,得怪老袁。

国企体制改革前,老袁捧着的是人人艳羡的铁饭碗,最风光的时候,成天跟着厂领导外出应酬,不知自己只是酒桌前的挡箭牌,还以为自己是天底下最大的能人。

那时候老袁每天喝得云里雾里,高兴了就把我扛上肩头,为我当牛做马,不高兴了就扯红了脖子爆粗口,还动手揍我妈。

我妈也不是傻的呀,揍多了就跟人跑了。

曾经的三口之家变成了老少两个爷们儿相对瞪眼,灶头常年是冷的,屋子常年是乱的,一纸离婚书带走了一个在家能顶半边天的女人,最终谁也没陪谁慢慢变老,谁也没陪谁把风景看透。

哪想到祸不单行,国企改革的呼声振聋发聩,旱涝保收的铁饭碗一夜间没了,老袁也把身子喝垮了。

肝出了大问题,偏偏又中了风。医生告诉刚进初中的我,老袁脑室扩大,疑似得早了老年痴呆。

就这么一个脑子不清不楚的老东西,依然嗜酒如命,时常就要为它犯浑。

刚才一个陌生人给我打了电话,劈头盖脸就说:"你爸爸在超市里偷酒喝,被一位女士发现以后还当场撒野,行径极其恶劣。"

我身旁坐着难得一见的大客,可电话那头的人威胁我说,若我不马上出现,超市的保安就得扭送老袁去派出所,还要告他猥亵妇女。

停下车,我便再顾不上副驾驶座上的黎翘了,急匆匆地一头栽进雨里,几步跨进了超市。

超市经理八字浓眉绿豆眼,模样生得不堪,讲话倒算客气。他带着我去看了闹事现场,架子上的酒瓶被推倒了一整排,一地酒水与能扎死人的玻璃碎片。

听对方细数老袁劣行的时候,我面上镇定实则两眼发黑,直到偷偷瞥见了标价,方才吁过一口活气。

万幸,不是千儿八百的茅台五粮液,只是六块六一瓶的特加饭。

"弄得一塌糊涂,不报警都不行吧?"超市经理指了指地上的狼藉,挑了挑他小眼睛上的两道八字眉,露出一脸"你看怎么办"的表情。

还能怎么办?我来办呗。

"对不起,对不起,我爸生病呢,脑筋不灵光,砸碎多少我来赔!"我堆起笑脸,点头哈腰地向人家赔不是,超市经理"哼"了一声,一双豆眼仍然指在地上:"刚才我们保洁阿姨的手都划破了,这地……"

"我来扫,我来扫!"我心领神会,马上接话,"让阿姨休息吧,给我个拖把簸箕,我来扫!"

超市里的人给我拿来了扫帚与抹布,也把老袁从保安室里带了出来。

老东西被一个保安推搡着领到我跟前,他一步三晃,颤颤巍巍地来,一见我就认错似的低下头。而那个被他抓了一把的女人就跟在他的身后,看着三十五六,脸上粉厚不匀,身上姹紫嫣红,一见我就破口大骂。

"你爸这把年纪了怎么还那么不要脸!家里没女人是吧?"

女人生得丰满,嗓门也厉害,超市里购物的人都被那不依不饶的架势引了过来,听她张口一句"老东西",闭口一句"不要脸"。

"要是神经病就该在家里待着,出来闹就不对了……"

"看来儿子也不是个孝顺的,否则能让老子变成这样?"

看热闹的从来不嫌事儿大,周围的人很快加入了讨伐阵营,仿佛都亲眼见了一个嗜酒的老汉猥亵年轻女人。不怀好意的言语来自四面八方,我故作听不见,任骂声指戳,任笑声冲撞,只跪在地上埋头打扫,一边抹干酒液,一边收拾玻璃残渣。

老袁就在离我不远的地方,可我嫌他大庭广众之下给我丢脸,存心不与他目光接触。估摸着超市经理还以为我偷懒,轻咳了声,往老袁站着的地方指了指:"那儿呢,那儿还有不少碎玻璃呢。"

当我清扫到老袁脚下时,忽然闻到了一点骚味儿,循着这味道略直起背,我才发现他正两股战战地站在我面前,那条深蓝色的裤子一直从裆部湿到脚踝。

在众人的骂声下,我爸失禁了。

然后他就扯了扯我的头发,见我望着他,便抖动两片干涩的唇,小声辩白:"碰……碰到的……不是摸……"

惨白的灯光照着一个流言中手无寸铁的老人,他庞眉白顶,脸纹纵横,这样不知所措地站在这个地方,像一个被嚼烂了的笑话,又像一口被唾出的痰液。

我看见老袁脸上有几道血印子,然后立即想到,该是那个女人自以为被摸之后,怒而兜了他几个嘴巴子。

我的体表在瞬间发烫,而身后的女人仍扯着大嗓门在喊——

"你们说这老东西是不是不要脸?"

"你也不撒泡尿照照自己,就你这德行,我爸摸你?"我站起身,挺直腰板,恨不能把天下的污言秽语全吐她脸上,"那么大的脸子还想讹我爸,你不嫌臊,我都臊死啦!"

"你再敢骂一句?!你再骂我立刻报警抓你爸,你信不信?!"女人似乎被我激怒了,扑上来就要抓我的脸。

也有自诩怜香惜玉的男人要替这女人出头,超市里顿时鸡飞狗跳。

面对伸过来的拳脚,我只有一个念头:死死护住我爸。

突然间,有人在一团乱里喊了一声,如同抽了釜底薪,大伙儿都安静了。

"黎翘啊!这不是黎翘嘛!"

黎翘不知何时出现在人群中间,我讶异于他还摘了墨镜,亮出了身份。

"爷,你来了!你来了就好!"

来不及发蒙,我一把拽住老袁,半是本能半是狐假虎威,一个劲地往黎翘的身后躲。

到底是家喻户晓的大明星,三言两语就把群情激奋的大伙儿给摆平了。

黎翘说:"结伙殴打他人的行为如何认定我不清楚,我不过想问大家一声,你们是打算跟我的法务谈一谈,还是过来和我合个影。"

这一出场,很有点英雄救狗熊的意思。然后超市里的人就一拥而上了,黎翘从头到尾不厌其烦,迷人的微笑一直挂在脸上。

刚才还挥拳头揍我的男人甚至把手机递给了我,让我给他们拍个合照。

从别人的镜头里看出去,黎翘是鸡群中的一只鹤,真好看。

或许是因为我伴装与黎翘沾着亲故,临走的时候超市经理没要我一分钱,居然还给我道歉,点头哈腰的样子与先前判若两人。

扶着老袁离开了是非地,我只差没给这位仗义出手的大明星当场跪下,一路都在喋喋地感恩戴德,他却沉着脸,一言不发。

停在我的雪弗兰车前,想起刚才那群满足于与偶像合影的路人,我也忍不住掏出手机,向黎翘请求合个影。

没等来黎翘点头,我打开手机的自拍模式,自说自话地就去搂他的肩膀,可没想到对方突然对我出手一推,我一步不稳,险些跌在地上。

"为什么要跟我合影?"

阳光下,方才看出这人的眼珠比寻常人的颜色淡些,不是更温暖、更常见的琥珀色,却是倨傲森冷的烟灰色。

这话问得突如其来,我全没想到这么个简单的要求会被拒绝,一时不知怎么回答。

"合个影,然后跟下一个乘客说,你认识黎翘,跟他很熟,他眼巴巴地求你拍电影,然后你拒绝了?"

"我……没必要这样说……"

"那么,你就有必要自称是第十七届大奖赛的冠军吗?"

一句话让我由头凉到脚底心,可胸腔里却莫名点着一股火。这个人的视线令人太过懊恼,我便更狠硬地将这目光顶回去了,一字一顿告诉他:"我会跳舞,而且我跳得很好。"

面对我一本正经的回答,黎翘居然笑了,笑得艳光四射,白牙尽露,令人眼晕不已。

笑足了一分钟之后,他说:"第十七届大奖赛的冠军名叫杨滟,我跟她认识了很多年。"

"脚踏实地活着的人,即使身处逆境也不可悲,反倒是你这样的人——"意味深长的一个停顿之后,黎翘取出墨镜重新戴上,彬彬有礼地与我爸打招呼,叫了他一声"叔",还嘱咐他当心身体。

然后他抬手拍了拍我的雪弗兰,拍得雪弗兰的车盖砰砰作响:"好好开你的车吧,袁骆冰。"

这个男人居然记住了我的名字,可我分明看见了他墨镜后的眼神——这是我早已见惯不怪的眼神,轻蔑夹杂厌恶,如同俯首鞋底一撮泥。

我住的地方紧挨火葬场,换房子的时候一点没考虑吉不吉利,只贪图便宜,又信了中介的鬼话,说这儿其实"闹中取静"。

初来乍到的我每逢出殡便要难受,闹丧的锣鼓耆然响然,哭丧的人比锣鼓还能闹。

时间长了才明白,"闹与静"无关"孝与逆",闹的未必伤心,静的未必不孝,多少子欲养而亲不待,最后都变成了几家坟上子孙来。

于是我跟老袁说,你活着的时候我待你好点,你死的时候我就不哭了。

夜里扪了扪心口,觉得尚对得住它,自此日子照过,心如止水。

小区没车位,我不得不花了点钱打点了附近小区的物业,好处是不必担心乱停车被贴条,坏处就是停车以后还得步行二十分钟。

连天的雨总算消停了,在天黑透之前,我扶着老袁穿过一条极窄的巷,往家的方向走。

老袁大约也知道今儿这出闹得太离谱,偏着头,佝着背,与我一路无话。

上了年岁的老公房,设施不佳,遇上大雨排水沟就容易堵,小区门口这会儿已经积了水,像一片静水流深的湖。我目测水深漫过了小腿肚子,于是便卷起裤腿,脱了鞋,让老袁把鞋拿手里。我跟他说,牛皮的,可贵了,你得给我拿好了。

然后我就弓下腰,把这柴瘦的老头儿背在了身上。

"人家都说子女是父母的讨债鬼,屁咧!上辈子一定是我欠了你了⋯⋯"水比我想象得还深一点,煞浑煞冷,看不见的地方,还有酒瓶盖之类的东西隔着袜子直硌脚。

刚蹚过去,老袁就在我背上不安分地动了动,问我:"就这么走了,后来人呢?"

这老东西的脑子时好时赖,这会儿就是好的时候。我跟他有点默契,点头说:"那你坐边上等一会儿。"

我来来回回好几次,找了砖头与木板,在出入小区的必经之路上,找准较浅的地方,给后人垫了一条不用脱鞋蹚水的小道。

既然背了就背回家吧,我又把我爸驮上后背。老东西看着嶙峋,实则若泰山压顶,沉得不得了。我庆幸自己练舞出身,腰细且柔韧,否则定要被他压折了。

沉默一会儿,老袁开口:"今天在超市里那人……挺好的。"

想也不想便晓得他说的是黎翘,点了点头:"是挺好的,车费给了两千呢。"

老袁以重音强调:"长得好。"

这是实话,我又点头:"嗯,活人里头是没比的了,神仙恐怕还能争一争。"

老袁突然打我,就拿我的皮鞋,还不是做样式,结结实实以鞋底板兜了我一个嘴巴子。

"袁国超,你再打我,信不信我这就把你撂水里!"我无辜被打,立马如火蹿房梁般跳起来,"您老知道我为什么至今还单着吗?就是不愿意祸害您老的第三代,隔代遗传懂不懂,你孙子要跟你一德行,人家上有老下有小是父慈子孝天伦之乐,我呢,手里提溜个小畜生,背上还驮着只老王八!"

老袁"啪"地又拿鞋兜我一个嘴巴子,火了:"我什么德行?!我德行再差也是你爸!"

"什么德行?在超市里尿一裤子的人可不是我——"我险些气急败坏兜不住嘴,努力冷静下来,问他,"哎,袁国超,你跟我说实话,你到底是不是存心摸那女人?"

老袁病了之后一改往日的嚣张作风,在哪儿都低头自认孙子,独爱对我摆老子的谱。可他嘴皮子没我灵活,被我骂了以后久搭不上腔,半晌才来一句:"不记得了。"

我扑哧笑了:"行啊,你个老流氓,不枉我今天跪到腿软。"

老袁又不说话,只悄悄搂我紧些。

老东西骂我,我常勇于回嘴,可他一认厌我鼻子就止不住地发酸,我故意开玩笑,跟老子安抚儿子似的说,"总有一天,你儿子会有大出息,以后你就告诉别人你是袁骆冰他老子,所有人都得对你肃然起敬……"

小区里有不咋亮的路灯,我披着一脉微光,驮着我的老子,脚踏实地,一步步向前。

夜凉如水,濯洗城市尘霾,今晚的月亮特别皎洁。

回到家里,又擦又洗地把老袁安顿在厅里的沙发床上,我洗毕碗,刷完锅,把他尿湿的裤子泡进盆里,便打开电视看了会儿娱乐新闻。

我把桌椅推了推,在狭小空间里挪出一块地方,坐在电视机前,轻轻松松拉开一字马,就如同我刷牙的时候总会把腿掰过头顶。我虽然不怎么相信自己还能回到舞台上,可台上一分钟,台下十年功,十来年的汗与泪和血吞,总不舍得轻易荒废。

其实平时我不太爱看这类新闻,今天不知怎么就格外留心了一下,果不其然,电视画面还没出现就听见了黎翘的名字。

单独一个专题,标题也是触目惊心——细数黎天王的七宗罪。

据说今天电视台本有一个为帮助脑瘫患儿的公益类节目,一众明星应邀出席,隆重亮相,唯独黎翘一身由头黑到脚的简装,还迟到了近一个小时。到场以后也不理记者提问,不与主持人寒暄,从头到尾没给一声解释,只摆着一张"女人只要看着我就能疯狂"的臭脸。

恰巧就是前两天,他刚刚惹上麻烦,把一个前来接机的女粉丝推了一个跟头。

向粉丝动手,那粉丝还是高中生。这事儿可太大了,媒体人口诛笔伐,可黎翘照旧我行我素,拒不道歉。

我想了想,黎翘今天迟到好像是因为我,虽然这人视我如鞋底泥,但一码归一码,我不信他推了那个女高中生,也不信他真如媒体所言那么混蛋。

看完娱乐新闻外出倒垃圾，正好遇上邻居丫头范小离练舞回来，她喊我一声："冰哥！"

小丫头过年之后刚满十八，丹凤眼配瓜子脸，皮肤很白，最难得的是跳舞的人讲究"三长一小一个高"，就是长手长脚长脖子，再加小脑袋与高脚背，范小离统统符合，上肢轻盈下肢有力，这么得天独厚的身体条件就是老天爷赏饭吃。

范小离自己也知道，她跟我一样在老娘皮那儿学舞多年。我看过她跳舞，拿手的绝活是《莲颂》与《汉后子夫》，确实极有灵性。我猜老娘皮一定颇中意这丫头的灵慧气质，没准儿还有一种老来得子、后继有人的喜悦。

我也喜悦，而且是既喜悦，又懊丧。喜悦终于有人能传承老娘皮的衣钵，懊丧那人竟然不是我。

范小离这阵子正在全力备战四个月后的第二十一届大奖赛，天天比打鸣的鸡起得早，比归巢的乌鸦回得晚，但她从不抱怨，她深信自己会在赛场上一舞成名，然后顺利转入娱乐圈；她深信自己不是鸡也不是乌鸦，就是一只等着青云直上的凤凰。

"比赛的时候跳哪一支舞决定了吗？"我不忍以我当年的境遇泼她冷水。

"雪璟老师希望我跳《醉死当涂》，可那舞实在太难了，我大概会在《莲颂》和《汉后子夫》里选一支吧。"范小离把脸向我凑近，压低了声音说，"冰哥，透个秘密给你听，我在路上碰上星探啦，她邀我去做个节目，我还没想好去不去。"

"去不去你自己拿主意，可别在老娘皮面前说这个，她这人是舞痴，也寄望别人都是。她要知道你比赛前分心去录别的节目，铁定要撕你的脸。"

范小离吐了吐舌头，知道我不是吓她。

我突然叹气："如果你能跳《醉死当涂》就好了，老娘皮的毕生心愿，就是这支舞蹈后继有人。"

范小离也叹气："我是真的跳不好。我练过几百次了，可老跟东施效颦似的，仿不出那个神韵来。"

停了停，她说："说到这个，雪璟老师今天又提起你了，论舞蹈功底你当排第二（第一应当是另一个姓袁的），但论悟性、天赋，谁都差你一大截。她每次提到你眼眶都会发红，我看得出来她挺想你的。你为什么从来不回去看看她呢？"

这个问题把我难住了，我也不知道为什么。

不再跳舞以后，我确实再没回去探望过老娘皮。我知道她对我有怨，她认为我不该作贱自己的舞蹈天赋，她认为我应该极尽绚烂之后死在舞台上，而不是每天碌碌奔忙，活得像狗一样。

就在我放弃舞蹈的第三年，老娘皮曾经主动来找过我，她给我带来了西班牙皇家吉萨尔舞蹈学院的录取通知书。

闻名世界的艺术殿堂，孕育了多少令世人惊叹的舞蹈家，老娘皮托了不少关系才让那边愿意破格收我进去，甚至她还打算卖掉她唯一那套住房为我支付高昂的学费。

这是令人不可置信的好消息，可我不满意她不是先来找我，而是先去找了老袁。

老袁好面子，他不要嗟来之食，也不愿拖我后腿。他所能想出的唯一两全其美的解决法子就是去找老厂的厂长。据说他带了铺盖蹲守在厂长的家门口，堵着对方不让出门，他一边哭一边说他这一身的毛病是为领导挡酒挡出的工伤，厂里得负责他的养老送终问题，或者简而化之，给他一笔钱。

这个据说，是据民警说。

厂长被老袁哭烦了，放狗赶了几回也没赶跑，最终忍无可忍报了警。民警没责怪老袁，把他送回家时却责怪了我，说家里有老人得病就得好生看管着，都是爹娘生父母养的，这是人之所以生而为人最基本的道义。

我觉得这话很有道理。

"我都两年没跳舞了，腿都劈不开了。你要真想帮我，别整这些弯弯绕的，直接给我钱吧。"我心里怨老娘皮施加无形压力于老袁，脸上还笑得特别轻松，"我正好想给我爸换进口药，顺便再给他添件皮大衣，老邻居请喝喜酒,得给老东西挣点面子。"

老娘皮当即毫无形象地骂我,她甚至当场举了一个例子,有报道说政府为救饥荒送去了粮食的种子,结果却被当地的农民煮熟吃光了,何其愚昧,何其可笑。她的意思很明白,我弃大好前程于不顾,只图眼前蝇营狗苟。

"我这人就是稀泥巴糊不上墙,您老别为我瞎操心了,多余。"我当时已经痛不欲生,把心一横,拉开门就把老娘皮轰了出去。

此后几乎再没见过。最近一次见她还是半年前,当时我在一所中学门口摆摊卖烧腊饭。

"几多钱话你知啦,嗱,畀你。(多少钱告诉你啦,哪,给你)"

为显示自己的烧腊味道正宗,我时不时要冒出几句粤语来。这招不赖,除了与城管打游击实在头疼,我的烧腊生意一直不错。正当我操着半生不熟的粤语跟一个买烧腊饭的女孩说话,突然感到不远处一束目光直直盯着我。

我抬起眼,看见站在街对面的老娘皮。

也归咎于天热,脸颊一阵烧,额头的汗突地滑了下来。手上满是油腥,我以肘弯擦了擦脸,可手还未放下,汗又下来了。

手忙脚乱,狼狈不堪。

老娘皮牵着一个学舞蹈的孩子,静静望着我,我看见夕阳在她脸上退逝,她的神情就像泣玉的卞和一般悲痛欲绝。

"哎,你的脸突然好红啊。"

"热到冒烟啦。"我把视线从老娘皮脸上挪开,埋低一张脸。

我被城管撵过无数回,冷嘲热讽没少挨;我跟别的小贩争占有利地盘,斗完嘴皮挥拳头,从来不落下风。

可我唯独受不了老娘皮这样的眼神。

她毕生奉献于舞蹈,我曾是她与舞蹈的唯一血脉。

世人不识我为和氏璧,便是我自己也忘了,我好像生来就是一个横系腰包的小贩,每天回家数一数那些油腻腻的票子就很满足。

"我跟那人说了别剪短,结果他一刀下去剪了那么多,你看,这头多傻呀。"

刚才叫我的女孩是个熟客,她这会儿又苦着脸跟同伴说话,像是对新剪的发型不满意。

生意总是要做的,我麻利地将黄瓜切段、烧肉切片,将米饭装盒,外套一只塑料袋。我重整旗鼓,灿烂一笑,一个马屁拍得是倍儿响亮:"你的头发剪得好靓,我都想同你去逛街啦!"

女孩被我夸得神清气爽,从我手里接过打包好的叉烧饭,笑说明天还来照顾我的生意。

待我忙过一阵再抬起头,老娘皮已经不见了。她站过的地方空无一人,只剩下黄昏过后死气沉沉的夜色。

第三章

做人好难呀

范小离最终还是决定去参加那档选秀节目，固定的明星导师搭配每期各异的男神嘉宾，大腕云集，噱头十足，未播先火是必然的。

范小离能得到这次机会也不容易，初试、复试连着几轮，直至面见导演最后拍板，一路过关斩将，张孤军奋战之空弮，冒众美咸集之白刃，杀翻的同龄女孩怎么说也有好几打。这种险中求胜的血腥场面极大膨胀了她的自尊心，若说一开始范小离还抱着可去可不去的态度，这下已是非去不可了。

我开车送她去电视台和导演最后"聊聊"，自己在外头瞎晃悠一阵，看时间差不多了又把车停在了电视台门外，等着。

不一会儿节目组总导演亲自送她出来，我听范小离说过导演姓瞿，履历丰富，年过四十，可出现在我眼前的男人至多三十出头，板寸头，长圆脸，圆润的鼻头上架着一副黑框眼镜，有点知识分子的意思。

这是被岁月厚待的人，哪像我爸，明明五旬开外的年纪，可看着足有七十岁。

瞿姓导演正在与范小离说话，我不便过去，坐在车里静静地等。我注意到两人说话的时候，导演把手搭在了范小离的腰上，这一搭就似被牢牢黏住，再没拿开。他仍落落大方，谈笑风生，但在我看来，这个搭腰的动作传递了一个极危险的信号——同是男人，彼此的斤两一掂量就门儿清。

打小学跳舞的人大多有个毛病，平日里也习惯端着功架，随便动一动都显得刻意，都像搔首弄姿。此刻的范小离笑得一脸不谙世事，腰肢细扭的样子更像是一种默许。

我忍不住下了车，朝他们走过去，范小离率先看见我，喜洋洋地挥手招我靠近。

对着导演，范小离介绍我是她男朋友，我一面笑成狗腿子，嘴里说着"请导演多关照我家小离"，一面在心里安慰：这丫头也不是一点心眼不长。

"小袁啊，到时候为了节目效果，可能要小离配合着演一演，你看见了可别往心里去啊。"瞿导演比远看更有气质，说话字正腔圆，声音浑厚得不得了。他将范小离的灵性、悟性狠夸一通，我一颗心也稍稍放了下来。

范小离随我回到车上，安全带还没来得及系上，便双手合十，做出个乞求的姿势："拜托啦拜托，不要告诉雪璟老师。"

然后她便掏出一只信封，硬塞在我的手里，说这是她录一次节目能得的报酬，如果播出以后各方反响不错，薪酬还会水涨船高。

打开信封看了看，八百块钱。

"你这是……哪一出？"

范小离楚楚可怜地眨着眼睛："我现在也能挣钱了，你给叔买点好吃的吧。我早想着好好孝顺他，叔待我比亲爹还亲，你就是我亲哥。"

钱有妙用。既能抚人心，也能堵人嘴。这八百块钱当然不是为了收买我，更多是为她自己求一个心安理得。范小离这点小伎俩瞒不过我的眼睛，只怕连她自己也骗不过。

她如我一般承受不了老娘皮失望的眼神。

范小离的童年幸也不幸，她爹一刻下不了麻将桌，她妈每天打扮得花枝招展地出去鬼混。范小离在家里存在感稀薄，就像一阵风吹来的一颗种，瘠沃看运气，爱长不长，若非她后来被收在老娘皮那里学跳舞，不定要坏成什么样。十四岁那年她得了软骨瘤，爹妈照旧撒手不顾，还是老娘皮带着她四处求医，据说当时为她手术垫出的医药费，范家至今也不肯还上。

老娘皮一生嗜舞如命，绝儿断女无怨无悔，但对每一个跳舞的好苗子都是顶上心的。

我一点不担心老娘皮会自己发现这件事。她自诩艺术家，活得倒像古墓里的小龙女，不上网，不看电视，更不关注娱乐偶像。纸包不住火是不错，但这把火要烧到老娘皮那里，只怕范小离早已红遍全国了。

但我担心范小离。

"你真要去我也拦不住，就说一句，守住一个舞者的底线，好吗？"我不能轻言娱乐圈是个大染缸，但谁又能说不是呢。

"好。"范小离该是听懂了我的话,一张俏丽脸蛋上的表情精彩纷呈,回答我的声音轻细得像鸽子叫。又是好长一段时间的沉默之后,她嘻嘻哈哈笑起来,像是自己安慰着自己说,"导演跟我说了,节目里有一期的男神嘉宾就是你最喜欢的顾遥,而且据说如果收视率不错,以后这节目得拍综艺大电影,我还有机会登上大荧幕。"

顾遥的名字让我的心脏微微一拧,不再说话。

"对了,冰哥,我一直都没问你,好端端的,你为什么不卖烧腊饭了?"

"一会儿禽流感一会儿口蹄疫的,靠天吃饭真不容易,还是开车轻松些。"

我胡乱诌了一个理由。因为我没办法跟她坦白,坦白说我那天看见了老娘皮,看见她站在落日与我之间,那么绝望悲戚。

"活着好累啊。"范小离挨着我坐了坐,把头枕上我的肩膀,问,"这句话粤语怎么说?"

我细细想了想,跟她说:"做人好劫呀。"

送罢了范小离回家,我继续开着黑车在街上晃荡,等着下一个坐车的客。

没想到人没等来,却接到了一个陌生号码的来电。

电话那头的声音非常沉稳悦耳,开口第一句便是:"您好,我是黎翘的助理。"

这个男人自称吉良,是黎翘的第一助理,他报出一个寸土寸金的豪宅地址,告诉我黎翘想见我。

见我犹疑,对方又说:"这次见面你只得不失,希望你还是郑重考虑。"

我如他所说郑重考虑了一下,觉得自己确实也没什么还能再失去的,姑且就去吧。

黎翘的豪宅位于中央商务区,真正的翠柏环绕,闹中取静。我有点怯场,开车在外头兜了几圈,直到吉良出现在别墅区正门口,我一眼就把他认了出来。

他似乎也一眼认出了我,朝我招了招手,待我停下,就主动上了车。

听音识曲,吉良果然不负我望,嗓音醇厚,人更儒雅,三十五六的年纪,穿得体面又不浮夸,笑起来嘴角还若隐若现有个梨涡。他不似我印象中的明星助理,既不市侩,也不目中无人,倒像是位谦谦有礼的绅士。

聊过以后才知道,原来他是日籍华人,因为担任黎翘的助理这些年一直留在中国,也不知道算是背井离乡,还是重归故土。

吉良不会主动找话题,但却是最好的听众,听着我胡侃会面带微笑,时不时扼要地插上两句。停车入库,跨进那避暑山庄似的别墅前,我忐忑更甚,忍不住问他:"为什么黎天王想要见我?我这一去不会有去无回吧?"

吉良几乎失笑,却仍避而不答。

在黎翘的别墅里,我等了大约二十分钟,也没见他人影。吉良似乎担心我不耐烦,对我解释说:"如果没有工作,黎翘每天这个时候都会运动健身,他喜欢裸泳又不喜欢自己肤色太白,正好一举两得。"

"没事儿,干司机这行,等人是家常便饭。"

等黎翘出现的时候,一只成年体型的阿拉斯加犬不知从哪里溜了出来,见我不怕它,它倒也不欺生,懒洋洋地卧于我的脚边。

又等了大约二十分钟,大明星才姗姗现身。

大概是刚从水里出来,黎翘整个人半湿不干,上身不着衣物,只以一条白色浴巾裹住下身。以前电视上看不觉得,这才发现这人还挺壮的,肩宽腰窄的T型身材,胸肌饱满,腹肌健美,亮晶晶的水珠从肌肉的凹槽间滚落,看得同是雄性动物的我自惭形秽,恨不能自己啐自己一口痰。

一眼不看杵了老半天的我,黎翘冲大狗打个响指,那狗就乖乖起身,颠颠过去了。

待他坐定在沙发上,屋子里又多了两个女人,一个"萝莉",一个"御姐",萝莉姓殷,御姐姓林,都是平日里难得一见的美女。

她们看样子像是黎翘的女助理,殷萝莉手拿一条毛巾,林御姐手拿一只托盘，上头摆着一杯绿色的蔬果汁与一盆水煮的西兰花与鸡胸肉，细撒了一层盐粒。

黎翘接过毛巾，擦了擦脸，又指着那杯翠绿色的液体，问："林姐，这是什么？"

林姐的脸绷得很紧，答他："西芹芦荟汁。"

黎翘明显皱了皱眉头："我又没出家，为什么要吃这些？"

吉良在一边提醒他："新片两个月后就开机了，这两个月里你至少得瘦掉十公斤。"

"念念台词，刷刷脸，演这么个没营养的角色，也就只能吃这么没营养的东西。"黎翘一脸嫌弃地拿起那杯西芹芦荟汁，跟喝中药似的灌下一大口，立马就重重搁下杯子，翻了翻白眼，示意御姐把这些难以下咽的东西都端走。我看出来他此刻的情绪相当坏，不禁偷乐：原来明星跟我们这些普通汉子也一样，也不是不食不屙的神仙嘛。

吉良笑了："陈导说这角色非你莫属。"

"可他上部戏却只肯考虑顾遥，我明明更想要那个角色。"黎翘叹口气，仰面躺靠在沙发上，闭上眼睛。

正当我兀自心旌摇动，黎翘忽又睁开眼，直直盯着我。他脸上露出吃惊的表情，仿佛这个时候才意识到屋子里还有一个大活人。

我冲他咧了咧嘴，挥手说："嗨。"

黎翘微微皱着眉，看似琢磨了一会儿，目光随即黯下去，说："哦，是你。"

然后他就朝我走过来，高出我不少的一个半裸的男人，还挺有莫名的压迫感。

依然是眼皮不抬睥睨众生的样子，他突然一把捏住我的下巴，强行把我的头掰向左边，又强行掰向右边，跟挑拣牲口似的，眇完左颊觑右颊，也不知道到底看的什么。

总算检视完毕，黎翘不再正眼看我，转脸嘱咐吉良："带他去体检。"

"哎，您等会儿，什么意思？"见这人转身要走，我情急之下就伸手拽了一把他的浴巾，谁知那浴巾裹得不算紧，一拽便掉。

大狗呼啦一下起身，目光炯炯，坐得笔直。

屋子里的两个女人各自发出一声轻细的尖叫，我乐得看见林姐那张万年不变的冰山美人脸出现波澜，但我发誓我真的不是故意的。就算刚才吉良说过黎翘有裸泳的习惯，我也不是……故意的。

黎翘肩宽腿长，一身紧实强壮的肌肉。他这会儿背对着我，但我能看见黎翘的背部怪异地微微隆起，肌肉一刹那呈现僵硬的姿态。

我猜这人肯定瞪了自己两个女助理一眼，因为她们都使劲憋着笑，慌慌张张别开了脸。

黎翘故作镇定地以一只手遮掩下体，往一边侧了侧脸，说："你……来给我开车吧。"

黎翘这人既粗鲁又讨厌，但我还是为他开出的高薪折了腰，毕竟人没必要跟钱过不去，大明星的专职司机比成天开着黑车在街上瞎晃悠好多了。

事实证明这个职业确实相当清闲。但凡黎翘出席商业活动，绝大多数的主办方会派专车接送，所以基本也就没我什么活计；而碰上那些办事不力的，那么黎翘也只是匆匆露面让人拍个照，我等他甚至不必去停车场，只需自己开着车在闹市区踅来踅去，像一条漫无方向的鱼。

其间，还假公济私过一回——开车去接录完节目的范小离。

六六雁行连八九，一山的男人才是梁山泊，三个女人却能撑起一台戏，尤其还是漂亮女人。一会儿姊妹情重，一会儿你死我活，斗艳，斗狠，斗心机，无一不斗，稍不留神就尸骨无存。我怕那些有背景有来头的女孩儿欺负范小离，所以特地把劳斯莱斯擦得锃亮，然后去接她一次。据范小离事后禀报，这招可太管用了，一起录节目的女孩儿都傻了眼，立马假装和她投合得不得了。

范小离说这些的时候，眉眼间有些怏怏，于是我伸手去揪她的脸蛋，硬把她的脸揪成一朵笑着的花儿，告诉她，既然决定上电视就喜兴点，成天吊着一张脸，哪个观众爱看。

更多的时候，我的任务是开着那辆新买的劳斯莱斯载他去玩乐。黎翘的两个女助理，一个永远奉行言多必失，一个截然相反，在八卦这点上天赋卓绝、智识彪炳。据那位爱八卦的殷萝莉透露，黎翘看着是二十七八，官方公布年龄是三十二，但实际上都不是。最适娶的年纪，老一票女星为他要死要活，有个选秀走红的女歌手，逼婚不成还翻脸成了仇人，没少找人撰稿子黑他。

最近一个月，黎翘频频会晤的自然都是美女，但就面相上看，美则美矣，有心气儿的不多。

什么是有心气儿，我说不清，但一定不是每天着意于簪花扮俏，依附别人而活。

这一次黎翘会朋友的时间太长，接连过了两个饭点儿，我实在饿得眼花，就钻进附近的便利店，买了两个肉包和一瓶矿泉水，跟民工似的蹲在地上吃。

刚下嘴啃一口，黎翘便从公寓楼里下来。他也不喊我接驾，直接走过来，飞起一脚就踹我肩头——我蹲得腿麻又没准备，被他一踹就倒了，在地上咕噜一滚爬起来，手上刚咬一口的肉包也沾上了灰。

黎翘居高临下看着我，抬起左脚杵到我的眼前，脚尖一抖一抖。

我半蹲在地上没敢爬起来，瞪圆了眼睛看他，不解其意。

"怎么那么没眼力见儿？"黎翘不耐烦了，"没看见吗？鞋带散了！"

我看见那只鞋带松散的左脚，恍然大悟，蹲在黎翘跟前，替他把鞋带系好。

不得不说，这人简直懒透了，能踹不动手，能动手不说话，连穿鞋这一小事儿都不肯委屈自己，也不知道是谁惯的。

对此好脾气的吉良也无可奈何，只嘱咐我以不变应万变，他发火便由着我自清风拂山冈。

上了车，黎翘似乎对我刚才的民工行径看不过眼，冷着脸问："你的月薪一万二，不比写字楼里的白领少，你把钱都用去哪儿了？"

还有一只肉包收在兜里，这位爷正在节食，谁在他面前吃东西都是找抽。

我老实回答："我想攒钱付个首付。"

他不置可否地哼了一声："打算买房子结婚？"

"能换一间大点的就不错了。主要是我爸住不了底层,太冷也太湿了,他的关节炎受不住。"

破天荒地,大明星今天谈兴颇足:"那你现在攒了多少?"

"原本攒了一点的,前两个月家里出了点事儿,一下子都花光了。"也就是生病那档子事,我不愿多提,侧脸看黎翘一眼,笑一笑,"没事,从头再来。我还不信了,在我爸的有生之年,我袁骆冰连个首付都攒不出来——嘿哟,蟹粉汤包!爷您等我一下,我买了就回来。"

蟹粉汤包在北方算是件稀罕东西,老袁年轻的时候去南方吃过一回,自此念念不忘,每当嘴巴淡出鸟来就要跟我唠叨。这几天他又唠叨,正巧此刻我路过一家招牌偌大的店,也没等黎翘同意,就擅自把车停一边,下车奔过去。

三十块一笼,我一口气买了三笼,老东西瘦则瘦矣,谁让喉管通着直肠,管吃不管饱。

"你倒孝顺。"黎翘倒没生气,也不说见怪不怪吧,反正他知道我不是给自己买的。

"孝顺什么呀!"我摇头说,"我巴不得老东西早死呢,屎壳郎颠新鲜!"

黎翘皱起眉,亮出刀刃似的不耐神色——我猛地想起两天前林姐跟我提过一句,说我这人说话太粗俗,她不爱听,大明星就更不爱听了。

我怕把这工作丢了,赶紧抬手轻轻给了自己一个嘴巴子,笑了笑:"对不住爷,我嘴碎,以后一定注意。"

总算回刀入鞘,黎翘闭上眼睛,脸上现出倦意,"嗯"了一声。

外头的天色一样乏了。

街上车来车往,堵一阵疏一阵,许多谙于生意之道的商家这个时候就已点亮灯彩,一路望过去,火树银花的销金窟,因为与我无干,所以分外好看。

半响无话,黎翘突然开口:"在前面路口右拐,我要去个地方。"

"爷,您不早说,我爸还等着我回家吃饭呢。"我不太想去,试着挣扎一下，汤包冷透了就不好吃了。

"晚一个小时回去也饿不死。"黎翘一眼不瞥我，冷声冷气地扑灭了我挣扎的火苗。

想起一出是一出，这位爷发了话，哪还有讨价还价的余地。

我载他去的地方是一处看似刚刚落成的艺术中心，尚未营运与命名，但外观看来已然非常雄伟。整栋建筑的设计颇显心思，顶盖大面积采用玻璃与一种半透光的新型材料交错而成，配置了电动天棚帘。可以想见倘若天晴，阳光就会一点点渗进来，如投云影于波心，特别梦幻。

一进门便有专人接待，听意思，这地方还是黎翘投资兴建的。趁着艺术中心的人与黎翘谈正经事，我偷偷溜走了。

艺术中心规模不小，既有可以容纳千名观众的大剧场，也有一些适宜上演话剧的小舞台。

按照图标指示，拾级而上，循着指引往大剧场的方向走。

推开门的瞬间，地胶与新漆的味道扑鼻而来，我微微有些发怔，上次见到这么宽阔而漂亮的舞台还是大奖赛的预选赛，距今差不多八年时间。

台上为装修工们亮着几盏低色温白炽灯，也照亮了我的视野。

我踏上舞台的塑胶地板，但步速刻意放慢，似想让脚底与它摩挲相亲得更久一些。然后我走到了舞台中央，面向一千人的观众座椅。

心口突然怦怦地鼓噪起来，使我不得不使劲将它摁住，因为里头那东西死而复苏，随时可能穿破胸膛。

恍然觉得台下已经坐满了人。

老的、少的、男的、女的，他们都是来看我跳舞的。

刹那间泪水烫湿了眼眶，千言万语哽在喉咙里。

我又回到这里了。我的舞台。

抬起右手，手指置于耳后，掌心对着台下，做出凝神聆听的样子。

这个动作非常煽情且傻气，可我就是听见了，观众们掌声如潮，连连呼喊我的名字。

含着眼泪的我又咧嘴傻笑："我是袁骆冰，谢谢你们为我来到这里。"

太安静又太空旷，孤落落的声音此刻听来荡气回肠。我往空荡荡的台下深深鞠了个躬，又再次直起腰，说："下面将由我为大家带来一支独舞，《践行柏柏尔》。"

这支舞我学得不容易。

学舞初期我天天观摩大师的录影带，如痴如醉地学，亦步亦趋地跳。老娘皮演绎的是一个版本，德国现代舞大师演绎的又是一个版本，但后期老娘皮再不准我模仿，她怕我走不出那些框架，跳不出更成功的来。

没灯光，也没音乐，我最先还轻声哼唱为自己伴奏，但很快别的一切都不再重要。一支舞杀尽百花，催生万物。

一连串疯狂又即兴的舞步中，我的灵魂飞升出去，它俯视着舞台中央那个年轻的舞者。

他时而腾空，时而旋转，时而抱膝屈体，被无形的母体兜在怀中，时而张扬双臂，飘忽如烟。他已有的人生片段被这支舞蹈一一呈现，他的卑微与高贵，他的温驯与挣扎，他的悲苦与快乐，他的坚韧与徒劳……此时此地，全都以他的肢体向这世界倾诉。

跳一支有始无终的舞，世上再无袁骆冰。

最后自己也不记得是怎么停下的，我力尽倒地，注视着只有一个人的观众席。

不知何时黎翘出现在场内，好像他已在暗中伫立良久，耐心地等着我落幕。

然后他朝我走过来，声音不带情绪："把地擦干净。"

崭新的塑胶地板上留下了脏兮兮的脚印，还有一串奇怪的水迹。我的视线早已模糊，分不清这是汗还是泪。

"把地擦干净。"黎翘抬脚踹我，又以鞋跟蹭了蹭我的白衬衣，像是在擦鞋底的泥。

一跳起舞来我就不能自已，我像滴酒不沾的人忽饮二两白酒，体温与勇气一起无端端地蹿起来,我居然生硬地顶撞黎翘:"要擦你自己擦,在这舞台上我只是个跳舞的人。"

黎翘被我的态度惹火了,加大力道抬脚又踹,可我依然直挺挺地跪着。

第一脚没将我踹倒,第二脚最终也没踹下来。他静立于我身侧,抬手按住了我的后脖子,手劲微妙难言,或是施压或是安慰。

回程路上我的情绪一直不是很高,副驾驶座上的黎翘也一样,我们两个一路无话,车厢内是暴雨将至的寂静。

路程行至三分之一的时候,沉默终于被打破,黎翘突然出声:"把车停下!"

车停了。身旁的男人快速解开安全带,下了车。

"爷!爷,我错了——"我心知不妙,竭力讨饶。

黎翘打开我的车门,不容分说地揪过我的领子。我犟他不过,被拽出了车外。

"滚。我不想再看见你。"他自己坐上了驾驶座。

劳斯莱斯启动的瞬间忽又停下——那打包好的三笼汤包从车窗里飞出来。

我被狠狠弃于街头,不解为何黎翘会大光其火,但有一点好像挺明白,我把这份得来不易的工作如此轻易地丢掉了。

大约是综合考量了占地面积与投资成本,艺术中心地处偏僻,离我那个同样偏僻的家就更远了。我不舍得在这个地方打车回家,实则兜里也不剩几个钱。

这个时间点公交车司机都回家搂着老婆睡觉了,而出租车的计价器疯得跟老年人的血压计似的。

前不着村后不着店,几近身无分文的我走一段歇一段,走不动了,就蹲在路边啃那只早已冷硬的肉包。

恰巧一个开着残疾人车的大哥从我身边经过,停下车冲我喊:"要不要坐车?"

"我没钱。"我朝那位大哥挥了挥手,"你找别的生意去吧。"

大哥笑了:"知道你没钱,有钱谁会大半夜蹲大街上啃馒头啊!这个时间还在这种地方乱晃的人都是苦命的人,咱俩是苦命人遇上苦命人,我就捎你一段吧。"

这辆残疾人车虽然罩着一个棚子,但棚子破得可以,四壁透风。车颠儿颠儿地跑起来,老旧的引擎隆隆作响。冷风飕飕地扑过来,像小刀子似的剐着我的脸。

残疾人大哥特别健谈,一下拉近了我们两个陌生人间的距离,缓解了一路劳顿的倦与慌。

他说自己是个单身父亲,有个患了唐氏综合征的八岁女儿,前两年见义勇为在车轮底下救了人,结果被救一方翻脸不认人,自己白白丢了腿。

"施恩不望报,也不是为了得到啥才救人的,就是吧,心里感觉挺凉的……"

他说自己前些日子收了一张百元的假币,给他钱的女人看着特别时髦漂亮,穿戴也都是名牌,他完全不信这种被命运眷顾的人会拿假钞付几块钱的车费,可事实就是他想错了。

"我觉得自己真不是东西。我今天在街边买了一包烟,把那一百块假钞给了出去。"

他说那个卖烟的瞎了一只眼睛,所以辨不出那一百块的真假。

他朝地上吐了口唾沫,笑骂道:"英雄惜英雄,但狗熊只能欺负狗熊了。"

我把黎翘这位英雄得罪了,我把自己养家的饭碗弄丢了。我在心里暗暗叹气,我真是比狗熊还傻。

我与这位残疾人大哥简直相见恨晚,可惜我俩不住一处,过了几条街,他不得不把我放下。

直到那辆破旧的残疾车笃笃地开走,我才想起自己忘记问问他的名字。想了想,姑且就叫他雷锋好了。他不但载了我一程,还以他更博大的苦难给予我安慰——我并不是什么不幸的人,至少我仍年轻,四肢也还健全。

前路短了,夜色也跟着浅了,天空如同一整块渐渐钝锈的铁,显出浊黄、暗红等糟乱的暖色。又行良久,我看见鲜红的太阳在地平线上勃勃欲出,打破闷浊世间,还以鲜活天地。

道边有些野花破石缝而出,罕见的靛蓝色,特生猛,特好看。

我到家时天已经完全亮透,两条腿不再是我的,一副骨架也不是我的,唯有汤包依然拎在手里。

还未进家门,范小离她妈突然出现,趿着拖鞋,穿着睡袍,扯着我的胳膊不让走。

"你闻!你闻闻!你爸在我家大门口撒尿啦!"

我猜多半是我爸又偷溜出去喝酒了,他一酗酒就管不住自己的膀胱,打哪儿尿哪儿。为这,我曾想过每次出门都把他锁在家里,可他跟我闹,说不愿像一条狗似的被人拴着。

"婶子,哪有往邻居门口撒尿的道理。"心已凉了半截,但我仍死鸭子嘴硬不松口,"你没看见可别乱说啊,没准儿是哪家的狗呢?"

"就是你老爸!"

"妈,你跟冰哥好好说——"睡眼惺忪的范小离出现在她家铁门之后,刚冒一个脑袋,就被她妈一声喝给骂了回去。

"你问小离,她也看见了,你爸急匆匆地来,二话没有就尿在了我家门口!这儿!你看这儿,还是湿的呢!"

底楼的墙壁常年覆着一层阴生青苔,既霉且湿,散发着令人不快的味道。

望着小离她妈手指的地方,我一阵晕眩,有点辨不出这味道来自哪里,是她家本身晾晒的咸鱼味儿,还是我爸的尿臊味儿。

不等我表态,小离她妈又开始骂:"你爸脑子不灵光,你要不就好好看着他,要不就把他送去精神病院,省得祸害街坊邻居!"

小离她妈看似给我出了个主意,可我舍不得。尽管我平时很少管我爸叫爸,不是直呼"袁国超"就是啐他"老东西",可我还是舍不得。

"行了,屁大的事儿,至于你一大早就叽歪!"走了一宵,又疲又困,我强打起精神跟她保证,"我一会儿拿抹布给你擦一擦,你要还嫌有味儿,我弄桶油漆来,把你这面墙都刷一遍。"

"说刷就刷啊,把旁边这面墙也给刷了。"小离她妈满意了,将那副切齿的表情拾掇干净,打个呵欠,转身回房。

总算得以抽身回家。打开房门,直面巴掌大的厨房兼客厅,我看见一个白发老头儿以其熟悉的背影对着我,手里托着个碗。饭桌上,摆着一锅由隔夜菜与隔夜饭加水炖成的稀饭,毫不夸张地说,这锅饭炖得稀烂。

家里酒味弥漫,跟遭人打劫似的一团乱。白花花的米粒撒在地上,油盐酱醋的瓶瓶罐罐也东倒西伏。嗜酒到一定程度跟吸毒也差不多,每当老袁酒瘾上来都会这样,不是找酒就是找钱,床底下、米缸里,不管我藏在哪里、藏得多好,他总有本事把它翻找出来,灵敏得跟缉毒犬似的。

我倦到极点,也怒到极点,他根本就不能再沾酒这东西,医生都说了,他迟早得溺死在酒缸里。

手里拎着的汤包来不及放下,我冲老东西骂出声来:"就是罐儿里的王八,也没你这么爱抽抽儿,老马知道识途,老牛知道舐犊,就你老袁最有本事,每天在家吃吃屙屙也就完了,还非得上赶着给人惹事儿!"

"你跟你爸就这么说话?!你就把你爸当孙子骂?!我昨……昨天……"老袁气青了脸,两片嘴唇直哆嗦,他每回一急就结巴,看着是想辩解什么,却又说不出一句完整的话。

"好了好了,不说了……"瘟猪不食,病狗不吠,别说上下的眼皮得用牙签棍儿撑开,连往常利索的嘴皮子也动不了了。我勉强吐纳着一口活气儿,拿起手上的汤包晃了晃,"别吃那稀烂的饭了,蟹黄汤包,我给你热一热——"

老袁这回听话比哪回都勤,还真就一口不进,抬手就把饭桌上的玻璃板给掀了。

玻璃板一碎为二,盛饭的瓷碗也四分五裂,那锅稀烂的饭,大半都泼在了我的身上。

碎死当涂

低头看一眼身上的污秽，它们就如压死骆驼的那根软稻，我垮了，我哭了。

我像燃尽最后一寸芯的烛熔软在地，再也站不起来了。

"咱就不能不喝吗……妈被你醉酒撒疯给打跑了，你再倒下这家就散了，没了……我求求你，哪怕一次，哪怕一次你也心疼一下我，行不行？行不行？"

"爸……"我喊他一声，泪再也崩不住，哭得特别难看，"爸，做人好难呀……"

第四章

▶ 因小祸得大福

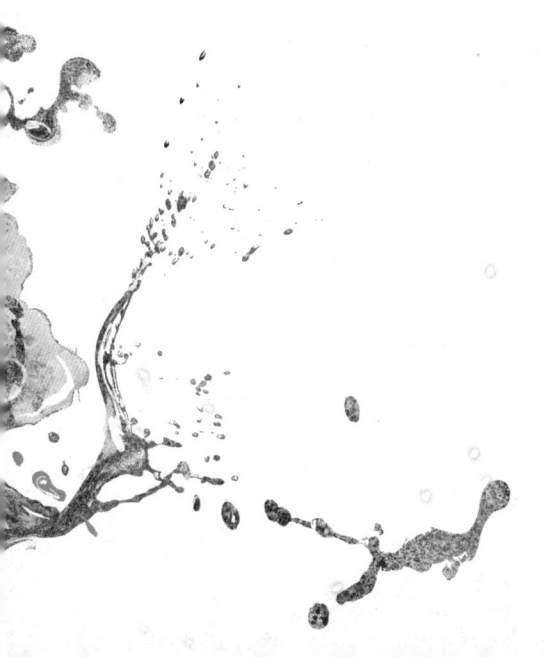

我病了，但我特别高兴。

前天早晨我蹲在范小离的家门口，一点点把墙上的青苔与霉斑铲掉，像一只撅腚拱在食槽前的猪。小离她妈照常出门跳舞，嫌我挡了道，一迈腿就从我身上跨过去。

刷墙的活儿不算累，但这漆味儿呛得人嗓子疼。刷完新漆之后，我回到家里，被镜子里那张二十六岁的脸吓了一跳，两颊毫无生气地瘪着，眼珠微微发浑，面色焦如枯草，憔悴不堪。

这场病来势凶猛，我在床上躺了三天，烧到四十度，喉咙口始终有一把火，害我声带暂损，发不出一个字。

但我特别高兴。

那天我错怪了老袁，那通脾气发得不应该。我说过老袁曾是国营单位的小组长，虽是芝麻大小的一个官，但一点不妨碍他谙熟于国人在圆桌上的那一套。他无所事事就闲听八卦，听我们小区的门卫说起隔壁小区的门卫马上要回老家，看门的工作暂时没人顶上，于是他翻箱倒柜找出了我私藏的钱，托了门卫，请隔壁小区的物业一起下了顿馆子。

酒过三巡，耳酣面热，最后来人爽快拍板，我爸顺利得到了那份工作——还挺轻松，倒班看大门、收停车费，一个月能挣一千四百五十块钱。我本担心他的身子受不住，但他的牛脾气又来，做出要掀桌子的架势，非去不可。

印象里老袁在家歇养了快十年，而这十年里我就没病过，不是不病，是不敢病。一个人的强大与软弱如舌依着齿、筋连着骨，面对那些常被人称之为逆境的日子，我奋力求生，全身的骨头都倔强起来，可一点点幸福就把我击倒了。

虽然我丢了赖以养家的饭碗，虽然这一千来块钱抵不上每月万把块的医药费支出，但我终于如愿以偿地病了，好像终于有个声音在脑海里对我说：你可以歇一歇了，可以适当地自怜自艾、有病呻吟了。

我确定了我不是孤愤的狗，不是石头缝里的草，不是被摄去魂魄的肉身，我家的老东西还是很疼我的。

他想替我担一把。

第一天老袁与我分着吃了那三两蟹黄汤包；第二天他亲自下厨为我熬了一锅糖粥；第三天他扛回家一麻袋梨子，足足五斤，说是给我润喉。

蟹黄汤包被黎翘摔出车外，早就皮破汁流糊作一团；糖粥依然炖得稀烂，光看卖相难以下咽；卖梨的小贩坑老袁老迈又迟缓，五斤梨子烂了近三分之一。

但我特别高兴。

我把脸埋进热烘烘的被窝里，无比愧疚又踏实地安慰自己：待再懒个两三天，我就把春风引进门，再次顽强地出苗。

没想到在床上躺到第三天，吉良给我打来了电话。

还是上回那句话，黎翘要见我。

我敏感地意识到，事情好像有转机。

给大明星开车一个月，市中心的商业区摸得熟门熟路，即使开着雪弗兰进入那处豪宅，保安斜眼睨我，竟也不拦着。

旁人还是站着，唯独黎翘正坐客厅。大狗伏在他脚边，他垂着脸，一只手揉压着狗脖子。我觉得这动作有点眼熟，好像那天在剧场里，他也是这么待我的。

被人当畜生看待固然不满意，可显然黎翘对我那天顶撞他更不满意，他慢悠悠地把视线从狗脑袋上移到我的脸上，冷着脸问："你嘴不是挺厉害吗，怎么现在不说话？"

我猛咳一阵，以破锣嗓应他一声。

"病了？"黎翘微微皱眉，"那天怎么回去的？"

我发不出声音，只得以两根手指做了个"提溜提溜"走路的姿势。

"走回去的？"黎翘一闭眼睛，又露出那种特别嫌弃的眼神，"我猜也是，是你这个蠢蛋会做的事情。"

这位爷喜怒无常，突然回心转意也就不那么难理解，我只得以不变应万变，甭管他说什么都尽往傻里笑。

"还想给我开车吗？"

见黎翘态度似有松动，我立即识趣儿地跪在他眼前，以还烧着的嗓子拼命喊了声："谢谢爷！"

声音又哑又糙，喊完又笑，不想这位爷抬手就兜我一记脑瓢儿，说道："你病傻了吗？！我只是问你还想不想给我开车，可没答应就让你回来。"

话到这份上已是大有希望，我揉一揉后脑勺，眼巴巴地望着他。

果然，这人沉默片刻，开口说愿意再给我个机会，但这机会不白给，车我得照开，抽空还得去剧组帮忙。

剧组？我听之一惊，赶紧抬脸，以目光询问吉良。

吉良笑得一如既往的温良，解释说，黎翘对戏剧的热爱已经到了痴迷的程度，所以不顾经纪公司与亲朋好友竭力劝阻，坚持投资兴建了一所将以戏剧表演为主的艺术中心，剧场内的设施乃至剧场外的砖瓦都以最高标准甄选，其他与之相关的一切，他若能亲力亲为，也绝不假手他人。

比起那些热衷于在地产业淘金的影视大腕儿，比如顾遥，黎天王做事只凭兴趣，从来不把风险与收益考量在内。艺术中心落成在即，首场演出必得先声夺人，他目前正在着手准备一出大型的多媒体戏剧《遣唐》，全部班底均是大师级别，又因这出剧融入了现代舞的艺术形式，所以少不了还得请这方面的专家为剧组把关。

这些日子黎翘频繁约见那些女星，就是想借自己与她们的那点交情，说服她们投身这出《遣唐》。至于是哪方面的交情吉良没有明说，但我突然意识到，应该比我一直臆想中的纯洁一些。

"虽说你只是个打杂的，但我还是会请舞蹈大师给你指导。我不指望烂泥能糊上墙，但也不希望一个打杂的拖了全剧组的后腿。"态度依然不善，黎翘斜着脸瞥我一眼，"你还是一直哑着比较好，不聒噪的时候笑得倒挺甜的。"

因祸得福，事情反转得太快，还没等我回过神来，便又听见黎翘嘱咐吉良，让他把私人医生请来看我。

"不管什么病，让他先滚回去，养好再来。"

我听吉良说艺术中心排练厅的地胶是全国最好的。他说得那么自信，我便也信了，于是铆足劲地要从病里好起来。

男演员们还没进组，排练厅里一水儿的年轻女孩，老远就看见她们柔柔媚媚，听见她们叽叽喳喳。这样的场景一下子把我拉回到十多年前的某一天，我初入老娘皮的舞蹈教室，见一群雌鸟里就我一个带把的，便昂首阔步，走过每一个脸蛋匀红的小姑娘，深深为自己感到光荣。

可现在的我直愣愣杵在排练厅外，心里半喜半忧，那种像是近乡情怯的感情正在心口乱跳。

归去来兮。可算是回家了。

一个眼尖的漂亮姑娘先瞅着我，招手唤我进去，说："介绍一下你自己吧。"

烧刚退，话仍说不了。我努力扯开嗓子，哑哑地发出一声"袁骆冰"。

另一个漂亮姑娘"哟"了一声，接话说："哑的呀？那就叫你'小哑巴'吧。"

这阵子黎翘在国外出席时装周，我在他的大剧场里打杂，趁机就与他的姑娘们一起练舞。

这些人当中跳爵士最好的是 Skylar，跳民族最好的是若星，跳 Hip Hop 最好的是九九。

一个星期以后，九九跟我说："小哑巴，你 Hip Hop 比我跳得好，我再不能跟你一起玩儿啦！"

又过一个星期，若星跟我说："小哑巴，哪有你这样的人呐，成心跳别人的舞让别人无舞可跳！"

再后来就连 Skylar 也冲我生气："小哑巴，以后见我躲着点儿，咱俩可是王不见王。"

我马上笑嘻嘻地喊她："多吃纤维多喝水，你一个喷香鲜艳的大姑娘怎么能叫这名呢！"

我没存心在舞技上压人一头，只是藏锋多年，一出鞘就收不住。我的嘴巴也时常要犯贱，好在姑娘们人都顶好，基本不与我计较，最严厉的时候也不过是回嘴："你就嘚瑟吧，嘚瑟有啥用？心比天高——知道这话后头一句是什么吗？"

《遣唐》这个故事有点意思，讲了一个自称是遣唐使后裔的日籍男子来到中国，一边周旋于三个性格迥异的中国女人之间，一边执着寻找自己在这片土地上存在过的痕迹。作为一出风格多元且融合多媒体艺术的新型戏剧，剧中虽有现代舞独舞点题的内心独白，以舞剧形式展现的盛唐风貌，但整部剧最大的卖点仍是天王监制、大腕云集。

排练总监说话很尖锐，也很容易致人丧气，他骂人必骂一句"别拿自己当个腕儿"，而别的话曲里拐弯，也都传递了一个意思，这年头舞蹈演员大多命比纸薄，有大出息的没几个，大多只是舞台特效或者背景布，只是一簇相衬红花的叶子、一滴起鲜味儿的秋油。

每当这个时候老娘皮的声音便响在了耳边——昂首挺胸，别不拿自己当个腕儿！

排练总监起初看我极不入眼，后来经吉良暗示我是黎翘的朋友，他立马变了脸，成天特违心地夸我："这孩子太奇了！他得多聪明，这舞蹈里头再难表现的情绪、再难表达的自我，他一个眼神就到位了！"

想想还挺伤感，老娘皮从来不夸我，她总嫌我好得还不够，眼里的神采再多满意，嘴里永远只是淡淡一句："还行吧，能看。"

据姑娘们说排练总监以前也是舞蹈演员，不仅拿过大奖赛的冠军，还成立过自己的舞蹈工作室。只是工作室最终没撑下去，他也渐渐失了舞者的风骨。还是老娘皮的话，她说："舞者的骨头可以比谁都软，但一样可以比谁都硬。"

离舞蹈近了以后，我常常想起老娘皮，偶尔也想起范小离，距大奖赛开赛还有一个多月，我多么期待一个眼细眉长的漂亮女孩在那个舞台上萌芽、生长、绽放，继而结出花后最甜的果。

大约半个月后，黎翘回到剧场，还带回一位世界级舞蹈家兼编舞大师马克·威尔顿，专程传授他的编舞技法。我会跳不会编，这简直是千载难逢的学习机会。

可黎大爷脾性莫测，我怕像上次那样莫名其妙惹恼了他，于是欲开口又作罢，转而动了别的脑筋。

我早备好了录音笔，也备好了记笔记用的纸笔，以打扫为借口钻进了授课的会议室，磨磨蹭蹭好一会儿，便一骨碌钻进桌子底下。

没想到课才听了十来分钟，就被那位大师一眼看穿，他沉下脸，让同传请我出去。

会议室坐着的多是圈里人，他们看着我，黎翘也看着我，一张脸阴晴不定，随时可能发火。

再留着便是自讨没趣，我耷拉着脑袋往门外走，可人还没走出去，便听见身后的黎翘喊我："地还没打扫干净，你去哪里？"

我回头，看见黎翘揉皱了一张摆在眼前的A4纸，轻飘飘一抬手臂，把那纸团扔在地上。他以流利的德语与那位大师说了什么，然后转过脸来看着我，手指点了点地板上的那个纸团："你过来，把地打扫干净，这次仔细一点，慢一点。"

古有"三上"一说，指文章成于马上、枕上、厕上，不想我学舞却始于"三下"，桌下、椅下、脚下。黎天王身体力行地"支持"我留下，我便得以光明正大赖在屋子里，赖在他的椅子边，把整堂演讲给听完了。

我没进过大学，曾经最接近大学的机会是顾遥答应让我去戏剧学院旁听，最后也无疾而终。偶尔我从奋笔疾书中抬起头，却发现黎翘正侧目看着我。我叼着笔帽，迎着那双烟灰色的眼睛，如迎着八月阳光般眯眼傻笑，可我俩的目光刚一接触，黎翘就又撇开脸，明明白白地表现出"我瞧不上你"。

听罢课这位爷嘱咐我随他一同回去，他问我："没开车？"

"没开。您都不在，我哪儿好意思公车私用。"

"你那辆雪弗兰呢？"

"也没开，油价又涨了。"

"抠成这样会死。"黎翘恨铁不成钢似的翻了翻眼，同时又兜我一个脑瓢儿，"啪嗒"挺响一声。他老跟教育儿子似的打我，打完以后就致电吉良，让他派车来。

在车上，黎翘问我："看你笔记做得挺认真的，真学到东西了？"

我如实答："听这么一回演讲，简直好比多活半辈子。"

"马克已答应出任《遣唐》的艺术总监，他得在中国留很长一段时间……你要不介意每次听讲都坐桌子底下,还能多活几百年。"

"桌子底下好,桌子底下安静。"我立即表态,在黎翘又伸手兜我前,果断躲开。

回家以后,黎翘照例又要游泳,还命令我待在一旁伺候着。自从上回春光乍泄之后,他在家游泳谨慎许多,这回穿了一条黑色的紧身泳裤,以防春光乍泄。黎翘独自在水中游了一会儿,便出了水,趴在泳池边。他知道我在他身后,往后扔来一支按摩精油,说他腰有旧伤,让我给他好好按摩一番。

我发誓我最多愣了不过三秒钟,但黎翘全无耐性,立马催促:"腰疼着呢!快点!"

黎翘最近为新戏减肥,确实瘦了不少,但天生宽肩窄腰的模特架子,还算是健壮的。他生得白,肌肤细腻如奶油,肌肉却坚硬如玉璧。此刻他趴在游泳池边,肩胛微微耸着,一边享受我的按摩,一边告诉我《遣唐》目前的筹备情况。

他说,《遣唐》的剧本是他自己写的,他是剧团出身,以这种方式回归舞台,无比亲切;

他说,《遣唐》里的群舞演员大多参加过大奖赛,十之七八还拿过奖;

他说,《遣唐》里的舞蹈难度惊人,尤其担当全剧灵魂的那支舞,他始终担心无人可以完美驾驭……

迷迭香精油在我的手指与黎翘的皮肤间摩擦升温,那股浓烈又特殊的香气令我一时忘却自己的身份,确切点说,我确实头脑不清了。

黎翘对《遣唐》中舞蹈场景的描述令我的思想一飞千里,那点对舞蹈的渴望忽然在此刻复苏,蠢蠢欲动。我的脑海里浮现出"舞转回红袖,歌愁敛翠钿"的旖旎场景,而万人中央翩翩起舞的人,不是张三李四王二麻子,是我,袁骆冰。

那虚拟的万人欢声雷动,竟使我想起我初次登台时跳的一支《鼓舞》。我一时兴奋得忘乎所以,视黎翘的腰背如木制大鼓,左手捶罢右手打,忽疾忽徐,奋力敲击。

"够……够了。"我下手毫无轻重,黎翘可能感到疼了。

我沉浸在我那些热烈的幻想里无法自拔,竟没听见黎翘说话。

"我说……够了!"黎翘猛地将我推开,然后以手肘撑了下光滑的大理石面,似乎想站起来,但不知为什么他又没站起来,只是既冷且静地望着我,说:"过来。"

他若暴跳如雷,我倒习惯,可他这会儿眼神冷静得异常,吓得我血压瞬间飙升,几乎拔腿就跑。

"我……我赶时间……"我结结巴巴,"我得回家伺候我爸呢。"

"没让你走,你就得过来。"我久犟着不回头,黎翘以更冷的声音命令我,"快点,过来。"

"爷……"我转过身,巴巴地望着黎翘的眼睛,告饶似的喊他一声,声音听着又凤又哑,"真……真有急事。"

"让你过来,你就过来……"黎翘那双被怒火擦得锃亮的眼睛终于黯下来,不复往日那般高高在上与咄咄逼人,他吞吞吐吐,欲止又言,"过来扶我一把,我……我的腰……"

黎翘本就腰伤复发,经我一通折腾,显然更严重了。

我小心翼翼地将他扶起来,暗暗在心里庆幸,亏得我刚才只是击鼓,若我跳起踩鼓舞来,非把他这老腰当场踩折了不可。

黎翘坐起来,自己扶着腰做了几个伸展动作,看似没有大碍了,便冷眉冷眼地睨着我。

"我真不是故意的……"

我受了惊吓,想来黎翘也觉得出糗,我俩大眼瞪小眼地互相瞅了半晌,他才恶声恶气地骂我:"没你的事了,滚蛋!"

我轻吁一口气,心道这位爷大人大量,转身就要滚蛋。哪知一步还没跨出,脚后头突然伸出一只手来,那手捉住了我的脚踝,不由分说地就将我拉进了泳池里。

哪想到这人出尔反尔秋后算账,我毫无防备,立马摆着惊愕的表情跌下去,像一只囫囵入锅的饺子。眼耳鼻口来不及封堵,水一下子漫过头顶,涌入七窍,别提多难受。

挣扎着要从水里起来，可每回刚从水面冒头，又立即被黎翘按着脖子埋进水里——我俩在池子里搏斗，说是殊死搏斗一点不过。可这男人比我高又比我壮，如此你起我伏反复多次，我渐渐没了力气，再多挣扎也只是多呛进两口氯气味儿的水。

呛得有些神志不清了，我仅剩的认知就是黎翘真想溺死我！于是只要逮着机会我就出水，顾不上喘气儿只顾着骂：

"快四十岁的人了还演高中生，木槌子妄想敲金钟，你这老脸要是不要——"

黎翘又把我按回水里，我不顾一切奋力还击，但眼睛被湿发挡着，扑腾的动作完全失了分寸，对他又打又掐，他的肌肉紧实得如一堵墙，他的皮肤溜滑溜滑如同鱼皮，却比鱼皮韧性且有热度。

"成天尽是些我爱你你不爱我的戏，除了失足少女哪个买你的账……"我再次把脑袋露出水面，一口水呛在嗓子眼里，咽下半口，吐出半口，"嘿哟！一群毛丫头就把你惯得自以为牛气上天了，甭提老一辈艺术家，跟同辈的顾遥比你也就一童蛋子儿——自个儿玩儿去吧——"

又被一脑袋按回去，我扑腾几下没成功起来，索性把心一横，手脚并用，死命把自己挂在黎翘身上。

"长得帅有屁用？！二十岁的男星才是花瓶，四十岁还靠脸吃饭，那就是翡翠琉璃尿鳖子，镶金玛瑙屎盆子——"

"闭嘴！"黎翘终于被我骂恼了，"啪"地扇了我一嘴巴子，声音挺清脆，但力道其实不重。他不再按我入水，只是恶声恶气地吼，"收声！"

"我不收！我不妒忌你的狗造化，我脚踏实地堂堂做人——"

"你嗑错药了吗！闭嘴！"

黎翘终于狠甩我一嘴巴，而我也终于彻底闭嘴了。

闭嘴以后，整个世界仿佛也与我动静一致，瞬间哑火。我总算明白为什么黎翘说我哑着的时候可爱了，那是因为不哑的时候实在太可恨了。

鼻子和嘴都呛进了水，肺叶被泡肿了一圈儿，胃囊直接撑成两个大，动一动便上下一起咣当响。我连连喘了好几口气，才意识到自己不知什么时候已经筋疲力尽了。

艰难吊上一口气，我再无多余力气，只得断断续续发瘟似的讨饶："爷，我……我真的……不行了……"

话音落地，我整个人顿失倚靠，仰面躺倒下去。

视线前方白蒙蒙一片，我眯眼陷入假寐状态，张扬双臂悬浮于水中。白色衬衣在跟黎翘肉搏的过程中扯开了，它在池水中泡涨，拉抻，翻飞；它让我如泥塘子里的一只孑孓，或如空中一只鹏鸟。

只能出气不能进，嘴里吐出的水泡由多渐稀，我把自己憋得差不离要断气。

临了的时候人都会胡思乱想。我一直是个有宏愿的人。我的宏愿也很简单。

只要跳舞的时候有块空地，我便不悔过了这一生，我便与这世界握手冰释，情恨两消。

正当我以为自己即将弥留，一个人影忽然向我游近，他伸手牢牢将我拉住，然后带着我浮出水面。

爬上池壁，我俩都累得够呛，胡乱躺倒在了水池边。

"再多一句废话，我一定弄死你。"黎翘呵斥我，不准我再开嘴炮，又停了片刻，他支起身子，俯下脸看着我，问，"刚才你到底在想什么？"

水珠勾勒着眼前这张英俊的脸，我细想了不少时间，大约有六七分钟之久，然后我决定说一句牛头不对马嘴同时又十分诚恳肉麻的话，我说："除了袁国超、老娘皮和范小离之外，从没人有你待我一半好，他们仨是我的爹、妈与亲妹子，你就是我的亲哥。"

我的亲哥再次愣住。他以一种复杂的、迟疑的目光与我对视一晌，然后就从我身上爬起来。

我也跟着起来，还没站稳，又挨一脚重踹在屁股上，再次跌回池子里。

还是废话，他骂我，滚蛋。

等我再次从泳池里爬出去时，厅里的黎翘已经严阵以待了。

他坐在沙发上，衣服穿齐了，头发还是半干。雨后的城市总显得泥尘不染，这大概也是黎翘这会儿格外帅的原因。

但又高又敞亮的大厅里气压极低，这位爷面色不善，半晌过后突然开口："谁跟你说我快四十岁了？"

"哎？谁说的？有人说吗？"我不能出卖跟我爆料的萝莉，于是只能装傻，唇红齿白笑得倍儿甜，"您不正当三十一枝花嘛，再说看着也就十七八，离不惑还早呢！"

"别贫嘴，信不信我现在就一脚踹你上街。"尾音都不带上扬的，这位爷就是陈述，就是恐吓，"给我一个不开除你的理由，快点。"

林姐本该给他递毛巾、送果汁，可黎翘出水早了，她还没过来。我想了想，决定在厨房里给他显露一手，作为不被"踹上街"的交换条件。

我说："冰箱里货色不多，不过还能做一道培根菠萝炒饭，保证一餐美你半个月。"

黎翘斜睨着我，脸色变幻莫测，将信将疑。

我耸耸肩膀，说："好吧，你在为新戏减肥，那就喝芹菜汁吧。"

"芹菜"二字一出，眼前这张英俊的脸当即轻微扭曲了一下，随即他火速做出判断，以手指点着厨房的方向说，随便什么炒饭，给你一刻钟。

我大步进入全开放式的厨房，洗干净双手，掂了掂菜刀就开始做菜。菠萝是整只，我手起刀落将它一分为八，几刀下去连内刺都去除了。

我的娴熟刀法估摸着令大明星开了眼，我抬眼看了看黎翘，见他微微挑了眉道："你这看着像学过厨的。"

"无师自通，熟能生巧。我这人不爱读书，但干一行学一行，学什么还都挺快。"

"都干过什么？说来听听。"

"主要就是练摊儿，卖碟、卖袜子、卖手机壳，什么都卖，还跑过堂、修过车、送过外卖、盘过店面做餐饮……"利索地把炒饭装盘，"后来房东看生意还行，就自己收回去做了。"

"还会修车？"黎翘嘴角一勾，话里带着点讥讽的味儿，"你还真是个人才。"

"我不止会修,我还会改装呢——不过仅限于电瓶车。"我跟抖了个不好笑的包袱似的,听者没表情,自己倒乐开了,"但这活计吧,咱们这种老实人干不了,当时我跟的一个师傅就跟我说,光修车哪儿吃得饱,主要还得忽悠别人换零件,最好是改装。"

"四环以内禁摩,能有生意?"

"有啊,越禁越有,人就那么贱呗!后来我跟我师傅说要走,把这实话告诉了他,他就点着我的鼻子骂,病笃不投医,人穷有骨气,你这辈子算是完蛋啦!"

"那你的餐饮店呢,为什么不做了?"

"这话说来就长了。"看来这位爷今天颇有谈性,我把装盘的炒饭递上去,又笑嘻嘻地凑上一张脸,"我说爷,你今天怎么对我那么感兴趣了?"

"不是对你的人感兴趣,是对你这张嘴。"黎翘仍不善待我,一把就拧住了我的脸皮,还使劲扯了一把,"我得知道是经历了些什么,才能让一个人长出那么讨厌的一张嘴。"

"我做小馆子那阵子为节省成本就跟一哥们儿搭档租房贩活禽,没花力气办证,也就图自产自销,有一阵子生意还挺红火。但后来不知道为什么,那些鸡出了问题,也不是大问题,就是拉稀,就是歇毛,现在想想可能是遭了鸡瘟了。当时怎么处理那些瘟鸡我们产生了分歧,结果逢上禽流感又卷土重来,被人举报以后全被市场协管给扑杀了。"

黎翘说:"没补偿?"

"有啊,可我们本就是违法的,人家说合法的那些禽贩都补偿不过来,哪儿有空顾你们。其实我们生意不大,也就百十来只鸡,损失不了多少钱,但那哥们儿挺抑郁,守在那市场协管员的出门必经之路上,一板砖把人撂倒了。"

"那他后来呢?"

"判了两年,已经出来了,但他说他得回老家,他对这么大的城市有怨气,要待在这儿他还想砍人。"

黎翘一直若有所思地听着，然后问我："你呢？"

"我什么？"我反应过来，赶紧笑着摆手，"我真没想过要砍人，过过嘴瘾得了，我厌。"

"那跳舞呢？"黎翘突然问我，"你刚才在池边露那一手，就是想着跳舞了吧？"

这话一出，我正整理刀具的手不禁一抖，差点剁掉自己半根指头。

"你说你是大奖赛冠军，但事实上你不是，可你舞跳得不错，就没想过真的去参加比赛吗？虽说那比赛今不如昔，但就当年来看，该是你们这些年轻舞者唯一的成名机会。"

"也不能说唯一吧，华山天险一条道，不是非挤上去不可……"伺候完爷便去伺候爷的狗，我以手指代替梳子，仔细理了理狗毛，自己又给自己笑了一个，"挺好的，都挺好的。"

"好？哪里好了？"黎翘说话不客气，尽拣着人的要害下刀子，"跳舞太辛苦，剧组里那些不知名的舞蹈演员，没一个脚趾不畸形的。"

许多人都说每一支舞对舞者而言都是一场受刑的过程。我告诉黎翘，我对此深表同意，同时又乐在其中。

黎翘不再提要撵我出去，我便打算趁热打铁，额外向他提个要求。

事情起于范小离。那位瞿姓导演某天突然对她发火，说范小离违背了当初签订的演出合同，同时在别的卫视台参加了一个类似的节目。范小离明明没干过这事，又怕强辩会得罪导演组，于是赶来求我帮忙。她知道我现在给黎翘开车，想着摆平误会也就是天王一句话的事儿。

我当然也想帮范小离，只不过当时黎翘人在国外，一直没机会开口。

"你知道一位姓瞿的导演吗？好像全名叫瞿立中还是瞿仁中？"我循序渐进，一点点切入正题。

"瞿立中吧？"明星到底有节制，进餐三分之一便放下了手中餐具，转而只喝苏打水。

"对，就是他。他最近不是正有一档选秀节目吗，那个抄袭外国综艺的《X-Girl》，还挺火的——他人怎么样？"

"难道你有朋友参加那个节目了？"

"没有，我就问问。"这人微眯眼睛的样子莫名慑人，我不敢实话实说。

"最好没有。"黎翘斜我一眼，一句话让我心凉到底，"那姓瞿的家伙是个人渣。"

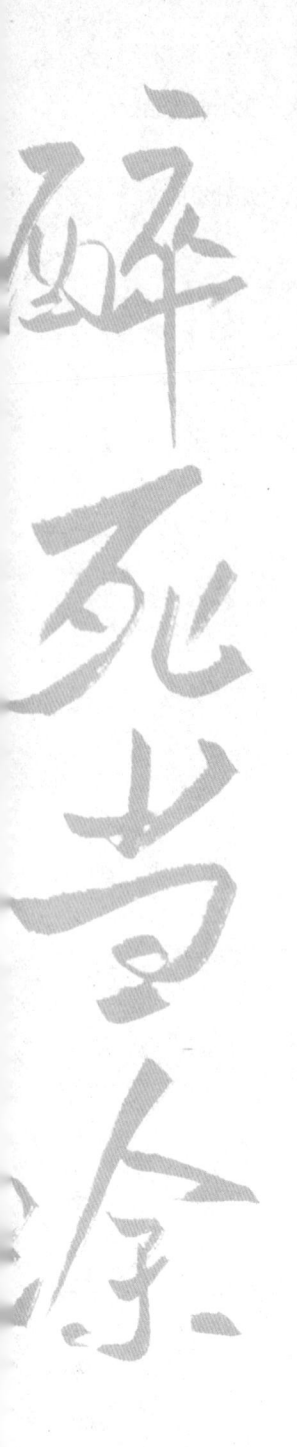

第五章
▶ 我们都是这样长大的

那天我从黎翘的游泳池里爬出来，换上了他扔给我的阿玛尼衬衣出门，没开车就步行去了地铁站。

夜刚开始，一弯好月照我行路，一只游狗浑身黑亮，面露凶相，它尾随我一路，也吠我一路。迷信的说法是路遇黑狗不吉利，可我顾不上，我一路都在回忆黎翘突然翻脸的样子，也一路都在琢磨，他到底是个怎样的人？

那些比我认识他更久的人大可鼓吹或者鞭挞，但我发现黎翘并非那个被粉丝、被媒体神魔化了的大明星，他无三头六臂，七情六欲倒与你我差不多。

可他又与绝大多数人都不一样，至少与绝大多数明星不一样。

就说《遣唐》这出剧，导演张鹏，编剧吉村，都是文化圈儿里响当当的角儿。可黎翘比导演还乐于纠正演员的表演，而剧本一审再审，反复修改，甚至宣传海报上的文案也得经由他一字一字地斟酌推敲。

剧组上下都被他这种近乎病态的完美主义折磨得受不了，有敢怒不敢言的暗中腹诽，也有敢于直言的当面跟他呛。

那牛犊子被大众媒体奉为"当代音乐才子"，心眼儿窄，心气儿又足，毫不客气地对黎翘的修改意见提出异议，话说得温雅但不好听，言下之意是让这位外行的天王一边儿凉快去吧。

黎天王当然大发脾气，吓得那牛犊子以为自己马上就得挨揍。但谁也没想到椅子摔烂之后，黎翘没抡拳头，反倒夺过曲本儿，直接把对方的谱子给改了。

提一句额外的，爷当时站在桌前，一边伏身动笔，一边以他那修长的手指轻叩桌面，循着节奏打拍子。

样子特帅。

文无第一，艺术领域也没有绝对的非黑即白，但奇的是这大刀阔斧的改动收效甚佳，就连那位世界级舞蹈大师威尔顿都深感共鸣，当场脱了鞋子上了台，即兴编跳了一支舞。

大伙儿瞠目结舌，唯吉良脸色不变，一点不受惊于黎天王偶露一手的音乐才华。他说黎翘五岁就练小提琴，十岁拿了国际少年组比赛的冠军,虽说大学主修戏剧表演,可音乐底子强出那些科班的一大截。

明星监制话剧不新鲜,像黎翘这么认真的就太新鲜了,何况以他今时今日的圈中地位,上哪儿挂名、玩票随他乐意,犯不上还下血本投资,为种一菀苗,承包万亩田,换谁看都有点本末倒置,不务正业。

后来吉良告诉我,黎翘高中时期因为家里的事情辍学过两年,确实比同届的顾遥年长两岁,但也只年长两岁。他没刻意隐瞒这岁数,其实也没必要,只不过媒体想当然,他也懒得解释。早年没混出头的时候他演过不少话剧,还得过特别有含金量的"学院奖"。只是当时家里条件不宽裕,何去何从特别迷茫,最终他为求成名放下身段,演了不少媚于市场的片子。

这本不算什么,就跟女演员脱离三级片一样,待功成名就,再把脱掉的衣服穿回来不就结了。

但事情偏就不遂心,放下屠刀容易,立地成佛却不由你说了算。

"你一定想不到,"吉良跟我说,"就在决定投资艺术中心前,黎翘忽然失踪了一个礼拜,怎么也联系不上。直到一天夜里他跟疯子似的敲开我的门,一双眼睛熬得通红,下巴上尽是胡子楂儿,一开门就跟我说他找了个僻静的地方躲了起来,这一个礼拜别的没干,只把顾遥这些年演的片子一部接一部地看了,他说他一开始不屑,继而惊讶,接着愤怒,到最后已是心如死灰。他说他发现那些最刻薄的影评人竟是对的,顾遥是中宵惊电直击人心,而黎翘是肉身白骨空有其表;顾遥是顺水行舟一直在进步,而黎翘已经不会演戏了。"

"他说他迄今为止演得最好的角色就是一个身陷烂片圈圈与浮名之累的大明星,他已经入戏太深,出不来了。"

吉良见我怔忪,便笑着又说,黎翘当夜就做了个决定,待完成手上几部片子的合约,他便要定定心,做做自己喜欢的事情,所以他的艺术中心不以营利为目的,闲置的时候可以租借给舞蹈工作室,或者免费提供给热爱戏剧表演的大学生。

"他说反正这些年钱已经赚得够了,也是时候返璞归真,回归他演艺生涯的初心。没准儿这么一来,当演员的感觉又能找回来。"

我不知道黎翘当演员的感觉能不能找回来,但他当编剧的感觉怕是好不了了。本子一改再改,编剧组人人气馁,演员们也不干了,当面不敢冲撞,暗地里编派他的可不少。

黎翘这两天显然有脾气,我载着他在街上瞎逛,压根儿不敢问他要去哪里。

"他们说剧本没说人话,拿腔拿调地端着,不是新媒体舞剧,而是过了时的老派戏剧。"黎翘闷了半天突然开口,吓我一跳。

我粗粗归纳一下他的意思,不够返璞归真,不够接地气。

我斗胆问他:"想接地气还不容易,敢不敢跟我走一趟?"

泰坦尼克号上的杰克带着萝丝参加了下等人的舞会,我带着黎翘穿街越巷,吃最地道的炒肝喝最臭的豆汁儿,还跟断了一条手臂的街头舞者斗了一回舞,酣畅淋漓,十分痛快。

一天尽耗在三教九流之间,只当深宫里的太子微服私行,但黎翘竟然觉得很有意思,他毫无被唐突怠慢之感,反说受益匪浅。

如此一来二去的,我们便有了情分。后来他自那位断臂舞者的故事里得来灵感,改完最后一稿剧本。他对我说:"这剧本里有他的影子,有你的影子,还有我自己的。"

再后来,我们口中的这位"返璞归真"的爷干了件特别不返璞归真的事儿——为这出舞剧的每一细节精益求精,他带着《遣唐》的全部主创与吉良一起赴日本学习。

而我稍稍得闲才想起来,离大奖赛决赛的日子越来越近,我好像已经有很久没见过范小离了,除了在电视上。

在被电力公司拉电闸前我总算赶上续交了电费,厅里的电视机开着,里面放的正是范小离参加的那个选秀节目。

这期的男神嘉宾是顾遥,参加节目前范小离就拍着她瘪瘪的胸膛保证,会在我生日时给我送一张他的亲笔签名来。节目上两人的互动也不少,镜头前看看倒还真是金童玉女,一对妙人。

在顾遥之前还有两位嘉宾,每位都在节目之后和女学员传出了绯闻,懂行的人都知道这些通常不是真的，不过是节目组自备的一剂收视灵药，常用常新，百试不爽。

但顾遥出道多年，依然百毒不侵，一切绯闻到他这儿自动绝缘。他的无名指上戴着结婚戒指，他每夺影帝时必然感谢自己的太太……外头对此一直诸多猜测，有传他的太太是他戏剧学院的学妹，也有传是个家境颇优的圈外人，但这么些年传言仍是传言，顾遥一直对他的家庭保护得很好，从未让他的妻子走进过公众的视野。

灶上在煮保肝养肝的中药，老袁伏在灯下算账，我一边在网上瞎逛，一边以耳代目，关注范小离与顾遥的互动。

自打老袁有了那份看大门的工作，每天晚上就多了一门功课——他随身带着一个小本儿，上头详细记录着每天来小区里停车的车主与车辆，回家以后就将每一笔停车费算得清清楚楚，再用报纸细心包好，等着第二天上交。

我存心跟他开玩笑，说："哟，大叔您可捡着好活计了呀！每天揩油两三笔，积少成多，慢慢就有自己的小金库啦。"

哪知老袁这人一点玩笑开不得，立马变色，正儿八经地教育我，人活一根脊梁骨，顶天立地不可做贼。

"您老得了嘿，我就随口一叨叨，不要上纲上线。"

"这是做人的大问题，叨叨也不行。"老袁扶了一把他的老花镜，抖着手，按着计算器。

范小离亲哥这角色让我特别入戏，时不时就要上网搜一搜她的名字，瞎操我的一颗心——我操心镜头把她拍得不美耽误前景，又操心镜头把她拍得太美会遭狼惦记；我操心网上的人骂她措辞难听，更操心网上的人不骂她，失了关注度。

然而最近也不知怎么了，我除了在网上替范小离横扫千军，总忍不住要顺道瞧瞧黎翘的新闻。

果不其然，节目里出现了顾遥，网上言论必有黎翘。有个网民发了帖，标题哗众取宠，内容也极不客气，说顾遥比黎翘强出了千里远，说顾遥真，黎翘装；说顾遥亲民，黎翘高冷；说顾遥四摘极具分量的影帝头衔，黎翘至今在电影奖项上颗粒无收……

这帖子看得我心生恶火，立即荷唇枪，实舌弹，恨不得把那家伙的祖坟都骂垮了去。

键盘被我的怒火敲击得噼啪直响，最后还是删了。

想了想，算了，不给那位爷招黑了吧。

转头去看电视，正逢顾遥以拥抱安慰一个刚被淘汰的女孩，我不由慨然，顾遥真挺英俊的，他的英俊带着一脉温柔与赤诚，招人亲近，令人享受，和黎翘那种拒人千里的范儿截然不同。

被淘汰的女孩哭个没完，诉说自己身世悲苦，能走到今天格外艰辛。

"哎，袁国超，你说这个叫艾雪的姑娘不去拍戏多可惜，网上早扒了她是外围，她这会儿哭得倒挺真嘿！"我跟老袁八卦。

"外围是什么？"老袁问我。

"就是那种特实诚特有欲望的姑娘，找对象不看品行，不论美丑，只要给钱，就跟你走。"

我说得特别通俗，可老袁还是没听懂。他也回头看了一眼电视，然后又埋头于他的账本儿，胡乱应付我说："这丫头看着还不到十八岁吧，已经有对象了啊……"

跟老袁说这些时下年轻人的事儿简直是对牛弹琴，我不愿再讨没趣儿，正打算洗洗睡了，门外头突然传来小离他妈那高亢尖锐的喊声："你谁啊？找谁啊？"

紧接着，我便听见一个十分熟悉的声音，那声音令我四体俱颤热血上涌，几乎当场落下泪来。

"我是王雪璟，范小离的舞蹈老师。"

老娘皮不是为我而来，她是来找范小离的。

范小离家与我家也就一个转身的距离，我没开门，只是隔着挂着一袭帘子的铁门往外头张望，脸红透，心狂跳，跟偷窥大姑娘洗澡似的。

外头的女人穿得也雅也艳，一身尽显袅娜的仿青花瓷中式套裙，还罩着一件猩红色的披肩；外头的女人素面朝天，下巴颏儿以舞者的姿态微微抬起，秀直的鼻梁上架着一副眼镜，这让她看上去不太像祖贤了，反倒有点像上了年纪以后的茵梦。

然而无论是美人迟暮还是亲人相见不相识，都是这世上最值得人断肠的事儿。

我与老娘皮久未见面，她始终不肯原谅我当年放弃了舞蹈。

我爸病情稳定以后，我的手头一下宽裕不少。俗话说仓廪不实，腰杆不直，就像每一个一有钱就惦记女人的男人一样，我也决定去找女人。

我去找了老娘皮。

老娘皮有个毛病，一遇见跳舞的好苗子就会不计回报地下狠功夫栽培，待大袁如此，待我如此，待范小离也是如此，因此这些年越过越清贫，民营艺术团难以为继关了门，自己也越搬越偏远。

去她现在住的地方必要穿过一个农贸市场，我送范小离去过两次，每次都止步于农贸市场前，没去探望过一眼。

买了蜂王浆和车厘子，还在礼盒里塞了一个两千块钱的信封。市场外窄内宽，空间很大，我路过一个卖鱼的摊儿，见大若浴缸的红色塑料盆前，鱼贩那挂着鼻涕的小儿子正掰碎了手里的面包喂鱼。与之相隔不到两米的地方，又见一只活鸭被提溜着脖子押上断头台，一个柴瘦的小伙儿手挥阎王刀，在一位膀大腰圆的男客面前，干脆利落地送之归西。

空气里异味弥漫，这样的气味我不陌生，我也曾每天笑看鸡飞鸭跳，笑闻鸡鸣鸭唱，笑对鸡毛鸭屎，可我万想不到，不食人间烟火的老娘皮居然住在这种地方。

她家在二楼，我在大门外站了半晌，迟迟没敢摁响门铃。

倘使我罢孝悌、摒忠信、废礼义、黜廉耻，把一颗心操练得狠硬如磐，把这世间的坏事全做绝了，我还是看不得老娘皮那双眼睛。

正巧楼上有人下来取报纸。一个面目凶煞的中年男人，穿着裤衩，趿着拖鞋，打量了我一眼，劈头盖脸呵斥我："见你在这儿鬼鬼祟祟杵老半天了，你到底找谁？"

我一下子心慌了："王老师……住不住这儿？"

"王老师啊,王老师一直教我女儿跳舞,也不收钱,她人特别好,气质也特别好……"男人一打开话匣子就收不住,凶煞的面容也顿时和蔼起来,他说,"王老师一直夸我女儿有舞蹈天分,她说艺术改变命运,鸡窝里也能舞出一只金凤凰……"

面对一个父亲为女儿描绘的锦绣人生,我稍稍宽了心,把东西交给他,简单唠两句,走了。

还没走出多远,突然听见身后传来重物坠地的声音。一回头,发现我送去的东西就躺在离我没几米远的地方,蜂王浆砸碎了,车厘子砸烂了,里头那个信封纹丝不动。

我抬头看向二楼的窗口,老娘皮已不在那里。

我捡回送不出去的两千块钱,将黏稠一地的蜂王浆扔进垃圾箱,坐在回程的公交车上,一边看窗外边的车与人,一边往嘴里塞车厘子。

比鸽子蛋大的车厘子泡了蜜,齁甜齁甜。

她始终不肯原谅我当年放弃了舞蹈。

"我是王雪璟,范小离的舞蹈老师。"

"你来干什么?我们没钱的!"小离她妈的声线瞬间绷紧了,听着很紧张,大概以为对方是来催讨当年垫付的医药费。

"离大奖赛开始还有不到一个月的时间,可小离有阵子没来排练了,手机也联系不上。"老娘皮情绪很淡,但声音透着关切,"我来就是想问问,家里是不是出什么事了?"

知道对方不是来要债的,小离她妈的大嗓门又响起来:"我女儿能有什么事儿?活蹦乱跳,漂漂亮亮的,你想多了,赶紧回去吧!"

"那我能跟她说句话吗?"停顿一下,"她现在不在家吗?"

"不在家!她这几天都在外头过夜,不知道去哪儿了!"

"孩子几夜没回来,当妈的都不担心吗?"老娘皮的声音也绷上了,像往紧里调拨的弦线一样。

她是真担心那死丫头。

小离她妈不占理,只得以嗓门把对方盖过去:"我孩子去哪儿关你啥事儿啊？！你谁啊你？凭啥在人家亲妈面前指手画脚的！"

女人的丰乳肥臀与另一个女人的仙风鹤骨对比鲜明，她挺了挺胸，垂在肚子上的两只大口袋就跟着晃荡："我告诉你吧，我们小离不跳舞了，她现在在录节目，导演特别喜欢她，说她只要再加把劲就一定会红的，哪儿有空跳舞啊！"

"跳不跳舞得孩子自己决定，旁人说什么都是空的。"

"嘿，你这人还有完没完？！我是旁人吗？我是她妈！怎么，我们小离要有更好的发展了，你还想拦着吗？"小离她妈抬起胳膊，手指在老娘皮眼前戳戳点点，"我告诉你，你可别缠着她啊！跳舞有什么意思？你跳了半辈子舞，也没把自己跳上电视啊，别说没上电视，你连个男人都没有！"

"那打扰了。"老娘皮也不动气，由始至终温和有礼，"麻烦你等小离回来，让她跟我联系一下，报个平安。"

"有病！"小离她妈"咣"地砸上了门。

老娘皮没马上离开，只转了个身，劈面与我相对。

我们之间隔着一扇门。

她在我的门口站了很长时间。我不敢肯定她是否知道我就在门后面，可我知道以老娘皮的傲气与傲骨，我在她被人痛骂的时候开门出去，即使一言不发，也是雪上加霜。

她在门口站了很久，很久。然后轻声叹气，转身而去。

待确认老娘皮走了以后，我拿起外套就要出门。

我爸在我背后吼我："这么晚了，去哪里？"

我也不甘示弱地吼他："我去把我妹子找回来！"

晚十一点，我开着雪弗兰去电视台找范小离，撞见了节目组的一个助理。我以前出现时以黎翘的名车为自己撑过场面，那助理见我自然殷勤，还没等我发问，她便主动告诉我，范小离这会儿正在哪里泡吧。

开车找到那家酒吧，外头齐刷刷地停着一排好车，跃马与三叉星一起挤我的雪弗兰。

我穿过乱七八糟的人群找到范小离。她坐在一处设着消费门槛的卡座上，显然已经喝得云里雾里，看什么都眯缝着眼，还一个劲地晃脑袋。她身边紧挨着三个潮人打扮的年轻男人，离她最远的地方是一个挺面熟的年轻女人。

我辨认了五分钟才确信自己没认错人，不正是节目里那个"格外艰辛"的艾雪吗！上翘的假睫毛一直杵到眉毛，半截胸脯既白又亮，呼之欲出，她掐灭一根烟，立马又招呼那三个男人的其中一个为她点上，而另外两个也不茹素，一个正往范小离嘴边递送酒杯，另一个则是摸她的裙子……

我顿时火冒三丈，如果这会儿再没个人上前阻止，这仨孙子非在这儿就把她强奸了不可！

我冲上去，一把推开那个动手动脚的男人，转身去拽范小离："很晚了！你妈催你回家呢！"

被我推开的男人立即一巴掌朝我呼了过来，嘴里骂道："关你屁事儿啊？"

看着都是有钱人，一言不合就动手，送酒的那个把酒杯重重掷在桌上，也起身往我肩膀上狠搡了一把，叫嚣着，要我滚蛋。

"你算什么玩意儿？！你是小离什么人啊？"

对方揪紧了我的领子，似要勒我断气，我果断挥出拳头，嘴上还不忘占便宜："我是范小离的亲哥哥，我还是你大爷！"

该跪的时候不扭捏，该骂的时候不松口，而真正该抡拳头的时候也绝不认怂。

我抱着必死之心跟这仨孙子死磕，他们揍我我就还击，他们揍我一拳我还得连本带利讨回三拳——事实证明打架水平跟腰包瘪胀没关系，土狗命贱也命硬，发起狠来，照样干死这帮名种犬！

战况激烈且战绩斐然，我一时得意疏忽，没想到自己的后脑勺忽然被人偷袭了那么一下子——

玻璃碎裂声格外响亮，我当场被打蒙了，就连跟我拳来脚往的那三个人也停了下来，一并惊诧地望着我的身后。

后脑勺有滚热的液体淌下来，倒也不是很疼，我晃了几步，没倒下去。

转回头，发现站我身后的是范小离。

她那一双凤眼被酒吧的射灯擦得锃亮，手里还提着一只沾着血的酒瓶子。

"你别管我，谁也别管我。"范小离冷静地看着我，说，"我不跳舞了，我长大了。"

民警来调解，我三缄其口，那仨孙子本就有身份，赔完砸坏的东西，事情也就不了了之了。

检查结果是轻微脑震荡，不算太严重。为给伤口缝针，医生将我后脑勺上的头发剃去一些，我一前一后拿着两面镜子照了照，不行，不美观，跟得了牛皮癣的狗一样。于是我索性自己动手，把头发全剃了。

我给吉良发消息请假，避重就轻地把情况讲了讲，便窝在家里蒙头大睡。

几天后我出现在排练室，毫不夸张地说，空气凝滞，姑娘们全都目瞪口呆，长达数分钟的寂静之后这个世界突然醒过来，鸟雀出笼。

"呀！小哑巴，这发型一般人可驾驭不了，你剃光头发比原来看着更帅了啊！"

"以后不能叫你小哑巴，得叫你小和尚。来，顶俊俏的小和尚，快让姐姐摸一摸。"

"我以前怎么没发现，你小样还真是眼是眼，鼻子是鼻子的——哟，脑后头怎么受伤啦？"

脸上尚有瘀青，想来装傻也瞒不过，于是跟她们解释说人倒霉起来喝凉水也塞牙，朗朗乾坤的，我好端端地走路上，居然就遭楼上抛下来的酒瓶子眷顾。但她们不相信，极尽调侃之能，非说我是冲冠一怒为红颜，在哪儿跟人干的架。

算了，天气渐渐暖了，野花摧枯拉朽，野狗四处乱窜，所有沉睡的心思都活络起来。

为红颜就为红颜吧。

袁骆冰死了一半，另一半是他的悼亡人，悲痛欲绝。

黎翘从日本回来这天正巧是我生日。我前天晚上就收到指示，不用去接机，直接去他的工作室候驾就行。

一大早打算出门，发现门缝底下塞着一张卡片。这会儿外头悄无声响，该是谁在我熟睡时悄悄塞进屋来的。

拾起来看了看，是一张随处可见的生日贺卡，可留在上头的话却一般又不一般：祝生日快乐，梦想成真。

落款：顾遥。

顾遥的字一看就没少练，笔画劲爽，棱角俱在。我第一时间犯了一个许多人都会犯的错误，拿着顾遥的真迹就忍不住对比黎翘。他俩都写得一手好字，顾遥的字相对工整健拔，黎翘的字则更潦草飘逸。

受伤后我再没见到范小离，但她到底遵守了当初的约定，给我带来了顾遥的签名，还带着点两不亏欠的意思。

我手握这张卡片，如同手握一页好故事的终章，心里忽然浮起一个特悲凉的念头：也许这段单方面的兄妹情早已戛然而止。

黎翘的日本之行十分顺利。工作室的休息区里，沙发上的黎爷容光焕发，貌似心情甚好。在我出现前，老远就听见他爽朗的笑声，可当我进门以后，他立马不笑了，直着一双眼睛，跟撞鬼似的看着我。

我挠了挠光光的头皮，手足无措地回应他的目光。

半晌，黎翘才问："头怎么了？"目光稍稍在我脸上游走片刻，又问，"脸呢？又怎么了？"

大约还没从脑震荡里缓过劲儿来，我比以往迟钝，面对诘问竟愣半天而不开口，倒是一旁的吉良替我打圆场，说："骆冰跟朋友出去，不想被几个富二代寻衅打了，我让他多歇几天，可他不愿意。"

"还手了吗？"黎翘冷眼看我，突然这么问。

吉良说的不全是真相，但我压根儿没力气解释。我以为黎翘这么问是怕我在外头给他惹祸，丢他的名声，当即摇头，不料他拾起沙发上的抱枕就朝我砸过来，嘴里骂："蠢蛋！别人打你也不还手吗？！"

我躲也不躲，迎面挨下一击。

"算了，一年一次的大日子，不提扫兴的。"黎翘以目光示意我去取茶几上的一只礼盒，满眼笑意地看着我，"我给你从日本带了一份礼物，拆开看看。"

甭管外头人怎么把黎翘描绘得冷性冷血六亲不认，但他对自己的员工向来大方，这回去日本，他给团队里的每个人都带了礼物，竟也包括我。

几个女职员拆开包装，发现了顶级奢牌的皮包与护肤品都惊喜地呱呱叫唤。

我不太嗜好这些东西，但拗不过黎翘那种莫名鼓励与殷切的眼神，还是当众将礼盒打开——

结果，从那么隆重花哨的盒子里居然取出一枚电子狗牌。

周围一片哄笑。黄鼠狼给鸡送礼，我知道这是黎翘变相嫌我没骨气，对人总是一脸奴相。

"日本最新款，LED显示屏、电子芯片、运动追踪器，"这位爷向来不知体贴人，偏在我最糟糕的时候仍以糟践我为乐。我看见黎翘往后仰躺下去，笑容往死里迷人，"不用谢我，现在你就可以戴上了。"

周围又是一阵笑，独我无精打采，不争不辩，一直垂着头。

这位爷对我这样的反应不满意，抬手又朝我的脸砸来一个抱枕。

仍是不躲，连着挨砸两下之后忽然头晕耳鸣眼泛泪花，我怏怏地抬了一下眼皮："爷，别闹了。"

"你今天怎么这么没劲？"黎翘露出扫兴的表情，沉默一会儿，对我说，"提个生日愿望吧。"

"就这个吧，"我晃了晃手上那枚电子狗牌，"挺好的。"

"正经提一个。"见我欲动嘴皮子，黎翘立即正色，又补一句，"你得想好了，机会只有一次。"

我努力想了想，远的招呼不到，也就根据自己的现状提了个愿望："头疼，疼得要命，能不能准我请假回家？"

"不准，"黎翘拒绝得很干脆，"再提一个。"

这也不行那也不准，我突然起了个恶劣的念头，存心拣他不爱听的说：

"那……能不能带我去见见顾遥，我特想再见他一面，当面跟他说他是我偶像——"

话音未落，黎翘抄起一件琉璃摆件就要砸我。

这回不躲不行了，这么个玩意儿砸过来，我非得当场毙命不可。可我刚抱起胳膊护住脑袋，却看见他又把抡圆的胳膊放了下来，一脸嫌弃地说："这东西比你的脸值钱。"

我真是头昏脑涨得快厥过去，只得以告饶似的语气说："爷，我收你送的东西你不高兴，我想回家洗洗睡了你又不乐意，干脆你说想我今天干吗吧，省得我自己瞎琢磨，也省得那些别有用心的要说你是摆臭脸、放空炮、施大粪于小草根，明里是送礼，实是不捂死它不甘心，尽往臭里整呢！"

周围人又笑了，连黎翘自己都笑了。

他的笑容有种说不上来的味道，明明是皱紧了眉头，摆定一张严寒的脸，可转眼又春风徐来，任那性感多情的嘴唇半抿半开，特别惊艳。

接着黎翘微眯眼睛盯着我，足有五分钟。五分钟之后，他忽然起身，朝我走过来，一把揪着我的后领子，跟遛那种特不驯的狗似的把我往门外拉拽："今天除了跟着我，你哪儿也别想去。"

我实在犟不动了，乖乖跟着走。

工作室的一个媒介专员发声问："爷，你打算上哪儿啊？"

以前这些人称呼黎翘为老板，或者亲近点的就直接叫 Lee，而今一个个受我传染，也都没脸没皮没正经地管他叫"爷"。

然而黎翘并非回回都赏脸，他冷冷地看了那个人一眼，毫不容情地警告他："再敢这么喊一声，马上收拾东西滚蛋。"

第六章
▶ 愤怒的子弹

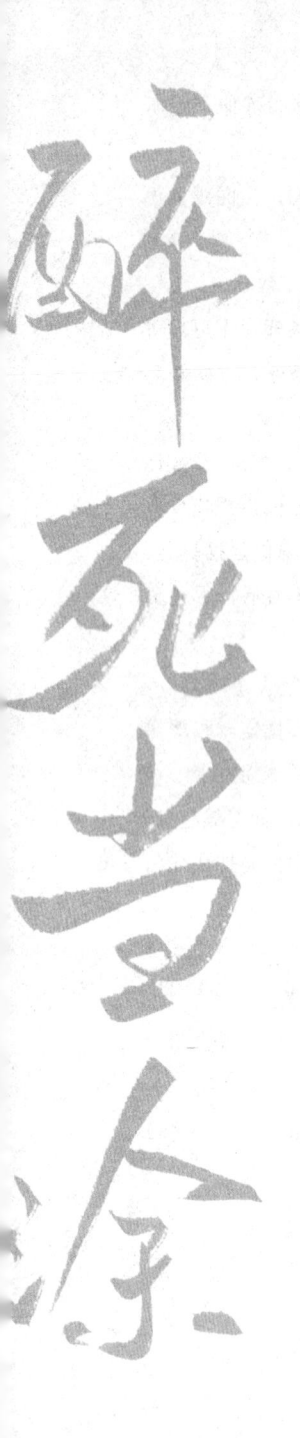

黎翘仍如我们初见那次以墨镜与帽子武装自己，以免被人认出他是巨星。他撇下名车，强迫我以雪弗兰载他出行，我们去了好些地方，比如去坐过山车，比如去看舞台剧。

"你若不压橄榄成渣，它就不能成油；你若不投葡萄入醋，它就不能成酒……"舞台上的演员拿腔拿调地念着赞美诗里的句子，"主啊，我这人是否也要受你许可的创伤？"

天晴，树老，花肥，低头一地阳光，举头一片闲云。可我的头往死里疼，导致什么都无法让我打起精神。我一路蔫坏，除了扫兴不干别的，最常出口的话就是"头疼，想吐，我得回去睡觉了"。

黎翘置之不理，照样抬脚就蹽，或令我去买水，或令我去买票。

一顶棒球帽不能完全掩住我的光头与头上的伤疤，再加上我一脸生无可恋的病恹之气，看着就像个饱经化疗之苦的病患。我听见排我身后的一个女人轻声说："年纪轻轻的，好可怜。"

最后黎翘带我去拳击馆。他把我推到一个戴着拳击手套的男人面前，对那人说："这小子没精神，揍他一顿吧。"

这个男人名叫张亚军，是位退役的拳击运动员，据说他的运动员生涯相当可圈可点，可惜在那场决定命运的比赛里他没拿上冠军，又因素来与领队关系不睦，最终还是落选了比赛名单。退役以后就业无门，有人劝他说，你长得那么帅，不妨去演艺圈找口饭吃吧。

张亚军看着比黎翘年长不少，长着一双谙察世情的眼睛，蓄了一点有型的胡须，这让他那张本就轮廓深邃的脸更显英俊。我发现，他的五官乍一看与黎翘相似了那么三五分，而他的身板与黎翘几乎出自同一副模板。

后来我知道，他跟黎翘因为一部电影相识，当时他是最炙手可热的影坛新星，而他是他的专用替身。

张亚军因为"张大胆"这个绰号引起了黎翘的注意。导演说游艇爆破要他跳海，他嗖地就跳了下去，导演说被人追砍要他跳楼，他嗖地就跳了下去，导演说飞车追逐要他半途从空中坠下，那次安全垫临时出了问题，导演又跟他说别跳，可他还是嗖地跳了下去，摔得坐骨粉碎性骨折。

因为他的一只耳朵是聋的，日复一日的拳击训练使他浑身带伤，一次疏于防范被对手击中面部，造成了右耳的神经性耳聋。

事后导演惊出一身冷汗，问他："张大胆，你不怕死啊？"

张亚军回答说："怕啊，可我要养家，我的房租两个月没交了，我老婆和两个儿子还要吃饭呢。"

张亚军自嘲说，自己有阵子特别有倾诉欲，跟祥林嫂一样，几乎逢人就要谈起那段光辉又遗憾的运动员生涯，他开始怨天怨地怨父母，为什么给他取名"亚军"呢，他说自己一生赢过那么多场比赛，唯独就差那一场，如果赢下那场比赛，他的后路不会如此迂折，他的整个人生都将大不相同。

他将这些话说了无数遍，听众大多富于同情心，接纳他自舐伤口，安慰他自怨自艾，甚至还有些自己也不太坦顺的，忍不住便要与他同叹，时哉不我与。

只有一个人旁听多遍却从头到尾毫无表示。当他再次跟新认识的剧组叨叨往事的时候，那人突然把手边东西摔在他的身上，强行令他闭嘴，然后又甩了他一脸的钱，说："我给你钱不是因为你十年前差点参加了世界大赛，而是因为你这两年为我出生入死，任劳任怨。"

当时那人还说："但凡这世上有所成之人，都离不开三分人事，七分天意。你训练时没有偷过一次懒吗？你跟领队说话时没有一次自恃优异出言不逊吗？可见你连自己的三分都没做好，还有什么资格怨天怨地？"

这些都是张亚军告诉我的。

他还告诉我说，那人就是黎翘。

后来他从无休无止的抱怨里走出来，用这笔钱租了门面，开了这家拳击馆，黎翘偶尔还带剧组或者朋友来他这儿进行拳击训练。现在这家拳击馆已经是他自己的了，把日子过红火基本不成问题。

这位爷的脾气真的很坏。他把我推上拳击台后，就指示张亚军一定要狠命揍我。

拳击手套戴着不舒服，没动几下便沾上了一头汗腻。我看出张亚军顾念我是黎翘的朋友,始终没有发狠力、出重拳,我也能躲则躲,实在不行就挨上几下,坚持不还手。

"张亚军!"在下面观战的黎翘破口大骂,"让你揍他!不是给他挠痒!"

张亚军稍稍认真了一些,连着几个摆拳将我晃得步子大乱,接着一击直拳正中我的胸口。

胸腔遭受重击,"哐"地响了。我突然头痛欲裂,耳边尽是怎么也听不清楚的杂声,我怀疑这是脑震荡的后遗症又发作了,赶紧以双臂护住脑袋,直往拳击台的角落里躲。

"袁骆冰!你在怕什么?!"黎翘在台下,转过头来又骂我,"还手啊!为什么别人打你你不还手!有我在!打死了我给你请律师,打残了我负责到底!"

"我是跳舞的,又不是打拳的!"他喊我也喊,反正今天我就是铁了心地不想配合,"我头疼,想吐,我快不行了!"

"Lee,这不行的!他没练过,我是专业的,这劲儿要是一下没拿捏住,非把他打死不可!"张亚军也急了,不再对我穷追猛打。

估摸着张亚军是怕酿出人命,拳头挥得又软又疲,显然是出工不出力,黎翘大概也觉得他说得有道理,于是随手往旁边一拽,拽来一个腰比张亚军胳臂还细的鸡仔,不由分说就把他推上了拳击台。

来人脸白如纸,矮我半个头,瘦得仿佛一层皮糊在了骨架上。按说这么个鸡仔我是不该怕的,我的肩膀比他宽,手臂比他长,我出拳的力道比他重,挥拳的幅度比他大。

但我真是蔫了。自打范小离闹了那一糟,我就如被抽干最后一点水分的植物,耷头耷脑的,毫无精气神可言。

"难怪别人说跳舞的男人都娘炮,你这样还怎么回到舞台上?你的志气就这么点,骨头就这么软吗?!"

黎翘又冲我喊了一些,可我已经听不清了。我抱着受伤的脑袋,缩在拳台角落,哭得眼泪鼻水一股脑地流,耳边一直有些怪声嗡嗡直响,像是脑袋被打坏了,但只有一句话反复不去:"袁骆冰,你在怕什么?"

是啊，我在怕什么？

黎翘终于看不下去了，脱了外衣，自己跳上了拳台。他一把推开那个鸡仔，朝我挥出拳头。

这下我更是躲无可躲，逃无可逃，我的老板挥拳揍我，我当然只得生生挨着。

没几下我就被黎翘打得半死了，脸颊肿得像嘴里塞了核桃，眼眶火辣辣地发胀，感觉眼珠都要迸脱出眼眶。

"你面对的是谁？"黎翘揪起我的衣领，问了个在我听来相当不着边际的话，"我是谁？"

"你是黎翘……你是天王，是巨星……"我被揍得全身都颤，满嘴浓重的血腥味儿，牙齿都松动了。我反反复复说一句话，"你是黎翘……是我的老板……"

我抱头想跑，嘴里呜咽着求饶，可对方不肯罢手，他将我的手臂拽开，以冷峻的目光指向我的脸。

"我是扑杀你那些活鸡的市场协管，我是坐你的黑车却不肯给钱的乘客，我是那个为了一己之私，在决赛前赶你出舞台的浑蛋啊——"

"舞台"二字将将落下，我就彻底入戏了。我惨号一声爬起来，低下头，以光溜溜的脑袋当武器，朝黎翘顶过去。

也不知是不是我低头那一瞬间看花了眼，黎翘竟以鼓励的目光望着我，如同置身事外，一点没有躲闪的意思。

直到差点就要撞上黎翘——真的只差一点，以时间计，可能只有两三秒，以距离计，可能不足五厘米。

黎翘突然鼓掌，也跟疯了似的大喊："Nice shot！"

就是这一声喊，我又怂了。

不敢像上回在剧场舞台那样开罪我的老板，又无法及时刹车，我只得拐弯避开黎翘，一头顶在了拳击台边的柱子上。

这么一下还没倒，耳边的噪音却终于消停了。我站直身子，面向众人。

张亚军傻了，黎翘蒙了，就连那鸡仔都一脸莫名，他们都活见鬼似的看着我。

我脑震荡尚未痊愈，经此重重一击，我只来得及对眼前这些明显受惊的面孔摆出个笑脸，就大煞风景地……晕了过去。

我在医院里醒过来，睁眼看见的人是吉良。我常想若说每个成功男人背后都有一个贤内助，那黎翘的贤内助显然就是吉良，永远默默付出，无怨无悔。

待我彻底好了以后，黎翘就跟一喝断片儿的人忽又清醒一样，将拳击台上那些事儿完全抛在脑后，照常动辄凶我打我。

我揣摩，因为他最近自顾不暇。

《遣唐》剧组里有个女演员，我不便说她的名字，因为她太火也太有争议，谁跟她的名字沾一块儿都得惹来一身臊。该女演员学习舞蹈出身，也借脑残热剧出道，近两年开始扎根于大荧幕，尽管演技一直处于末九流的位置，但凭着一流的营销水平，二流的公关能力，她渐渐也有了点灼灼其华于影坛、一枝独秀于众花旦的意思。

她跟黎翘有过一段，所以特地接下《遣唐》的首席舞者，承担了剧里分量最重的几支舞。

本来是皆大欢喜，可这位首席舞者自日本回来以后突然变脸，一会儿不满剧本，一会儿不满造型，每天迟到早退，难得露面还要对着剧组上下指手画脚。

我听随行日本的林姐露过一句，这女人加入《遣唐》，图人不图剧，一心只想与黎翘破镜重圆，只可惜千算万算漏算了时过情迁，人家早没这意思了。

后来那女星孤注一掷，大庭广众下扭腰动胯、风情万种地为黎翘献唱，结果黎翘毫不给面子地来了一句："妆太浓了，音准也有问题。"

于是因爱成恨，变着法子作天作地。

偏偏这阵子黎翘也忙，他得一边拍戏，一边兼顾《遣唐》，常常是在外地连拍几十小时的戏，立马又坐着飞机赶回来，一连几天也合不上眼。很多时候他只能在副驾驶座上小眯一觉，敷着一张贵得要死的面膜，无论车上如何倦眼血红、脸色疲惫，一下车就神采如初。

我开车便再不敢多嘴，唯恐扰了他仅剩的休息时间。

剧里有一段群舞叫《太平》，灵感取自《太平广记》中的一个女尼形象。浓墨重彩的舞台布景之下，身为领舞的光头女性舞者身穿缁衣翩翩起舞，在连串高难度的弹跳、翻身与腾挪之间展现盛唐风貌。

黎翘要求女星剃头，女星不干了，便连原先与导演商议好的剪发戴发套也不干，非嫌这个样子出场不好看，要把缁衣改成华服，要把光头改成发髻，还是珠光宝气满插金银那种。

这个改动在旁人看来或许无关痛痒，连导演张鹏也劝黎翘，说观众未必看得懂他的苦心孤诣，将就将就得了。但黎翘眼里半粒沙也容不得，他直接把改后的剧本摔在对方脸上，说："想干好一件事就没有将就可言，优不满足，我要最好，良更不行，那是诋辱。"

就在事情彻底闹崩的前一天，那女星与张鹏一同前来逼宫，具体过程不得而知，只知道最后血溅工作室，黎翘砸了手边的东西，可好巧不巧的碎片落地反弹，直奔女星的脸蛋而去。

花容上添了一道带血的口子，那女星怒火滔天，撂下狠话："黎翘，你演了这么些年狗屎不如的东西，这会儿倒不肯将就了？网上都传顾遥要拿第五个影帝了，你呢？你要不是还有张脸，还有一群脑残追着捧着，就你这烂演技与烂性格，还有哪个导演愿意跟你合作？我不看好你，但我还要祝福你，我祝你孤家寡人一辈子，烂片再演一万年！"

三人不欢而散，张鹏一气之下策反了别的剧组成员，把一群主创拉出了《遣唐》。第二天网上便轰轰烈烈地曝出了黎翘殴打女演员的新闻，工作室的电话都被各大前来求证的媒体给打爆了。

吉良明里事事顺着黎翘，私下也跟我表露担心，说黎翘这些年的嚣张跋扈早惹恼了那拨媒体人，人家一直眼巴巴地盼着落井下石呢。他认识的一个资深人士悄悄给他透了底，说媒体人管这次事件及其引发的后续效应叫"倒黎运动"，都说非把他彻底搞臭不可。

《遣唐》已经开票，而今主创走了一大半，看上去根本不可能按时演出。

"倒黎运动"持续升温,多年前的新闻视频被重新翻出,日本之行也被别有用心的媒体大加指摘,有老生常谈说他耍大牌的,也有无中生有说他屈膝媚日的。

黎翘目前正有一部戏在拍,导演还算通人情,主动提出让他先歇两天。而吉良与工作室的人忙于补牢,一边兵来将挡,一边找人救场,也都加班加点,几宿几宿地熬着。

我开车送黎翘回别墅,他洗了一把脸就躺靠在沙发上,以手指扶着前额。

电视里正在播电影奖的专题节目,那女星没说错,顾遥还真就拿了他的第五个影帝。

"太客套的话也不便说了,这台上台下基本都是朋友。在这儿我要感谢我太太,她鼓励我在表演上多做尝试,她会细细比较我出道至今的所有影片,她的建议常常让我获益匪浅……"

黎翘一眼不眨地盯着电视里的顾遥,手中拿着半瓶红酒,跟灌白开水似的灌自己。

电视里的那个男人看着意气风发,情绪高昂,电视外的这个男人却很疲惫,情绪也低落。

我不敢在这个时候惹他,远远躲着,想着找个借口提前回家。偏偏还是被黎翘注意到了,他扬手招我过去,摇头晃脑地说:"想吐……"

我马上过去,找了个塑料袋垫在手里,跪在他身前说:"吐吧,我接着。"

黎翘对着我的掌心干呕两下,没吐出什么东西,忽地摇了摇头,抬脚踹我:"滚吧,就见不惯你这奴才相!"

这么近的一脚踹空了,看来不是醉得不轻,便是心情确实糟透了。

"爷……"我想趁机溜走,见他这么抑郁又不忍心,便换个方向走到他的身前,挡住他的视线,"你不用为网上那点风波发愁,闹过一阵子,准好。"

偏冷的灯晕下一张偏冷的脸,黎翘低眼看我,眼里的醉意消散几分,声音倒是冷气儿十足:"谁告诉你我在为那些蠢货发愁了?"

"也对,这点小事哪儿值得你看得上眼,是我愁,是我杞人忧天。"我反应快,及时改口。

黎翘冷哼一声:"你不总说自己是跳舞的,骨头硬么,怎么动不动就给人跪下?"

"人挡着我,我就给人跪下——我不惯着自己。"我嬉皮笑脸没正经,本来嘛,也就是为让这位爷轻松一下,笑一笑。

黎翘点了点头:"想不到你读的书还挺多。"

"没有,小时候只顾着跳舞了,一点书都读不进。"我不提自己,特巴结地重拾原来的话,"我看了那些新闻可生气啦,恨不得把那些幕后煽风点火的人一个个揪出来,由头到脚狠骂一遍。"

电视里开始放广告了,黎翘低头看我,面无表情地说:"骂几句我听听。"

第七章 ▶ 我们都是玩风的人

"骂几句我听听。"

"张鹏别以为喝过两年洋墨水,导出两部能看的戏,自己就真多有才了?成日里牛气哄哄,实则外强中干就那么点东西!"

黎翘板着脸,不够,再来。

"还有那些一经煽动就撂挑子的,脑仁儿都被门挤了吗?!长着点儿眼力见儿,你们妈生你们不容易,别又挤回去了!"

黎翘微微动了动嘴角,还是不够,再来。

"那些狗仔记者闭嘴是人,张嘴是狗,成天一口砒霜一口蒜,逮谁吠谁是又毒又臭,就没一句能听的话!"

"好一张砒霜拌大蒜的嘴!"黎翘终于大笑,在我后脑勺拍了一下,命令说,"够了,闭嘴。"

"爷让我闭嘴,我就闭嘴。照我说,还不如把他们都交给张大胆,胖揍一顿,把这些不负责任的毛病管好。"我听话地闭嘴,然后换了一个盘腿而坐的姿势,打嘴炮其实也不轻松,我累了,弯腰下去,把脸搁在了黎翘身边的椅子腿上。

我脸颊子小,但脑袋溜圆,春夏之交头发生长得快,这会儿已经能看见脑袋上一片青光光的发茬子。想来摸着手感不错,黎翘竟然动手抚摸起我的后脑勺,脸上是一副难得和善的模样。

黎翘白我一眼,旋即便闭目养神,手扶着腰——这阵子他一心扑在舞台剧上,忙得神龙见首不见尾,显然是腰部旧伤又犯了。

客厅里的灯光迷蒙,他的胸膛正在饶有节奏地起伏,睫毛投在脸上的影子十分清晰。

有个声音从刚才起就一直在问我:"袁骆冰,你在怕什么?"

胆子突然大了,我问了一个司机如何也不该问的问题:"演人人都爱的大片儿不好吗?有人给配音有人当替身,何必自己导演小众舞剧,费力不讨好?"

黎翘睁开眼睛,微微皱眉,以比灯光更昏暗不清的眼神看着我,似在揣度跟我一个司机交交心值不值当。

不动气便是不拒绝，黎翘的眼神令我的胆子更肥一些，于是我问："爷，我就想跟你交个心，行不？"

"先说来听听。"他像狩猎的豹子一样眯起眼睛。

其实我心里早就藏下一个念头，如泥中芽，一直等着冒头。我望着黎翘这张好看至不似凡人的脸，想开口又不敢，直到他自己轻轻叹了口气，打破沉默。

"并不是只你一个人有艺术追求……"话音戛然而止，黎翘面色凝重，我瞅他这反应像是要打开话匣子的样子，于是屏息敛气，安静地准备倾听。

静了半晌，他突然问："你那么喜欢顾遥，知道顾遥拿下第一个影帝是哪个角色吗？"

"我知道，那电影我看了不下十遍，我记得那部电影叫《玩风者》，顾遥在里头演了那个有精神疾病的诗人久邑。他演得太好了，久邑自杀的那场戏我每看一回都大哭一场。"

这话真没矫情，顾遥完全演活了那个曾真实存在过的诗人，他演出他潦倒的时候，挣扎的时候，纸醉金迷迷失自我的时候，以及最后尘埃落定结束生命的时候——他再次回到他的诗歌之中，回到他的内心深处。

"学生时代我写过一些歌，灵感多半来自久邑的诗，这家伙真是个很有意思的人，用现在的话来说就是'又当又立'，一辈子都在跟自己较劲儿，在忠于自己与媚于名利间挣扎。《玩风者》的剧本是大作家也是久邑的生前好友赵南写的，我看过剧本以后就立誓无论如何都要拿到这个角色，为了顺利出演，我甚至主动跟公司提出降片酬。"

我惊讶："可这角色最后还是给了顾遥。"

"知道那个角色给了顾遥之后我火冒三丈，立即去找 Leo，也就是我寰娱的执行总裁与制片人，他跟我谈了一整晚，他说久邑早期在工地上一边搬砖一边写诗，电影里完整保留了他的这段经历，如果我以这样邋遢的形象出现在镜头前，我的女性影迷都会哭着跑出影院。"

"而且当时有个名叫夏修的新人势头很猛——当然他现在已经销声匿迹了。Leo 跟我说，夏修的形象与我相仿，戏路也相似，如果我在这个时候冒险转型,很有可能会失去我在影坛多年的积累——"

黎翘突然不说话了。

我挠了挠头皮,又朝黎翘挪近一点。我最近跟他确实走得近了,外人看来像是奴才巴结主子,可我心里不这么认为。

我突然发现我与这个男人从未如此靠近彼此,我们都有一颗十八岁的灼灼雄心。

我们都是玩风的人。

想了想,他视我为知己,我便也该尽我所能,拔刀相助。

"马克说《太平》这支舞非常有难度,里头的弹跳、翻身都极富技巧,吉良他们正在另找舞蹈演员,只不过短时间里未必能找到合适的人选。"

我贪图痛快骂那一阵子,其实也是聊慰自己,黎翘那些粉丝的战斗力绝非一般网民可比,事情虽然闹得大,对黎翘而言,也就是轻掸一身灰的程度,远不到伤筋动骨的地步。我这会儿才明白,他真正担心的还是无法如期向观众交差。

"爷,"这个念头其实萌芽已久,我斟酌再三,还是决定说出来,"那德国佬危言耸听,其实《太平》那舞也不是那么难的。"

"你知道有人能跳?"

"我知道有人能跳。"

"谁?"

我仰起脸注视黎翘的眼睛,鼓足勇气对他说:"我。"

话才出口,黎翘便眯起那双烟灰色的眼睛看着我,他的审视锋利无比、挑剔无比,也漫长无比。

明里是与人为善替人分忧,实则还是替自己争取机会。我屏息以待,心跳如鼓,视死如归。

不知道过去多少时间,我发现那双烟灰色的眼睛忽然变得前所未有的温暖而生动,他的手指重重捏住我的后脖子,粗鲁地将我向他拉近。

"你你这家伙是属狐狸的。"黎翘不动声色地褒奖着我的狡猾,然后他低下头,认认真真盯着我的眼睛,他说,"你去跳可以,但不准丢我的脸。"

我都不记得自己是如何失魂落魄地回到家里。

我发愣,眼睛一眨不眨,在自己那不足六平方米的房间里,突然开始胡思乱想,坐立不安。

我想到那个严谨高傲的德国佬威尔顿也许会提出质疑,他连我听他的演讲都表示不满意,更别说让我登上这个由他把关的艺术舞台。

袁骆冰,你在怕什么?我一面骄傲,一面伤感,一面自我否定,一面自我安慰。

虽说《太平》的舞者应该是个女孩子,可梅大师也算是反串呢,真正上台以后,那些女孩子能有我跳得好吗?她们的弹跳没我有力,她们的闪转没我敏捷,她们阴柔婉转,我却能做到刚柔并济。

又瞎想了一阵子,最后我在心里告诉自己,回击质疑最好的法子,就是舞蹈本身。

没别的,只有练。

于是我以最快的速度收拾好自己,悄悄穿过我爸仍在熟睡的客厅,从家里走出去。

小区里有这么一块地方,地上铺着平整的水泥,抬头便是大片天空,天气晴好的时候家家户户都会在这儿晾晒被子,面积不小。

这个时候是凌晨一点,夜美极了,静极了,也宽广极了,月亮像一盏孤灯悬在天边。

不细看,你不会发现那个年轻舞者的狂喜。

那个年轻舞者就是我。我在那块空地上,一遍一遍不停歇地重复着相同的舞步,我腾空,展臂,跳跃,拼命夠取滑过指间的风。

清晨五点多钟,第一道阳光照上瓦楞,我筋疲力尽地回到家里,依然满心的不真实感。

也不知怎么,刚踏进家门,小腿就抽筋了,我一个趔趄跌在地上,立马滚作一团,捂着腿在那儿龇牙咧嘴。

但抽筋的痛感让我从风中又回到现实里,好像脚底一下踩实了,不飘了。

我替自己拉了拉筋，又爬起来，单脚跳了几步，在洗手间的镜子前洗了一把脸。

虽然一宿疯舞未睡，但清晨的太阳沾我一身，镜子里的年轻人看着仍然金光闪闪的。

嘴在笑，眼在笑，连光头都在笑。

我转身回到厅里，我爸还没醒，我把他从沙发床上摇醒，跟他说："爸，我又能跳舞了。"

我爸迷迷糊糊中推我一把，翻身过去，继续鼾声如雷响。

我坐在地上想了老长时间，决定给老娘皮拨个电话。

老娘皮活得与世隔绝，她家没有固话，她的手机还是我买了以后，再由范小离谎称是自己买的，代为转交的。

这么多年过去，她一直也没换过。

那时候老娘皮在一家私营机构教学生跳舞，机构因为别的舞蹈老师承接商演而临时决定停课，通知了所有来学舞的学生，却唯独没有通知授舞的老娘皮。也不是不通知，而是没有她的联系方式，压根儿没法通知。后来范小离告诉我，她记错了时间，还以为自己错过了舞蹈课，她赶去舞蹈教室时已经迟了两个多小时。

范小离说自己打开门时傻了眼，空荡荡的教室里只有老娘皮一个人。她一动不动坐在那里，双手交叠搁在膝上，背脊挺拔，面色平静，就像一尊优美的石膏像。

那尊雕像看见她唯一的学生后突然有了生气，老娘皮以舞者的姿态站起来，对范小离说："来，咱们开始。"

我不知道此刻的老娘皮愿不愿意听我说话，我反复拨打她的号码，忐忑而耐心地等着她的声音。

待通话的铃音响了良久，终于在接起的瞬间又被掐断了。

我在电话这头泣不成声。

我喊她，老师。

老师，我又能跳舞了。

此后几天，我每天都最早去排练室，先完成打扫，然后开始练舞。每天也都是最晚一个离开排练室回家的人。我把与《遣唐》无关的一切都抛在脑后，只剩献给舞蹈的一腔热血，一瓣心香。

反正一句话，就算九天玄女跟我争，这角色我也当仁不让。

一位比黎翘年长许多的影坛大腕儿忽然被爆出轨，大腕儿素有模范丈夫的美名，于是旱天惊雷，媒体转移了注意力，所谓的"倒黎运动"也逐渐平息。

那天我照旧最早抵达排练室，Skylar第二个到，见别的演员都没出现，便拽着我的胳膊，要跟我八卦。

"你知道吗，Lee决定亲自执导《遣唐》，他在最短的时间重建剧组班底，连那支难到死的《太平》都找到了来救场的演员。"

"是吗？"我努力压抑着忍不住就要上扬的嘴角，故作不知地问，"谁啊？"

"小和尚，你别装嘿，你不可能不知道。"

"真不知道。"嘴角咧到耳朵根，我已经打算坦白了。

"若星、九九比我知道得还要早，你跟Lee走得那么近，难道是最后一个知道的？"Skylar露出一脸不解，接着又露出一脸崇敬与憧憬，"你应该也听过她的名字，杨滟，人家可是大奖赛的冠军呢。"

后来又听Skylar说，杨滟到排练室来过一回。

Skylar说杨滟比原来那个女演员美出百倍，气质涵养也好出百倍，说她不笑时像个捧心西子，一笑又极热闹好看。这话很有说服力，因为Skylar本身也是个漂亮妞，而且从不自认人下。

当时我不在排练室，无法亲证杨滟是否真如传说般颠倒众生，但我承认这番话让我极不痛快，黎翘不在国内，吉良没跟着一起，我等不及黎翘亲向我证实，抱着最后一丝侥幸去向吉良求证。

吉良注视我良久，轻轻地叹息说："是。"他跟兄长似的安慰我并劝诫我安于本分,因为梦想是很危险的东西。

这话我信。曾经很长一段时间我听见这两个字就要发笑,它是"手可摘星辰"似的谎话,只属于盲目理想的文青或者不经世事的愣头青,它会煽动并催化你的热情,鼓励你登高、伸手,然后发现自己一无所有。

"可……可是黎翘……"

我忽然闭上嘴。不得不说,我有点烦吉良眼里的同情与怜悯,我明明好着呢。事已至此,我一没打算哭闹,二没打算上吊,我努力把显在脸上的情绪收拾得蓬勃一些、体面一些,然后笑着跟他告别。

说来也奇怪,练舞的时候从不嫌累,这会儿我端着一脸笑容走到街上,突然眼前一黑,腿软得动弹不了。

京市到处是人,东跑西颠与南来北往的在这里聚首,有钱没梦、有梦没钱的同享一片沙尘暴。时有飞絮飘落,街边柳树欹斜,柳叶儿早已返青。我点着一根烟蹲在路沿边,目光追着一个雪白粉嫩好看煞了的妞儿。我吞吐烟雾,神态下流地朝她吹口哨,她则一把挽紧了身边那个秃瓢便腹的大叔,回我一个情深义重的白眼。

我的心情登时明朗一些,怪不得都说男人是劣等生物呢。

欲望不息,肉身不死。

我在路边坐到天黑。

看醉汉的蛇行,看小儿的蹒跚,看富者昂首阔步,再看那些与我一样的人疲于奔命。

人的眼睛为什么长在前头?我想,那是因为哪怕被生活扯疼了,我们也只能往前走。

黎翘最近挺忙,前阵子的媒体风波影响了他新片的拍摄进度,他抽空从剧组回来,二话不说便拽我出去。

那条阿拉斯加犬趴伏在车后座上——这挺新鲜,这条狗有自己的保姆,平时黎翘不带它出门的。

我问他:"去哪儿?"

"你不是一直想见顾遥吗?"黎翘把我搴去副驾驶座,自己开车,

"既然是你心心念念想见的恩人与偶像,总该见一面。"

其实我没跟黎翘说,我的偶像早就不是顾遥了。想我占着近水楼台之便,与这位人别扭、心却善的"雄性尤物"朝夕相对,没理由偶像还是别人。

但黎翘现在皱着眉,专心看路,不看我。

我偏不说。我不惯着他。

顾遥住的地方不是别墅区,而是一栋独立的摩天大楼。

给我们开门的是个年轻女人,没看清脸,光被她的光头慑住了。女人看似与黎翘是旧相识,一见面就与他热情拥抱,贴面亲吻,然后她把注意力移向了牵在我手中的狗,蹲下身,冲这大家伙挥了挥手说:"闪灵,好久不见。"

大狗立马挣脱了我的牵制,不顾我多日的梳洗喂养之情,伸着舌头觍着脸,就朝对方扑过去。

呸,畜生!

我才知道这狗原来叫"闪灵",黎翘不是喜爱宠物的人,他一直管这只阿拉斯加犬叫阿拉斯加,有时候嫌麻烦叫它"多哥",就是……Dog。

听女人的意思,闪灵是她寄养在黎翘那儿的,只因她的老公不喜欢在家里养狗。

我被女人引进门,换上拖鞋,等着与偶像见面。

"这是顾遥,你应该早就见过了。这是顾遥的太太——"黎翘为我做介绍,停顿一会儿才说出女人的名字,"杨滟。"

目光所指之处,正是那个光头女人。

我当然记得杨滟,我不记得她的人,但我记得她的名字;我当然也记得顾遥,他和当年相比没一点变化,他比黎翘黑了不少,但轮廓硬挺,看着一样英俊。

他们都不记得我了。

这没什么大不了的,茫茫人海谁认识谁呀。我提醒自己喜兴点儿,不准借题发挥，惺惺作态。

不等黎翘开口，我站得笔管条直，主动自我介绍："我叫袁骆冰，我是黎爷的司机。"

这家的男女主人都微露吃惊的表情，似乎没想到黎翘会把自己的司机带上门。但显然他们都是有涵养的人，并不因此就低看我一眼，杨滟甚至主动挽我进入客厅，简直令人受宠若惊。

Skylar所言不虚，杨滟是真好看，男人驾驭光头都不容易，何况女人。光头让她的美有了一种佛性，更好看得高不可攀了。

而且这位美人还会做饭。晚餐十分丰盛，清蒸鳜鱼、黑椒牛排，虎皮青椒，党参鸡汤……四菜一汤一道点心，中西混杂有模有样，都出自那双看似不沾阳春水的手。

美人眉眼亲切，冲我一笑，说："他俩都没口福，为新戏忌着口呢，你就代他们多吃点吧，也算捧捧我的场。"

我回以一笑，低下头，果真捧场。

"我是为《遣唐》把头剃了，你是为什么？"

"怪我倒霉，跟朋友出去，无缘无故就被人打了。"我冲杨滟使劲笑笑——这是何等的大侠大义，简直不啻红拂之于李靖。

"是挺倒霉的——来，多吃点，补一补。"

即使对这个名字再有怨气，而今也消散在她这春风化雨的温柔里。我突然觉得黎翘带我来这儿别有用心——最难消受美人恩，我已经未战先输了。

"早就跟你说那些无冕之王得罪不了，适当的妥协、交际总还是得有的。即便全国的少女都供着你，你的人气也经不起你这么挥霍。"顾遥看着像安慰老同学，可话里撇不开"我非要硌着你"的意思。

黎翘也不客气："你装什么装？心里骂了对方千百遍，面子上却还笑脸相迎，怪不得人人都说你是演技派呢。"

"电影奖项，三分靠演技，七分靠人情，即使拿不到也没什么好遗憾的。至少你得了网络上票选的什么第一美男，不用像我们这么拼，靠脸也可以吃饭了。"

黎翘兵来将挡："哪有你拼，靠演精神病刷奖，百试百灵。"

顾遥突然转脸看我——他梗起脖子歪了歪脸，眼神瞬间空洞，嘴角也瞬间僵硬。

这副精神不正常的样子吓了我一跳，我本能地做了个往后闪躲的动作。

顾遥突然又笑了，他的唇比黎翘的唇稍厚一些，也是一笑一口齐整的白牙。

他指了指我的鼻尖道："嘿，小子，你被我骗到了。"

黎翘在这儿也不拿自己当外人，自己去酒柜里选了喜欢的红酒，也不取开瓶器，直接撕开瓶帽，以瓶底笃笃地轻撞桌沿，待木塞从瓶口浮起一部分，就用牙齿将它完全拔出。

外国人的红酒不比咱们的老白干，当与品茶相似。可黎翘根本就是把自己往醉里灌，加满酒杯后仰头就喝，草莽劲烈，一饮而尽。

餐桌上整体的气氛还算融洽，可这两位爷针尖对麦芒，时不时要突施冷箭于对方。为了化解这一点古怪的尴尬，我把我珍藏多年的那段经历拿出来，对顾遥说我曾与他有过一面之缘，还差点应他之邀演了《大明长歌》呢。

"哦，是吗？"顾遥笑得牙露八颗，弧度恰好，从这种程式化的笑容来判断，他确实不记得了。

我反应快，立即以两个荤段子给自己打圆场，把杨滟逗得捂脸大笑。

顾遥也笑，唯独黎翘打从进门起就冷着脸，一声不吭，又灌自己一杯。

"你这人也太大男子主义了，有事情也不找朋友帮忙，如果不是我看了新闻，我都不知道《遣唐》出了这么多的事。"杨滟摸了摸自己的光头，冲黎翘笑说，"那阵子到处都是你逼女演员剃头的新闻，所以我决定身体力行地支持你，看我为你做了那么大牺牲的分上，《遣唐》的首席舞者非我莫属，谁都不能跟我抢。"

我把脸埋低，只吃不说话。

"她连一声招呼都没跟我打，自说自话就把留了十多年的头发给剃了。"顾遥摇头，叹气，对此明显不满，但又显得无可奈何——自己的媳妇儿一夜之间变成尼姑，换谁也不乐意。

"我知道，你是舞蹈学院科班出身，还是大奖赛的冠军。"黎翘几乎不动碗筷，只一杯接一杯地把眼前的酒杯加满。

厅里挂着一张几乎占了整面墙的照片。照片中的女孩也是舞者，舞者的体态增其倾城之美，一袭孔雀蓝的舞裙，一头黑发如瀑布倾泻，几若委地。

我记得这支舞，那年大奖赛决赛，一个初出茅庐的女孩跳了一支《孔雀东南飞》。

这张照片旁还有一个艺术造型的玻璃架，上头满满地摆放着记载各种荣誉的奖项与照片，我粗粗看了一眼：西班牙皇家吉萨尔舞蹈学院荣誉毕业生、"优秀青年艺术家"奖杯、海外演出的留影……架子的正中央摆放着大奖赛的冠军奖杯。

若说直到刚才我还图过一线生机，这下我是真的心如死灰了。于红颜相助之情，于荣誉满载之理，杨滟都是不二人选。

如坐针毡还得笑脸相迎，一顿饭吃完才算得了解放。黎翘喝得半醉，回程换我开车。

他闭眼休息，一路沉默，而我则负责在相当长一段时间的沉默后，一惊一乍地喊一声："顾遥好帅啊，他老婆好美啊。"

把爷和爷的狗送回去以后，我颓丧至极地打算回家，没想到这位爷却拦着不让。

"你想要什么？"黎翘的眼眶有些泛红，气息带着微微酒气，他抓住我的手腕，停顿足足数分钟，又说下去，"如果你对这次选角有异议，也可以告诉我。"

这话显然是喝高了，我一个司机我有什么异议啊？若他铁了心要把那支《太平》给我，也不用大费周章带我去见顾遥，我在心里掂了掂自己的分量，突然笑笑说："爷，上回你说让我正经提个要求，还作数吗？"

这话其实半是玩笑，可没想到黎翘当了真。

他目光迷蒙，直愣愣地盯着我，仿佛突然想到了什么，一把将我摔出去——我还没反应过来，就已被身后男人脸朝下地压在桌子上。

他准备跟我再打一架。

第八章
▶ 肉身不死

我今儿实在兴致不高,试图抽身反抗,结果反被黎翘更暴力地摁住肩膀往下压,胃部立马磕在红木桌子上,一股酸水儿险些就冒出喉咙口。

顶好的大红酸枝,质量很密,像磕在了石头上。天气由凉转热,衣裤都薄,这一下撞得我整个人都不好了。除了小时候被袁国超摁在桌上教训,我还没被人这么揍过。

"反抗。"黎翘喘着粗气命令我,"还手。"

我不敢还手,但动动嘴皮子的本事还是有的。

"别以为人壮似马大就真是马了!你就一黔驴,大本事不上身,尽使阴招、下黑手!"

我一会儿苦苦告饶,一会儿又如祢衡骂曹,边哭边喊,脏话不绝。

"光动嘴皮子算什么本事,有怨气、有不忿,都冲我撒出来。"黎翘冷声冷气,语气却不容置疑,"来啊,还手。"

好吧,是你非让我还手的。

我使劲挣开黎翘,猛地回头,就给了他一拳——我终于挥出了一直牢牢攥紧的拳头,而这一拳闯下了大祸。黎翘的颧骨破了,血洒当场。

血液的腥味儿刺激了我的神经,我跟头疯兽似的不顾一切又扑上去,跟他扭打在一起,可惜技不如人,很快落了下风。最后黎翘以一种更直接的手段对我进行镇压,我哭天抹泪,骂声不绝,还是屈服了。

大概真的喝高了,黎大腕儿不似平日那样动辄就恼,却比以往下手更没轻重——他勒着我的脖子将我压在红木桌子上。

石头似的桌子也吱吱嘎嘎,我的头一下下地磕在上头,脑部渐渐充血,眼前蒙蒙一片,如见云彩,如见烟花。

好像回到了跟老娘皮学舞的那阵子——

我那时候大抵没毛病,就是爱偷懒。我自认有些基础,不明白为什么学跳舞还得从头开始练倒立,于是跟老娘皮死犟到底,哭着说老子又不是演杂技的,老子偏不倒立!

结果是别的学舞的孩子都回家了,只剩我求救无门,在老娘皮的淫威之下脱去上衣,在零下六七摄氏度的室外,光着膀子倒立了二十分钟。

练完我就彻底号啕开了,欺师灭祖的话跑了一嘴。

"看你劲头还足，再掰一掰腿吧。"

又光着膀子练了二十分钟"金鸡独立"。那一次几乎冻掉我的半条命，这个教诲终生难忘，以至于我再不敢偷懒。

一种强烈而奇妙的感觉糅杂在肉体的痛苦里，于我来说，这种体验万分新鲜，这种状态万分离奇，此刻的我神志不清，望出去的东西都有重影儿。

黎翘的脸就隐在这片茫茫雾里。

我们各自挂彩不轻，力气尽了，骨架散了。

我在下而他居上，我们互相看着。

身上许多地方都是下狠手之后的疼，但我突然嘿嘿傻乐起来。

黎翘不解地望着我："傻笑什么？"

我被拆骨剔肉重获新生，我是愤怒的子弹渴望出膛。连日来的阴霾与晦气一扫而光，我鼻青脸肿却感到神清气爽，我突然相信自己煮不熟又捶不扁，无所不能，无远弗届——我连黎天王都敢揍了，还有什么人、什么事能掣肘我的前进呢？

我一言不发只是冲着他直乐，但黎翘好像听见了我心底那些声音，他冲我点了点头，我听见他比往常略低略浊的声音，他说："不管你要什么，我都答应。"

估计我是真傻了，没要房要车要真金白银，只愣愣地说："爷，张鹏那个牲口把咱的舞美设计也带走了，如果你已经有了合适的人选，就权当我下面的话是放屁，可如果还没有，能不能听我推荐一个？"

黎翘也是一愣，良久才问："你想推荐谁？"

"她叫王雪璟，是我的舞蹈老师。"我说，"她若还活跃在台前，威尔顿也只能排世界第二，她太能了，跟舞蹈相关的事儿都太懂了，只是我不争气——"

想起老娘皮，我没来由地泣不成声，说不下去了。

黎翘说："好。"

我再醒过来的时候，被劲射入屋的阳光晃花了眼睛，好一会儿才反应过来身边有人。

昨晚我们筋疲力尽，哪里倒下就在哪里睡了，眼下我已经恢复清醒，并立即被身边这张伤痕累累的脸孔吓出一身冷汗。

我如愿以偿地向我的老板挥出了拳头，此刻我的脑子里只闪过一个念头：袁骆冰，快跑！

刚一下地，就觉得身上更疼了。我钻进浴室，也没开热水，直接把凉给冲了。穿好衣物，我弓着腰，小心翼翼贼头贼脑地往门外挪。直到出了大门才敢把腰直起来，没想到迎面便与林姐撞上。

我假模假样笑了一脸，冲她小幅度挥手："嗨，姐，你好早啊。"

"Lee这个时候本该在去机场的路上，可他人没出现，手机也不接。"林姐以她的冷艳面孔对着我，眼神凌厉得我睁不开眼，"你不催他动身，自己是要上哪儿？"

她话音刚落，我便跑了。

离开黎翘的别墅，我在外头游魂似的晃了一阵子，时而愤，时而喜，时而惧。我把我的老板给打了，理由也不光彩，一己私愤罢了。脑袋里似有两个小人儿正与我撕掇，一个劝我装傻充愣只当无事发生，一个劝我坦白自首恳求宽大处理。又走过几条马路，终于感到有些乏了，我摸了摸口袋，意识到把钱夹、手机全落在了黎翘家里，于是用仅剩的几枚钢镚儿坐了公交，去了我爸当门卫的那个小区。

小区的大门掩在几排树冠之后，论设施也就比我住的地方稍稍强出一指甲盖儿，连个为停车设置的打卡计时机也没有，全靠门卫用脑袋死记。大门口有探头，据说也早就坏了。

我爸就坐在那豆腐块似的门卫室里，埋头于他的小本儿，唰唰唰地写。

"袁国超，抬头，看谁来了？"我走过去，敲了敲门卫室的玻璃窗。

我爸抬起那张布满褶子的老脸，眯缝着眼睛辨认了我一晌，才起身接我进去。

问我:"咋不上班儿?"

"不舒服,请假了……"

"哪儿不舒服?不舒服还在外头玩一宿,赶紧给我回去躺着!"我爸虎下脸来凶我,又伸手摸了摸我的额头。

"别赶我呀,我还没看过你上班的地儿呢。"我一屁股坐在硬木凳子上,跟坐老虎凳似的,脸一下子就扭曲了,"我得……哎哟,我得检视一下,这地方民风淳不淳朴,会不会欺负一个糟老头子。"

"怎么坐都坐不住?"我爸问我。

"累的。"我特别镇定地回答他。

"来了正好,这东西我收了有一阵子了,老没在家里看见你,就老忘记给藏回家里去。"我爸用钥匙打开一个破木抽屉,从里头掏出一条中华烟,递给我。

烟已经拆过封了,少了两包。

"哟,老袁同志,不得了啊,挺阔啊——"

"别嚷嚷,这儿还有。"我爸又从抽屉里找出一个报纸包,我打开一看,里头竟是十来根零散的烟。

老家伙当了保安后偶有奇遇,有一回拾金不昧,主动移交捡到的五万块现金,失主特别感动,奖励了他一条中华烟。我爸嗜酒不嗜烟,可他记得他儿子是个烟枪啊,于是高高兴兴收下来,只是这阵子为练舞我早出晚归,就没时间跟他碰上面。

"搭班的黄六知道这事情,老跟我要烟,还有隔壁卖沙县馄饨的那个,管我叫'大伯',也要。"

我爸曾经官没多大,积下的陋习倒是一堆,尤其好面子。一开始别人管他要烟,他都给,后来就不舍得了,于是他想了个特别馊的主意,买了两包大前门,把里头的烟替换进了中华的烟盒里。

"你这老东西怎么这么鸡贼?!"我笑得脸都歪了。

"要别的烟给了也就给了,这可是中华,我儿子还没抽呢!"我爸跟老小孩似的,神情特别严肃,说出来的话却特逗。他把那些烟揣我手里,再三叮嘱,这可是中华,别在外头穷大方,留着自己抽。

"袁国超，你咋待我那么好咧。"世上只有爸爸好啊。我更乐了，乐得身子一歪，就把脑袋枕在我爸那瘦溜溜的肩膀上。

大半天我都灰着一张脸，估计老东西以为我在外头受了多大的委屈，摸了摸我的头，说："大明星肯定难伺候，要干得不痛快，就回家歇一阵。你老子虽然啥用没有，但至少现在也挣钱了，不拖你后腿了。"

"呸！人都是度四时、吃五谷长的，谁年纪大了没点病痛？"我嗡着个鼻子对他说，"这话该是我跟你说，你要喜欢见人，就干这门卫的差事，你要嫌累，随时可以回家。你儿子端着的饭碗人人羡慕，你别太刻薄自己，想吃就吃，想用就用，咱不差钱！"

我跟我爸在门卫室里挤在一块儿坐着，我看了看他那个用来记停车费的小本儿，谁给了，谁欠着，虽是密密麻麻地记着，一笔一笔的却特别清楚。

我爸说他前天看了那个选秀节目，小离那丫头淘汰了，哭得那个惨，比她小时候跌断了腿还惨。

《X-Girl》那节目是录播的，这么说范小离至少半个月前就淘汰了。我忽然止不住地想，不知道她还能不能赶上这一届的大奖赛？

有人路过门卫室，冲我爸挥一挥手，说："老袁，这是你孙子吗？"

我爸既摇头又摆手，然后抬手一指我，特别骄傲地说："儿子，亲的！"

那人笑着夸我两句，走了，可那人的话却吓了我一大跳。我转头看了我爸一眼，努力回想了一下十年前的他，五年前的他，一年前的他……我终于意识到，他是这样火急火燎地老了。

就在见着我爸的前一秒，我真冒出过不想干了的念头。可现在忽然觉得自己特矫情，芝麻绿豆大点的事儿，少上一次舞台咋的了？

阳光多好啊，在你的有生之年与你相依为命，多好啊。

第二天，我跟没事儿人似的回到艺术中心，杨滟也在。她的光头是艺术中心里一道人人为之惊艳的风景，特别是德国佬对此赞不绝口，直呼她为自己的缪斯女神。

好了伤疤忘了疼，我决定把头发留起来。

又过两天，吉良从剧组赶回来，嘱咐我送他去一个地方。

我坐驾驶位，吉良坐副驾驶，也不告诉我上哪儿，只在车行至每一个路口前会出声通知，是该拐弯还是前行。

我嘴里叼着一袋豆浆，装模作样地目视前方，实则不时拿眼梢睨一眼身旁。

这几天我一直没忍住在想，想那位爷睁眼以后会是什么反应，也许走为上策，也许他那宿真是喝大了，两眼一睁就忘记了我俩的事儿了呢？

"Lee这两天在剧组连夜赶戏，不过他腰上的旧伤复发，激烈的打戏拍不了。剧组给他找的那个替身是块木疙瘩，文替还凑合，武替完全不行，所以亚军紧急去救场，也跟着在剧组熬了两宿——笔直开，过三个红绿灯再左拐。"吉良停顿一下，别有所指地说，"我跟了Lee近十年，他还从没这么没分寸过。"

我转眼看吉良一眼，脑袋一片空，仿佛从对方眼里看见了自己那心虚又叵测的表情。这人方方面面心细如针，看来是已经知道了。

吉良轻咳一声。

我跟吉良别别扭扭地沉默着，最后还是他先单刀直入："你把Lee……给打了？"

差点把豆浆呛进气管里，我咳了两声，胡乱"嗯"了一声。

他把我的钱夹和手机递过来，笑说："你倒挺大方，东西落下了也不想着要回来。"

也不知是不是我看错了，吉良的笑里竟有一丝苦味，我低头避开他的视线，把东西拿回来，看也不看就往兜里揣。

"看看啊，没准少了东西呢。"

我疑惑，打开看了看。还真就少了东西。黎翘不准我把自己与顾遥的合影挂在他的车里，我便把照片收在了钱夹里，这会儿放照片的地方空了，这人还是小心眼地把照片取走了。

102

"还少了东西。"吉良见我发蒙,又笑,"Lee从你的钱夹里取走了五十块。"

"什么意思?"我更蒙了,不记得自己钱夹里到底有多少钱,就当确实少了五十吧。

"前天Lee一觉睡到下午,醒来以后就发了一通脾气,把她们几个都吓着了。他说居然有人敢打他,居然还有人敢打了他以后不说一声就走……"停了停,吉良笑出声音,"他说你知道这张脸价值多少吗?你知道你这一拳下去会让那些电影投资方损失多少钱吗?你知道多少女性影迷能为这一拳活撕了你吗?"

我完全能想象黎翘当时气急败坏的模样,憋着想笑的心情,试图在吉良面前狡辩一番:"这是他自己说的,别人揍我我得还手……"

"Lee还说道歉有用,要警察干吗?所以他不能白白挨这一拳头,怎么也得捞点补偿。"

"这人心也太小了!"我见吉良绘声绘色模仿了黎翘当时的神态,扑哧也乐了。本来还尴尬又忐忑,这下突然觉得自己腰杆笔直,从没这么扬眉吐气过。

"Lee没说是谁,但我猜就是你,主动提出要把你的东西还给你。"吉良把笑声收住,问我,"有什么想法?"

"什么'什么想法'?"

"我以前常常提醒自己,有些人,有些事,看着近在咫尺唾手可得,实则还是天边的一团云气,再梦幻都跟你没关系,你怎么可能拥有一团云气呢?"

吉良太婉转,给一个没怎么读过书的人打了这么个文绉绉的比方。我没听懂,只觉这不是什么好话,于是梗起脖子在那儿托大:"我明白,我哪有资格跟老板生气,跳不跳舞的都没干系,怎么着他还是老板,我还是司机。"

"不是,你没懂我的意思,我羡慕你,我得承认是我自己想得太多了。"吉良欲言又止,轻轻一叹,"你先说说,你怎么看黎翘答应给你角色又出尔反尔的事吧?"

"也不存在'出尔反尔'一说吧,人贵有自知之明,我这身骨头几斤几两,我自己能不知道吗?"我急于撇清自己,表态不想趁机讹那位大明星,"既是旧情人鼎力相助,也是知名的舞蹈艺术家倾情加盟,黎翘选择杨滟,合情也合理。"

"你怎么知道他俩是旧情人?"

"不知道,直觉告诉我的。"我随口说了一句,细细一琢磨,还真没蛛丝马迹可寻。

"你怎么跟顾遥似的,成天就疑心有的没的?"从来恪守温良谦恭让的这个男人几乎大笑,"还真是什么样的偶像,什么样的粉丝。"

"难道不是?"我拧了拧眉头,将信将疑。

"他们确实有过一段儿,不过也是很多年前的事情了。"

"怎么断的?顾遥横刀夺爱?"我忘乎所以地打算听八卦,差点没在路口拐弯。

"不是,两个人自己的问题。"吉良笑着补充一句,"没你想得那么刻骨铭心荡气回肠,否则他们也不能跟现在这样,相见还是朋友。"

这个时间点居然就开始堵车了,发出轧轧声的两轮车跑得比四轮车还快。

我专注于路况,听他继续说下去:"那时候黎翘刚刚在娱乐圈站稳脚跟,还远没今时今日的地位,杨滟是舞蹈学院的大四毕业生,正着手准备她的第一届也极有可能是最后一届大奖赛。你知道即将面对社会的大四学生总是格外迷茫与不自信,再加上两年前她就报名参加了比赛,没想到就在比赛前一个礼拜突然摔得骨折,错过了那次机会。我估计当时的杨滟是这个心态,她已经二十三岁又即将毕业,若再不能借那比赛一跳成名,她的舞蹈生涯只怕还没开始就得结束了。"

在我们前头有一辆保时捷,车身涂成一种极其俗艳的蓝,不肯好好走直线,非得忽左忽右。我有点躁,拼命摁响了喇叭。

"他们那会儿都年轻,也都没钱,黎翘浮躁,杨滟更浮躁,后来传言杨滟在外头找了个有钱人当靠山,两个人的矛盾便彻底爆发了。黎翘指责杨滟背着自己爬别人的床,杨滟则坚持说没有,到底有没有如今也说不清了，就我猜测应该还是有的。反正两个人闹了一阵子就分了手，再后来杨滟比赛顺利夺冠，以大奖赛冠军的身份获得了出国留学的资格，回国后事业有成又嫁给了顾遥。"

"会不会开车！直着走啊！"我躁得不行了，把头探出去，对着前头那车的屁股破口大骂。

吉良不为我的粗鄙生气，轻笑了笑："我曾听杨滟说过，她不是天分多高的人，但她相信笨鸟先飞勤能补拙，只要让她抓住一次机会，她就愿意付出百倍辛苦让自己衬得上那机会。我们讲究人情世故，但能以优异的成绩从世界知名的舞蹈学院毕业，可真的不是那些外国佬买她面子。杨滟为了舞蹈，跟顾遥结婚这么些年也没要个孩子，为这事他们夫妻俩差点闹得离婚，本来听说这回杨滟已经打算增肥备孕了，没想到她临时又变了主意，主动剃光头发，来艺术中心找了威尔顿。"

前头的保时捷被堵得刹了车，我也被迫停下，转头看着吉良。

"Lee没有出尔反尔，他为了你跟威尔顿争过多次，只是威尔顿更信任杨滟这些年的舞台经验，也以这一点最终说服了他。"吉良安慰我说，再等一等吧，我不敢说Lee一定是你的命中贵人，但冥冥之中你们能遇见对方，我相信锤炼之后，金子总会发光的。

我也不知道自己到底听没听懂，只是一直点头，突然又想起什么，问："那么，我们现在去哪里？"

车再次动起来，送来一阵轻风。我仿佛忽然听见了歌、俳句与入夏后的第一声蝉鸣。

"你没有发现我们走的这条路很眼熟吗？"吉良的声音带着笑意，"《遣唐》的舞美设计还空缺着呢，我得去请你的老师啊。"

下午四点钟以后，时疏时堵几个回合，我和吉良的车终于停在了老娘皮任教的舞蹈学校外。

吉良先我一步往前走，回头见我恍兮惚兮磨磨蹭蹭，便问："不一起进去吗？"

"你先上去吧，随便找人问问王雪璟，若对方不识这个名字，你就问他这儿哪位舞蹈老师最一板一眼招人讨厌,那就没跑了。"

"你这是近乡情怯?别怯啊,随我进去吧。"吉良不懂我慌张什么,还要啰唆,还要多此一问。

"我憋着尿呐!"我往相反的方向跑出几步,又回头冲他一挥手,"你去吧,成了以后我们就在这儿碰头。"

待吉良消失在我的视野里,我在学校里转了转。教学楼顶着一头青瓦,墙面大多已经返碱,又颓又旧。这里的楼面一半租给了一些不超过十个人的小公司,还残留一半,维系着一所学校理应教书育人的体面。

篮球场也是半个,水泥地面,五米开外就是一个厕所。青春期的男孩们血热、性急,为节省回到球场的时间,常常等不及要尿在外头,所以场上球声不倦,厕所门外尿渍厚积而臭气薄发,远远地熏着人。

再老旧的学校也是学校,我是个地地道道的粗坯、坏痞,但每当身在学校,就觉得自己总算来对了地方,全身的骨头都舒服自在。

风和日丽,晴空无云,一个孩子的响亮哭声突然打破了校园里的寂静。

小孩儿被一对男女一左一右地牵着,比我跟老娘皮学舞时年纪还小,一路咧嘴号啕:"跳舞怎么那么苦啊?"

"这不神经病吗?让孩子大热天的在太阳底下压腿,我要投诉她!女孩子要打小培养气质,气质好才能嫁得好,学跳舞也就为了这个,谁为了当艺术家啊!再说,她自己是艺术家吗?她是艺术家,至于在这么个小破学校里当舞蹈老师吗?"

另一边的男人看似是小女孩的父亲,长相儒雅,穿着体面,一直小声地劝着自己的老婆,这又不是家里,你小点声。

"呸,你为什么总帮着外人呐!是那个老女人给脸不要脸,我好话都说尽了,她还是一转身就把孩子撵大太阳底下去了,用得着吗?犯得上吗?!不跳了!跳什么舞啊!"年轻女人猛拽了一把女孩儿的手,把那条葱白似的小胳膊拽得直颤,"我们学钢琴去!"

一家三口走远了,仍然唧唧复唧唧,意思是咱只想买椟,你偏要送珠，神经病。

我猜吉良这会儿已经与老娘皮碰上面了，但又怕自己这时候出现了坏事儿，于是便循着轻微的乐声找到舞蹈教室，也不知怎么灵机一动，就手脚麻利地爬上了二楼。

这儿的舞蹈室也老了，跟艺术中心的比不了，地板不够新，空间也不够宽敞。我没打算破窗而入，实则也不可能，只能踩着空调支架，从窗口向里张望。

老娘皮果然不在，可范小离却在。她的头发全部梳在脑后，绑成了个髻儿，脸上脂粉未施，只是汗水在额前沾上了几绺碎发，倒比唐女的花钿还好看。范小离还是那个范小离，还是细长的眉细长的眼，细长的胳膊细长的腿，还是能跳，能笑，能跑，能羽化升天，变成仙女儿。

她正以单腿为轴，挺着漂亮的身姿在那儿旋转，一群小女孩围在周围给她鼓掌。这窗子开得太高了，我也只有半拉脑袋能冒出来，一会儿能看见，一会儿看不见，直到一个小女孩抬手朝我一指，看似喊叫了什么，范小离才转头看见了我。

她转了好几圈，每一圈儿与我目光相遇之际，都以那双话痨的凤眼向我诉说，一开始那双眼睛是惊，是怯，如埋云里，蒙大雾，而后便慢慢云开雾散，清亮灿烂如我们初识那会儿。

我扣了扣密闭着的窗玻璃，范小离便丢下那堆女娃朝我跑过来，我隔窗问她："怎么又回来跳舞了？"

范小离的回答我听不见，但也不能开窗，否则我一准被她打下去。她又做出手势招呼我进门，我摆手说不，我们俩鸡同鸭讲地比画了一阵子，意识到自己这样跟探监似的，都笑得不行了。

还没多笑一会儿，我看见老娘皮从门口进来，我赶紧在唇前竖起食指，提醒范小离别说出我来过这里。

在被老娘皮发现之前，我猴子似的爬下落水管，险些在落地时崴了脚。

吉良竟也有出师不利的时候，老娘皮不愿意来。

回程一路，我兴致都不高，吉良安慰我说："王老师虽没答应，但也没有一口回绝。她只说眼下心无旁骛，手头上最紧要的事情就是带她的学生去参加几天后开始的大奖赛。"

而今选秀节目扎堆，到处都是让人一跃成名的星工厂。曾经学舞者最在乎的比赛早就乏人问津了，网上都传今年的大奖赛迫于收视压力，极有可能将是最后一届。

别人都嫌食之无味，也就我与老娘皮这样的人戆拙不苟，尽捡别人不要的东西当了宝。

听罢吉良的话，我第一反应便是喜滋滋地想，最后一届大奖赛的冠军，范小离——这话听上去好像也不赖。

我送吉良回家，等他一晌，又送他去了机场。他得赶去鞍前马后，继续伺候那位爷。

"剧组给Lee安排了专车与司机，他在外头也用不上你，你就安心留在艺术中心，多观摩，多学习。Lee这阵子都不会回来，《遣唐》的事情暂由威尔顿把控，他得抓紧时间赶拍两个礼拜的戏。"

吉良登机前半真半假地留下一句："记得爷待你的好，别胡思乱想。"

送罢吉良顺道去接我爸，结果被人告知，我爸不等我来接，提前先走了。

明明电话里都说好了，这会儿人却不见了。我直觉不妙，满世界找寻一阵子未果，方才在家门口逮着他。

我爸一见我就似慌了神，跌跌撞撞地就要往门里走。

"你又偷酒喝了，是不是！"我们爷俩开门进屋，我跟缉毒犬似的皱着鼻子好一通嗅，嗅出端倪地立马嚷，"别想着蒙我，我都闻出味儿来了，招了吧，金枫还是会稽山？"

"都不是，就小区那小店里八毛一袋的特加饭。"我爸瞎老实，一唬就坦白，"我就馋了，买了两袋儿，喝了一袋儿留一袋儿，打算明天再咪一口。"

"嘿，袁国超，你这病刚好一点儿就犯抽是不是，你以为自己真有觉悟，喝酒才咪一口？"以肉投馁虎，我不信这肉还能剩一半儿的。

还没教育完我老子，手机突然响了，我只得闭嘴去接电话——上头一个陌生号码，里头传来一个带笑的男人声音："别嚷了，看窗边。"

那声音听来十分磁性，我一时没反应出是谁，只愣愣地把头转向厨房里那扇油腻腻的窄窗。

太阳歇在树冠后头，窗外那个投下一片修长身影的男人竟是顾遥。幸亏这时间外头没什么人，只有从不看电视的三四个老太，正稀稀拉拉地坐在楼道外剥毛豆。

我完全愣住，虽说那天餐桌上还算相谈甚欢，可这人得多神通广大才能找着这里。

"对你爸好点，父母有再多不是，把我们拉扯大也不容易。"顾遥挂电话前轻轻嘱咐了我一声，然后就推门而入，笑着跟我爸说，"叔，酒这东西小酌怡情，喝大了难免伤身体，以后你想小酌就叫我一声，我随时奉陪。"

一身休闲装扮，墨镜随意地插在兜里。这个男人笑得如阳春三月，还扬了扬提在手里的熟菜和黄酒。

"你这地方可叫我好找。"顾遥把带来的酒菜放在桌上，对我说。

"你是怎么来的？"这不能算是个好地方，冬天呵气成冰碴，夏天墙角旮旯里尽是蚊子。

我赶紧忙活一阵子，把一堆没洗的脏衣服从沙发上扔到地上，才努力给他腾出一个能坐的地儿。

"不要小看一位明星的打探能力，我跟艺术中心那些人还是挺熟的。"

"不让你的司机也进屋坐会儿吗？"我把目光又移向那扇窄窗。

"我又不是黎翘，不会上哪儿都带着自己的宝贝司机的。"顾遥成心揶揄我，笑出一口白牙，"我自己开车。"

到底只有几面之缘，此刻黎翘又不在，面对偶像，我紧张得舌头打结手心盗汗，反观我爸，竟跟顾遥相见恨晚，恨不能当场收他做了自己的干儿子——我爸对顾遥的喜欢绝不掺假，早些时候他守在电视机前看过几期《X-Girl》，对除了范小离以外的所有人毫无印象，唯独一眼就认准了顾遥。

他跟我说了不下二十遍，觉得这小伙儿英俊亲切，能力超群。

饭桌上把酒言欢，三巡过后也就切入正题。

顾遥告诉我，他想起来当初真的与我有过约定，但是他也想起来，他等我试镜等足了一个礼拜，最后实在等不了了，才另找的别人。

我确实去试镜了。只是顾遥的经纪人从头到尾没与我搭茬，我跟着一众群演蹲在太阳底下等着导演召见，吃了三天免费的盒饭，最后悻悻然打道回府。

而今再说这些没意思，我笑笑说：“那时候……事儿多，忙忘了。”

顾遥说：“既然能再碰上，便证明咱俩缘分未尽。他如今不止拍戏，也是一家影视公司的大股东，最近正打算筹拍一部舞蹈电影。他想跟我签约，让我加入他的公司。”

我爸估计喝大发了，一听这话便离开他的椅凳，就要给顾遥磕头。

"叔，别这样！你快起来！"

顾遥与我一同把我爸拉扯起来。望着我爸那张老泪纵横的脸，我也真佩服自己的定力，面对天大的喜讯竟毫无表情，半晌过后才迷瞪瞪地开口："是好消息，但我得想想。"

顾遥笑了："怎么？舍不得黎翘吗？"

我忙摇头，说："孙子才舍不得他咧！我就没少挨他的揍。"

"你先不忙回答我，考虑清楚再说，我有预感你一定会加入我的团队，因为你一定不会满足于只当个司机，浑浑噩噩过完这一辈子。"这话带着锋芒，然而这个男人眉眼亲切依旧，"现在我就想知道，如果你以后在我这儿工作了，你打算怎么称呼我？"

"当然是老板——"转念一想觉得不合适，又改口说，"老板怪生疏的，我叫你一声'遥哥'，成吗？"

"你不是这么称呼黎翘的吧？"那天在他家里，我便张口闭口都是

"爷"，顾遥挑了挑眉，"你就不能也叫我一声'爷'？"

老旧的风扇咯咯嗒嗒地发出噪音，我在心里仔仔细细掂了掂这个字于我的分量，又想起那位爷待我的好来，于是抬起头来灿烂一笑："遥哥，我还是叫你'遥哥'吧。"

第九章
▶ 饱暖思远方

顾遥后来又给我打了两个电话,有点三顾茅庐的意思。我没答应,也没说不,我这人平时没这么拿乔,只是这事儿实在不好办。

天气越来越热,底楼潮湿,蚊蚋横行,我把能挂蚊帐的床让给了我爸,自己在厅里的沙发上跟它们死磕。白天喷过药水,夜里点上蚊香,外加此刻我挥胳膊动腿儿人工驱蚊,不想最后仍旧败下阵来,只能悻悻地在心里想:打不死你,我撑死你。

没有老板的日子,我就很闲。吉良让我等,我也不知道等什么,吉良让我别胡思乱想,可我闲得发慌,偏偏不干。把头埋进毛巾被中,囫囵便是一觉,其间小梦一场,不知怎么的就梦见了我还念书的时候。

像是晌午。草地青涩,阳光蓬勃,一切都美好得如同少年情愫。我午休时从厕所小解归来,忽然被一群女孩子气势汹汹地围住。乍看还以为她们聚众逞凶,很快便发现不是,打头阵的女孩不断向身后招手:"说什么,来呀!别怕呀!跟他说呀!"

我看见一个胖妞缩紧了身子躲在人群之后。她低着眉眼,红着脸,瞧着特别怯,清了半天嗓子,最后还是一个字没留下,人倒跑了。另几个女孩恨其不成钢,一哄而散,散前有一个多了一句嘴:"她一直特别喜欢你呀。"

喜欢就喜欢了嘛,我不懂,喜欢一个人为什么就得那么怯。

后来一个哥们儿跟我说,咱们年级的级花也摆明了对你有意思,一般的女孩当然自惭形秽,不敢迎难而上。我暗暗拿级花与那胖妞比较一番,结果发现她俩于我根本没有任何不同——直到多年之后我才明白,不是当时自己眼拙,而是我天生与情爱绝缘,她们把初恋给了我,我却把初恋给了舞蹈。

梦里樱桃红罢芭蕉绿,两眼一睁,便被流光抛过十年。我睡不着,从沙发床上爬起来,打开了电脑。

我在网上搜了搜黎翘演过的电影,找了一部看简介还算喜欢的,一边劈叉一边欣赏。

片子勉强合我胃口,黎翘在里头演个嗜血变态,比他本人消瘦不少,还是个瘸子。不过虽是瘸子,却也是个俊美无俦的瘸子。因为演话剧出身,初听他念台词还有点拿腔拿调,但其实功力挺好,搁在这么一个万人迷身上也毫不违和。

早些年黎翘几乎来者不拒,凡跟他合作过的适龄女星鲜有不与他传绯闻的,这片子里的这位也一样。他俩的一场床戏拍得特别真实,特别唯美,足令旁观者口舌发燥热血沸腾。

我突然想起,除了偶尔遥控指挥《遣唐》,黎翘这一出去拍戏便与我彻底断了联系。

到底何去何从,我渐渐有些恍惚了。

一心多用,我一面练习舞蹈基本功,一面关注电影剧情,一面掂量着我与黎翘那点英雄惜英雄的情谊,一面算计顾遥的邀请是不是我千载难逢的机会……

几样念头在脑袋里争锋,都想力拔头筹,最后我在镜头中那双烟灰色眼睛的凝视下突然摔倒。小腿肚子又抽筋了。

这一下抽筋抽得来势汹汹,我疼得大汗淋漓,自己给自己掰脚,宽松的T恤都被汗水浸湿了一片。

好容易好了些,我爬起来,一瘸一拐地去开窗,引得星光入户,扑面一阵热风。

杂草丛中的那一点点红与紫都已热蔫了,天上的一弯月亮像姑娘的眉。

这日子花不好,月不圆,我倒在沙发上蜷作一团,使劲闭上眼睛,强迫自己入睡。

大约凌晨四点的时候我被手机铃音惊醒,刚刚接起电话,那头的人便劈头盖脸来了一句:"让你二十四小时待机,为什么现在才接电话?"

"爷,"久违了的声音惹得人心里头一阵暖,我打个呵欠,揉揉眼,"您知道现在几点了吗?"

"我刚回酒店,你在干什么?"为了赶进度,剧组刚刚收工,这位爷现在人在外地,不抓紧宝贵的时间去歇一会儿,居然还不让别人睡。

"我刚在看你的戏,你跟顾遥首次合作的那部——"

"刷脸装帅的黑历史，不准提。"话还没完，黎翘就冷硬地打断了我，"你白天在做什么？"

"没干什么呀，都是鸡毛蒜皮的，不值得你听。"

"问你就回答，哪儿那么多废话？"

听他的口气没要紧的事情，就是要开唠。我打起精神细细回想，随即一一回答。

"别说别的省市了，你连北京的路线都不熟，我带你随行根本派不上一点用场。你别忘了自己是司机，闲来就开车上街转转，司机就得有司机的敬业精神……"

大概还是太困，黎翘这话说完，我脑袋"嗡"地响了一下。

"倒淌河这边风景不错，开锅肉的味道也好，几个藏族群演特别会跳舞，今天收工之前，有个十来岁的藏族男孩跳了一段舞，我一下子就想到你了……"

大概一样是因为太困，黎翘说这些的时候嗓音特别倦，但他说的什么其实我压根儿没听清楚，"司机"那两个字就跟留有回声似的，在我脑海里久久不去。我突然开口打断他："爷，我有话跟你说。"

不等他提问，我一鼓作气把话说完："爷，我得辞职了。"

连呼吸声都霎时间静止，连一声"为什么"都不问，电话那边完完全全安静下来。

几次欲言又止，我静静地等着对方发落。

黎翘摔电话前留下最后一个字，滚。

电脑黑了屏，蚊子嗡嗡地飞，连手机这点微光也暗下去后，整个房间黑咕隆咚的。听着电话断线的声音，我有一点后悔，却有万点高兴。我如释重负，如顿开了心眼，感到自己随时可以无拘无束飘飘远行。

我激动地在黑暗中浑身发抖，嘶着嗓子喊了两声，却发现自己几乎发不出一个字。

于是我决定给黎翘发微信——

"爷，我这人在舞蹈上真的特别有天赋，不是跟你吹，像我这样的，一百年估计也就能出一两个吧。所以我眼界得宽，得念着远方，因为别人把自己活耀眼了那是权利，可对我来说，便是义务。所以爷，我不干你的司机了，我要去跳舞了。"

"爷，你是我的天上云，可我不是你的鞋底泥，不干你的司机以后，你要再敢揍我，信不信我就还手了？"

微信发不出去了，该是黎翘把我拖黑了。

在黎翘这儿辞了职后我就答应要与顾遥签约，仍是顾遥的经纪人出面接待。

我不太记得他的样子，但我记得他的造型，几年来形象不变，一圈精心修剪的山羊胡子，下头还绑了个小辫儿。人说过于讲究第二性征的男人大多外强中干，果不其然，山羊胡子没少对我点头哈腰，言下之意是他当年失误，有眼不识我这座泰山。

按理说这下我该有了些扬眉吐气之感，可实际上我的心情半晴半雨，一来我记挂着黎翘最后的说的那句"滚"，二来也怪自己过河拆桥，干的事情特别不仗义。

估摸着这会儿黎翘已彻底视我为鞋底尘泥，反倒是吉良在第二天白天的时候给我打来电话，他在那头叹着气，问我："真的想好了？"

"嗯。"

"顾遥这人不一定是你想的那样，人后不论人非，我就先不说他了。我们说Lee吧，Lee虽然这回没让你上舞台，难保以后不会让你上舞台，你为什么不再等等呢？"吉良再次幽幽地叹气，明明白白怪我不识抬举。

"哥，您听听是不是这么个理？"吉良的话差点说服我，但我决定绞尽脑汁跟他辩一辩，"哥，这些年别人都觉得我蹉跎岁月，浪费了一个舞者最宝贵的八年时间，包括我的老师。可我自己不觉得，我脚踏实地地过日子，怎么就成蹉跎了呢？然而现在不一样了，我爸的病情稳定了，我的机会也来了，如果我再怕东怕西，那才真是对不起自己。"

"我知道你以前的日子不容易，可苦日子到头了总有安慰，你能跟着Lee跑前跑后……就算一辈子上不了舞台也比别人幸运多了，Lee没亏待过你，也不会亏待你……"

"哥，您再听听是不是这么个理？"想了想，我决定再辩一下，"您上次跟我说的话我还记得，可咱们都是男人，男人又是什么呢？男人更该有梦想……"

吉良在电话那头笑出声来："你的嘴太厉害了，歪理也能说直了，跟你辩简直是自讨苦吃。"

"这些话不是我说的，你看过顾遥那部《玩风者》吗？我最近又仔仔细细看了一遍，盗了里头的句子，自己改的。"我反应过来自己有些托大了，于是赶紧打马虎眼，求他别把这话跟黎翘说。

"这可是你自找的。"吉良最后一次幽幽叹气，"求我还有什么必要呢，就Lee这脾气，你跟他这辈子大概也就此陌路了吧。"

挂掉电话后，我突然意识到吉良说的可能是真的，于是那点我不愿承认的后悔又多了些。

这一夜梦老长，梦见乱七八糟的一大堆，梦见李白与久邑，他们一个流放夜郎，一个流放京市，带着灼烧过后淹熄的梦想……

离开艺术中心那天，天气特别阴晦，天上浓云翻滚，仿佛转瞬有雨。

"小和尚，好运气呀！咸鱼翻身当演员了！等你大红大紫了，千万别忘记我们呐！"

其实没多少要带走的东西，也就是杯子、本子和一点杂物，主要也就想看看大伙儿。可我一个字还没提，我要离开的消息已在艺术中心传了个遍，姑娘们齐刷刷地跑来与我道别。

光头大美女杨滟站在人群最外围，望着我的眼神复杂莫测，我只当她是我未来的老板娘，不顾她的眼神多复杂，照旧回以她一脸讨好的媚笑。

一转眼，光头大美女就不见了，一拥而上的是另外几个水灵灵的丫头。她们说不出"魂来枫林青，魂返关塞黑"这样别离追思的好句，只得遣派了Skylar递给我一只硕大的礼盒，作为离别礼物。我打开那只盒子，继而哭笑不得，大纸盒里收着十来只舞鞋，居然还是穿过而没洗的。

我嫌盒子里飘出的味儿太大，把眉头拧成川字，Skylar跟我说："味儿大吧？味儿大就对了。味儿大是为了提醒你，即使日后被镁光灯包围，也别忘记第一次劈开一字的苦,别忘记自己是个跳舞的人。"

收拾完东西以后果然开始下雨,雨不大,牛毛一般。正所谓"雨亦绵绵,思亦绵绵",我抱着杂物与那十来只舞鞋往大门外走,时不时留恋地回头看一眼,看见Skylar她们都换上了舞裙站在高处。我朝那群花花绿绿的姑娘挥了挥手,顺便数了数出现在窗前的几个脑袋,一共十二个。

我是另谋高就,又不是真的流放。可笑过以后悔丧的心情终于漫上来,我意识到,我轻易地把一段来之不易的友情就这么断送了。

等着签约影视公司的日子,最大的盼头就是大奖赛。晚饭过后,我和我爸早早地守在电视机前,就等着看大奖赛决赛阶段的直播。范小离比我争气,轻轻松松就从预选赛中突围,然而一种非常不安的情绪始终笼罩我,越临近决赛开始,就越离奇地教人坐立不安。

特别是范小离昨儿夜里还在给我打来电话,我刚接起来就听见一阵哭声,凄凄惨惨戚戚,她说自己肚子疼。

这不是头一回了。小时候参加少儿舞蹈比赛她也这样,借口肚子疼,哭天抹泪地不想上场,结果被老娘皮硬逼上台后立马恢复了鲜活劲头,随随便便就抱了个奖回家。

"是不是你们女孩子的生理期?"

"不是。"范小离斩钉截铁地回答我,"上个月就没来,好久没来了。"

除了让她多喝热水我别无他法,只得使劲安慰说:"深呼吸,别紧张,想想第一次被人摁着肩膀劈开一字,这点疼算什么?"

范小离哭着说:"想着呢,可还是疼。"

我听着不像是装的,急了:"你别哭啊,赶紧去医院看看吧,要能坚持咱就轻伤不下火线,要是不能……不能咱就重在参与,既然已经参与了就赶紧把病治了,命总比舞蹈重要吧。"

"雪璟老师不让上医院,她说我这是懒出来的,吓出来的,她说我以后还会以艺术家的身份站在面对上千观众、上万观众、上亿观众的舞台上,这点儿心理障碍都挺不过去,还跳什么舞呢?"

"那……你到底是不是吓的?"

"可能是吧，我不知道。冰冰哥，我现在好后悔啊。"范小离的哭声突然在我耳边放大，然后电话就断了，再拨过去显示已经关了机。

大奖赛的热度完全不比当年，开播前的广告都没几个。我跟我爸在电视机前守了几分钟，便看见衣冠楚楚的男主持出现在屏幕上，他报出所有进入决赛阶段的年轻舞者的名字，却唯独没有范小离。

"袁国超，你听见小离的名字了吗？"

"我也奇怪呢，可能是漏了吧。"

我们抱着只是主持人漏报的心态看完了决赛第一阶段的全部比赛，可一直到最后一个舞者掀着舞裙谢幕，我都没见着范小离。

只见着屏幕下方一行滚动字幕：17号选手范小离因病退赛……

我始终觉得当时的范小离有难言之苦，可她不告诉我，她简单地把那段上电视的日子称之为"犯浑"，并渴望得到我的理解。谁年少的时候没犯过浑呢？可这回事情好像不只是"犯浑"那么简单。早晨醒来以后我的心情愈发焦虑，范小离的手机昨夜开始就一直关机，而且就在我囫囵睡觉的时候，她的爸妈连夜走了，我去扣过她家的大门，里头半晌无声息，没人在。

"袁国超，事情好像不对劲，我联系不上小离，也联系不上老娘皮。"我叼着牙刷，满嘴泡沫地跟我爸说，"你听没听小离她妈提过，她们住在哪里？我们要不要赶去瞧瞧？"

如往常一般，老袁仔细检查过他的小本儿，又把它揣进兜里，出门前看我一眼，对我说："你在这儿瞎操心能抵什么用？别想那些有的没的，有戏就好好演，有舞就好好跳。"

老袁迷迷瞪瞪半辈子，难得能露出这种特别有深度的眼神，于是我稍稍放宽了心，赴约去与艺术中心的姑娘们吃散伙饭。大中午的去吃涮锅，锅里的菜吃得不多，啤酒倒是一杯一杯地往下灌，用肚片、笋干、猪脑和各类丸子垫了垫肚子以后，她们便巾帼不让须眉，非要与我喝白的。

姑娘们不停与我碰杯，叽叽歪歪问了一堆，翻来覆去也就那几句话，问我火了以后还跳不跳舞？

"跳,当然跳,本来就是曲线救国!"我不假思索地回答,接着又反问道,"你们呢?"

半醉半醒的Skylar把头顶在我的肩膀上,呜呜咽咽地说着:"我才二十四岁,可我常常觉得自己已经跳不动了,其实不怕说句特丧气的话,我现在就想嫁个有钱的……"

一顿散伙饭一直吃到下午四点,几个姑娘都喝大了,一点矜持没有地与我抱了又抱。我俯在Skylar耳边,认认真真地祝福她:"你一定能嫁得好。"

各自回家,胃里的酒精灼烧了一路,天空仍旧是阴的,看得人心里莫名窝火。

回到家里,我拔钥匙开门,刚进屋放下东西,就听见有人在油腻腻的窄窗外头冲我喊:"骆冰,你赶紧去三湘小区看看,你爸被人打了,正坐那大门口哭呢!"

听了这话酒劲蹭一下就上来了,我正想往门外冲,可一琢磨不知道来人什么路数,又转身拿起灶台旁一把十来厘米的厨刀——在手上掂了掂,长短正合适,于是我把它别在了裤腰上。

我赶到三湘小区时,我爸已经不是那儿的门卫了。我看见这小区的物业挤在人群里,勉强算个领导吧,说话的样子也带点官腔,他说:"大伙儿都散了吧,散了吧,老袁贪污停车费已经被开除了。"

我爸坐在小区门口,坐在他的门卫室前,坐在一群围观者的眼皮底下,像个走资派般被义愤填膺的"红卫兵"团团围住。我爸被揍得很惨,满脸是血,血丝嵌在他老树皮似的脸上,以至于能清楚地看见那一道道历经沧桑的纹路。

我怀疑他的脑袋又被打坏了。他悲怆得不得了,老泪纵横,浑浊的泪水与晶亮的鼻水流作一处,他无力地挥动手上的小本儿,如同祥林嫂或者祥林叔般重复说着:"我没偷钱,我每一笔账都记得很清楚,不信你们看。"

本子像是经过了争抢,已经被扯烂了,封皮皱巴巴的,上头也染着血迹。

"你别在这儿撒赖,起来回家吧,偷钱就是不对的。"

周围站着的一圈人,不时动手动脚地指责两声,有说什么"君子爱财取之有道"的,也有更难听的已经与谩骂无异。而这些人中最气势汹汹的是一个看来最有身份的男人,三十来岁的模样,梳着老派的油光锃亮的背头,手戴名表,脚蹬名靴,一身的行头都不是便宜货。他抖着手臂与手指,点着坐在地上的我爸,嘴里唾沫喷飞:"老东西偷钱不说还血口喷人,这儿又没打卡器,谁停车了谁没停还不是他自己记的?每次看见我都拽着我让我付停车费,我早都付过了!"有身份的背头男人把脸转向围观群众,一副揍人也是情非得已的模样,"所以不是我动的手,是他这副嘴脸难看到死里去,拉拉扯扯的自己摔伤了!"

我大约听明白了,也看明白了,我使劲拨开人群走到背头男人身前,指了指老袁,强忍怒火冲他讪笑:"我是他儿子,我爸这人脸老皮薄,像偷钱这样臭不要脸的事情他铁定干不了,这当中八成有误会……"

"没误会!绝对没误会!我停车时间长,每次都百八十块地给!他居然说自己一毛都没收到,不是他贪污了难道还是钱自己长腿儿跑了吗?也不想想,我开的车是奥迪A6,还能看得上眼这几十块的停车费?"

一个男人比乌鸦还噪,我瞧他不上,但心切地只想把事情弄清楚。我又转过头朝我爸吼:"袁国超,你瞎哭什么?赶紧想想,是不是人家交了停车费你却忘记了,结果在本子上漏记了几笔?"

老袁估计真被打傻了,眼睛不瞬,眼泪稀里哗啦地流,半晌才突然朝我眨了眨眼睛,摇头一指那个男人:"他没交……一次都没交……"

背头男人大光其火,冲上来就揪老袁的衣领,掏他的口袋。我还来不及将他揉开,他已搜出一包中华烟,立马跟铁证在手似的蹦跶起来,拔高了音量对大伙儿喊:"你们看,你们看,这种人哪有钱买这么好的烟,说他没贪污,我还真不信了!"

围观的人越聚越多,一概想当然地点了点头,是啊,与其屈乡宦,宁屈小民,一个月入不过一千多的看门老大爷哪有钱抽中华呢?

"这烟的来路我知道,不是买的,是他拾金不昧,别人奖给他的。"

我的目光在人群中逡巡，果不其然让我找到了。我走近那个人，指了指他说，"六叔可以为我爸做证明，我爸不是跟你提过拾金不昧的事儿吗，你跟大家说说，你说了大家就明白了。"我勉强挤了个笑容，望向群情激奋的大伙儿说，"这当中一定有误会，我爸可是捡到五万块眼皮也不眨一下就上交的人，不可能贪图这点小钱……"

可六叔却摇了摇头，他略小我爸几岁，看上去倒年轻不少，他对我说："小袁，不是我不帮你啊，你爸没捡到钱这事儿啊……"

物业也在一边摇头，说："拾金不昧？还捡了几万块钱移交失主，这么大的事情我们不可能没听说过。"

物业信誓旦旦，六叔的样子也不像是说谎，我一下子就蒙了，以我酒后仅存的智商想了想，不是他们合起伙来欺负一位带病的老同志，就是那位老同志真没有过拾金不昧的壮举。

那中华烟是他省吃俭用买的，买给他儿子的。

眼睛前头雾茫茫一片，我发现自己要哭了。可我告诉自己不准哭，在敌人面前流泪是最孬最孬的表现。

"尿了！尿了！"一个人突然嚷起来。

我都不记得老袁多久没失禁了。夏装单薄，他的裤衩被尿水浸湿，他的身下很快汇聚出一道令人难堪的水迹。

这下周围人一个个又眉慈目善起来，眼里有怜悯，也有鄙弃："物业用人怎么也不仔细看看，这人明显就是个老年痴呆嘛。"

"不一定是偷钱吧，可能也是这把年纪了，脑子糊涂了，该记的账漏记了吧。"物业安抚着背头男人的情绪，随后转过身来跟我说，"你把你爸带回去吧，看他年纪这么大了，我们也不追究了。你记得回去教育教育他，穷不丢人，做人得堂堂正正。"

儿子教育老子，这话多新鲜。

周围人也齐声附和，还有人上来示好般地拉了拉我的袖子，说："你爸有病你就赶紧把他带回去，被打成这样也怪可怜的。"

酒确实是个误事的东西。别人好心好意为我解围，我反倒脑袋一热猛推了他一把，沉着脸说："我不回去。"

"我不回去。"难以想象,我扛单枪跨匹马,居然以这么惹人发笑的口气威胁在场二十来号人,"你们不还我爸一个清白,我就不回去!"

事情闹到这个地步,旁观的人也都乏了,陆陆续续有人要走,也有一些人上来揉我推我,嫌我和我爸堵住了大门,这小区的车辆不能畅行无阻了。

有人推我,我就朝他挥拳头,这下别的人也要涌上来揍我。来者势众,我干不过他们,脸上吃下几拳以后,我忽然把腰上的刀拔了出来。

这么些年舞也算没白练,我拿着刀,抡圆了胳膊一阵乱挥,不管来劝架的还是来干架的,都被我抡出的刀光给吓得不敢上来,不管要走的还是没走的,也都被这阵仗留在了原地。

他们全都眼巴巴地瞧着我疯。丑态百出,耍猴似的。

"你们怎么那么欺负人呢?"估摸着这会儿我哭得比我爸还难看,刚脱口几个字,舌头上便沾满了腥与咸,像是眼泪混着鼻血一股脑地全流进了嘴里。

"地震那会儿是我爸犯病最严重的时候,他走不了路,非让我背着他出去捐款……是,我们家是不富裕,开不起奥迪,抽不起中华,甚至想跳舞也跳不上……"我缓缓扫视四周,以刀尖指着一张张陌生又冷漠的脸,"可我爸打小就教育我,做人得挺直了脊梁骨,不是自己的,再多也不取……"

我突然朝那个背头男人扑过去,摆出一副与他同归于尽的架势,我拿刀抵住他的脖子,我说:"我爸清白做人一辈子,你今儿要不还他公道,我就跟你一起死在这儿!"

我用刀子在他脖子上拉开一道口子,逼问着他:"是不是你没把停车的钱给我爸?"

我这疯劲儿估计真的挺瘆人的,那人居然颤着声音承认了:"是。"

我又问他:"是不是你每回都没把停车的钱给我爸,我爸追着你要了多次,你愣是一次不肯给?"

那人颤着声音说:"是。"

"是不是我爸今天又拦着你问你要车费,你恼羞成怒就揍了他,还恶人先告状，反咬是他偷钱？"

那人还是颤着声音说："是。"

周围人一片"啧"的声音。

"呸！你这孙子！"我狠狠唾他一声，然后把他放了。

喏，真相大白了，是这人自己没给钱，不是老袁偷的。老袁脑子再不好使，也绝不会干这种没脸没皮的事情。我的心情忽然特别愉悦，感到自己身轻如燕，飘飘欲仙。我把刀子收回来，用袖子擦了擦脸上的血与泪。

"哭什么啊哭！"我笑着骂了一声仍傻哭一气儿的袁国超，然后高高兴兴地蹲下身子，弯下腰，招呼他说，"爸，咱们回家吧。"

正当我心满意足打算把我爸背回家的时候，民警来了。

警民鱼水情，我望着那些穿制服的帅哥心里一阵激动，然后才意识到，我好像闯大祸了。

第十章

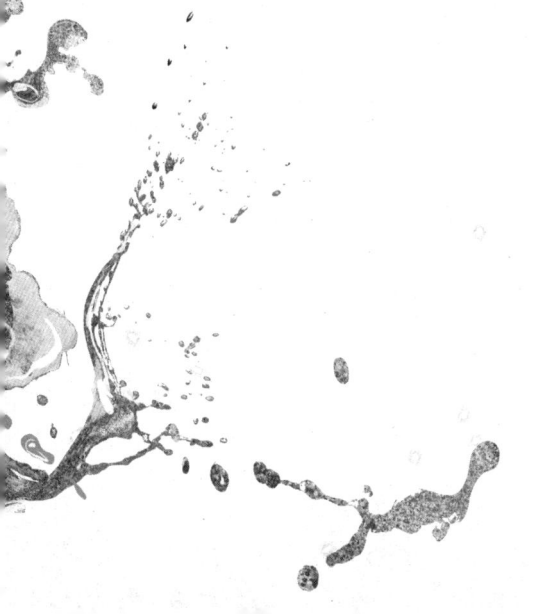

◀ 我叫你大爷

被押进拘留所后,我一下子清醒了,先前横刀立马的那种慷慨在瞬间淡退。为了接受检查,我被脱得精光,没轮到我的时候,我就蹲在地上。我掌心向内,搓了搓自己的脸,强打起精神往前头看——在我眼前是一个眉清目秀的小同志,看似跟我差不多年纪,我打量完他的五官又打量他的身板,喊他:"警察叔叔。"

"别叫叔叔,谁是你叔叔呢?"小同志抬起眼,怒狠狠地训斥我。

"打小受着教育呢,见到穿制服的那就是叔叔。"我想凑上前套近乎,被小同志一呵斥,又缩回去蹲在了地上。我眼巴巴地抬脸看他,尽量表现得纯良无害,"警察叔叔,能放我出去吗?事出有因,我也没真想杀人呐……"

"想杀人?想杀人你现在还能安安稳稳坐在这儿?!"小同志命令我站起来,开始检查我的身体,把我左左右右地拨转了几下,"拘留十天,罚款五百已经是轻的了,你老实点,别再整什么幺蛾子。"

"所以说,我这不没杀人嘛,我就是……就是……"再糙再厚的脸皮也扛不住这么有违自尊的事儿。头还疼,舌头也还不利索,结巴半天,我还是没把后话说完。

顺利通过检查,小同志貌似善解人意,替我补上一句:"就是路见不平拔刀相助?"

"也差不多了,再加上我不是喝大了嘛,武松醉打蒋门神,林冲醉酒遭擒上梁山,都是英雄汉栽在了酒缸里,其实这样的人心眼儿铁定不坏……"

"你话怎么那么多?喝多了就能把刀子架在别人脖子上?那我还想喝几杯,跟我们所长干一架呢!"

"可也不是我先挑的事儿啊,那人也揍我了啊,您看,您看看,我这难道不能算是正当防卫吗?"我不死心,指了指脸颊上的乌青,妄图博取对方同情,"瞧在我已经被揍得那么惨的分儿上,您就法外施恩,放我一马吧。"

"你这人有点法律常识没有啊?放不放你是我能决定的吗?你给我老老实实待着,时间到了自然就放你出去了!"小同志急了,把一张嫩生生的脸板得又冷又硬,又拔高了嗓门呵斥我,"我告诉你,别尽耍小聪明,你那是聪明吗?你那是葱花儿!"

这人挺有意思的,我被逗乐了。

算了,不争不辩,也就十天,既来之则安之吧。

我最后向这位小同志提了个要求,能不能让我给家里打个电话。思来想去发现自己做人还挺失败的,居然也没什么特能为自己两肋插刀的朋友,不得已只得给艺术中心的姑娘们打个电话,我说:"你们也别来看我,要是排练之余还有时间,替我回家看看我爸,成吗?"

心渐渐平静了,时间过得倒也快,每天有馒头、小米粥、一碟蔬菜、一碗汤,常有人抱怨这些东西拿来喂猪,猪都得绝食而死。晚上能看一个小时电视,多半就是新闻联播,其余的时候还得做点清扫工作。拘留所里没有大奸大恶之徒,基本也就是干点鸡鸣狗盗的营生伙计。我们当中最有趣的人叫老K,因为作风问题被抓了十几回,跟这儿的熟客一样。老K算是关着的人里少见的有钱人,其实也是,没钱的人生活就不易了,哪还有时间在生活作风上犯错误。老K生得浓眉大眼还算正气,可偏偏神态、举止都与猥琐紧密挂钩。他自诩诗人,抱怨满腹。

听老K讲段子是拘留所内比吃饭更值得期待的事情,一众男人品咂得津津有味,包括我在内。

那天轮到我扫厕所,我看见两只蜘蛛在墙角缠绵,看见一只壁虎断尾逃生,还看见便池上方用笔写着一首歌咏爱情的小诗,念书那会儿读过纪伯伦也读过席慕蓉,但纪诗过于朦胧,席诗入口即酸,都不如这首诗表达得这么直截了当。

我带着亿万之一的希望向前飞奔
共一场高潮很近,共一场生死太远

便池里尿液积垢颇厚,泛着恶心的黄,但这首诗令我心潮澎湃心绪高飞,我从这些词句里读出了一分纯净,两寸缱绻,并为之引发了千尺相思,万丈深情。想了想,身边也没有笔,我便用指尖在墙上轻轻划出了三个字母。

没想到我在拘留所里待到第四天，那位小同志带着那张嫩生生的脸来叫我出去，他说我表现好，上头准我请假离所。

我纳闷：我也没咋表现啊，居然这么快就能出去了？

办理完手续，我就在小同志的引领下，走出了拘留所。

我第一眼看见了六月雨，细细绵绵瞧不真切，从天上落到地上，咿咿呜呜地留下些声响。

我第二眼看见了黎翘。他打着伞，站在街对面。

估计是Skylar告诉了吉良，吉良又捅到了黎翘那儿。

我冒雨走到黎翘跟前，刚刚开口喊他一声"爷"，"啪"地两耳生风，一个耳光扇在了我的脸上。黎翘面无表情，也没使多大力道，但这滋味不好受，我垂下头，不敢直视他的眼睛。

可头刚低下去，迎面又来一记耳光。

我一声不吭任他给了我四五个巴掌，然后黎翘的手腕一抖，他用伞遮在我的身后，挡住了街上行人的视线，将我向他拉近——

他给了我一个充满革命情谊的拥抱，我受宠若惊。

回程是吉良开车。吉良的驾驶风格比我稳妥，车不紧不慢地向前行驶，雨这个时候大了些，街上行人寥寥。

"Lee，这事儿不该你亲自出面，要被记者知道了，又不定惹出什么大风波呢。"

"我的人我自己教育。"黎翘说这话的时候也不看我，目光微微瞥向窗外，留下小半个轮廓俊美的侧脸，"别说这点事情，就是真杀了人——"他突然转脸看我，"你会杀人吗？"

实在摸不准这位爷的心思，我被这突如其来的眼神看得发蒙，愣了半晌才摇头。

黎翘伸出手来兜我一记脑瓢儿，老重一下，打完以后就仰躺下去，露出一脸倦容。

"还有，你这突然走了，剧组没了男一号，张导那儿还不知情吧？"

"晚些时候我给他打个电话——不要,还是你给他打吧。"

"好。"停顿一下,吉良问,"我们现在去哪儿?"

我跟黎翘异口同声道:"回家。"

吉良笑出一声:"回谁的家?"

我跟黎翘又是同时:"我的。"

那双烟灰色的眼睛冷冰冰地扫过来,我被这人盯得发怵,但仍据理力争:"我多少天没见着我老子了,我得回去看看,别已经死在家里了。"

"这你放心,Lee已经让我安排好了。"吉良告诉我说,"你爸这会儿不在家,他在老干部疗养院'维修保养'呢,一般人想进都进不去的地方,你就放心吧。"

话到这份上好像也没争执的必要了,可我还得争一争:"可是……"

"再啰唆马上把你送回拘留所。"黎翘冷下脸来恐吓我,我彻底闭嘴了。

一路无话,抵达别墅后我跟着黎翘下了车,但没跟着他进屋。我趴在车窗口,向驾驶座上的吉良道谢:"谢谢你啊哥,我爸这阵子可能得麻烦你了——哎哟喂!"

我号起来,因为黎翘返回来,自我身后一把伸手拧住我的耳朵,没轻没重地就把我往屋子里拽。

我是被黎翘拽进大门的,这人故态复萌,还当遛狗呢。

我挣开他,刚想走,一条胳膊又自我身后伸过来,一把勒住我的脖子。

"上哪儿去?又想闯了祸后一声不吭就走?"黎翘以肘弯紧勒住我的脖子,完全不分轻重。

"不上哪儿,上……上厕所……"我跟氽水的鸭子一样划动四肢,挣扎几下就不再动弹。越挣扎身后的男人就越来劲,我的气道几被阻断,氧气不足,呼吸不了了。

"不信。憋着。"快被勒晕厥前黎翘才将我放开,然而他的双臂十分有力,仍牢牢将我的肩膀钳住。

"真的，尿快憋不住啦！"我没说假话，可这人偏偏不把我放开。

"你就地解决吧，都是爷们儿，怕什么？"黎翘笑得不怀好意，突然在我耳边吹起了口哨，被他这么一"嘘嘘"，我只觉得下身一沉小腹一热，当真怕什么就要来什么。

"人有三急啊……不行不行，憋……憋不住了……哎呀妈呀，不行了！"我使劲往外挣开黎翘的手臂，不料身后的人突然放手，我来不及撤力便跌在了地上，旋即连滚带爬地赶紧起来，一头扎进厕所。

许是我的窘相令他心情奇好，黎翘在我身后大笑，又把尿似的吹了两声口哨，十分恶劣。

总算没在半路上出丑。撒完尿便去洗澡，我打开花洒，以冷水冲凉。水柱当头浇下，激得我一个哆嗦，心里反倒踏实一些。

这间浴室我没用过，半敞开式，抬眼就见一整面垂直落在地上的镜子。我在镜子前照了照，发现自己的眼里血丝清晰，头发与胡楂儿蓬勃生长，一脸与年龄不符的衰相，一身待洗净的晦气。

我重新调整水温，故意调得很高，使偌大的浴室满布蒸汽，使自己的皮肤熟虾一般被烫得通红。

没过一会儿，黎翘也走进了浴室。他隔着水汽望着我，然后走过来，递来一只电动剃须刀。

"把脸刮干净，看着邋遢。"

我"哦"了一声，老老实实伸手接过来。

黎翘睨了我一眼，又补一句："头发留着，也该还俗了。"

我又"哦"了一声，确实想蓄上头发了。

"男人还该有梦想……"黎翘见我被沸水烫得龇牙咧嘴，自己动手替我将水温调整至与体温相近，不冷不淡地对我说，"你倒挺有志气，歪理一套一套，你当演讲吗？"

吉良真是多嘴，亏他长着这么文绉绉一张脸，舌头却不短。我微微抬脸看着黎翘，成心跟他耍贫："我还没讲完呢，男人身量不足，心量得宽，男人口袋能空，脑袋不能——"

"闭嘴。好好洗你的澡，再打嘴炮就送你回看守所。"

洗完澡后我乏得厉害，还得强打精神跟黎翘汇报我在看守所里的见闻。黎翘估计也乏了，听我念老K的那些歪诗，一直笑得挺蒙眬和煦，跟方才浴室里那位截然两人。我回到卧室，用被子罩着自己，躲在里头蒙头大睡。

这位爷倒恢复得快，也不嫌累，我一觉睡醒，隐隐约约还能听见外头两个男人的对话。

"骆冰还在？"

"嗯。"

"Lee，你得尽快回片场了，整个剧组都在等你一个人，传出去又是大风波。"

"嗯。"

"反正骆冰这儿也没大事儿了，我去订机票，你最好明天就走。"

"不，不行。"我听见黎翘一本正经的声音，"这小子太能闯祸，把他一个人搁哪儿我都不放心。"

吉良笑了一声，打趣地说道："但你也不能随身携带吧，多大的人了，难不成还揣兜里吗？"

"怎么不能？"黎翘仿佛恍然大悟，顿了顿说，"你去替骆冰订机票，你留下，我带他走。艺术中心的事情你多留心，顺便也照顾一下骆冰他爸。"三言两语打发了吉良还嫌不够，他说，十米吧，以后不准他离我十米之外。

第十一章

▶ 不挂,不苟,不羁

爷嫌我不够体面。

这次我是代替吉良去的,这意味着我会以新助理的身份暴露在媒体的相机前。我特意去借了顶好的衬衣和领带,把自己打扮得跟新鲜水灵的伴郎似的。

结果一身潮品的黎天王居然还嫌我不够体面。

"你这是要去村里迎亲吗?"黎翘睨着眼睛,一脸嫌恶地命令我,"脱了!"

"您都快四十的人了,这样扮嫩也不合适吧……"与黎翘相处久了,我胆儿也肥了,越来越敢嘲讽,敢顶撞,敢叫板。

吉良在我俩身后笑出声音。

"不脱就不脱吧。"黎翘似乎想表现得大度,轻咳一声,起身往外走。可他经过我身边时明显地沉下脸,低声恐吓我:"一会儿收拾你。"

当我怕他?尽管放马过来。

随黎翘去之前,我先跟着吉良去探望了我爸。医院的硬件、软件皆是国内首屈一指,尤其是老干部病房,常有明星出入。我听吉良说,我爸在这里受的照顾很好,因为黎翘亲自安排,不明所以的人还以为他是哪里退休的领导。

医生跟我打招呼,说我爸入院时是轻微脑挫伤,现在身体情况已逐步好转,精神状况也不错,只是因为以前脑中风过,本就有后遗症引起的痴呆症,这回受伤引得旧症复发,目前还在接受药物治疗。

我的心咯噔一下,忙问:"怎么个情况?"

医生见我急了,宽慰我说:"不严重,就是口角有点歪斜,还有,不记事。"

旁人的话再听不见,我一心只想赶紧看看我的老子。推门进去,一个特年轻漂亮的护士刚刚喂我爸吃完药,另一个则在切水果装盘,她们见我进来,冲我如雨后梨花般娇羞一笑,便起身让出了位置。我坐在被一个姑娘坐热的地方望着我爸,细细盯着他瞧了好一会儿,发仍是白的,脸仍是黑的,眉间眼角的褶子没多没少,除了嘴角确实歪了,精神头儿还不错。

嘴歪了又怎样，看着就像对谁都在笑，照帅不误。

我把护士已经切好装盘的水果端手里，用小叉子取了准备喂我爸吃，已经伸出去的手骤然一停，问他："袁国超，你答上来才有的吃，你先说说，我是谁？"

我爸怒瞪我一眼："你反了天了，你不是我儿子吗？！"

我在心里暗自吁出一口气，还好，没痴没傻，还认得我。

"那小离呢？小离是谁？"想起来我好久没联系上那丫头了，也不知道她现在到底怎么样了。

"不就是住咱们隔壁跟着你老师跳舞的那个丫头嘛。你当你爸是傻的？！"

"不傻不傻，你谁啊，谁有你伶俐啊！"老袁中气挺足的，看来确实没大事儿。我刚想把叉上的水果递上去，想想又不放心，决定再试一句，"那你再说说，你是谁？"

"你个小兔崽子没完了？我是你老子！"我爸被我这些明显低智商的问题惹毛了，冲我连着砸来几拳头，把满脸的褶子拧得更紧一些，嘴也更歪了。

"袁国超你也就窝里横，有种外头人欺负你的时候别怂啊。"

我爸摆着老子的谱，但我心里特别高兴。然后他总算收了拳头，一把夺过我端手里的果盘，他不爱吃里头的奇异果和油桃，勉强爱吃西瓜，但他跟我说，其实他还是最想吃卤水肘子。

我看他思路清晰，心里更高兴，想着我晚上还得跟黎翘搭飞机，于是就恋恋不舍地跟他道别了，老实说我俩相依为命这些年，我两条腿几乎没迈出过老城，就是放不下他，也知道他放不下我。别人家是"父兮生，母兮鞠"，我家的老袁是既当爹又当妈，即便都尚有进步余地，但也不易啊。

我说："袁国超，我先走了啊，我要出一趟远门。你得照顾好自己啊，吃的用的咱不缺，但你现在人在疗养院，该忌口的时候就听医生的。"

"早走早好，你以为你不碍眼！"老袁头也不抬，挥手就把我往外头赶，"赶紧回家收拾东西吧，西班牙远着呢。"

134

"还有,别看人家护士漂亮就起色心,耍流氓——"我不放心地继续叮嘱,突然反应过来,我什么时候跟他说过我要去西班牙了?!

"你老师出钱让你出国学跳舞你就去,你爸是那种贪人便宜的人吗?!等把咱家房子卖了就把钱还给你的老师,你都快二十二岁的人了,还离不开家吗?!我去跟我们单位闹去!陪领导喝酒喝出的毛病不算工伤吗?!我马上要没房子住了,没法子活了,他们能见死不救吗?!你只管放心学你的,跳你的……"

"闹什么……"红色的瓜汁儿与透明的口涎从那歪着的嘴角淌下来,我爸也毫无察觉,我取了纸巾替他擦了擦,忽感鼻子一阵酸,又想起当年我还嫌他这么干丢人,于是更酸了,"你不是……你不是最要脸要皮的吗……"

"你以为你老师来找你的事儿我不知道?你爸虽然身体不好,但脑子不至于糊涂,我的事情厂里会安排的,就算安排不了,随便到哪儿租间一室户,总能对付的……"

"还说自己不糊涂?你糊涂啊,糊涂大发了——"我戛然收声,不敢再说,不敢再想了,怕自己会在这样好的日子里矫情地流泪。

他这下又错位了好多年,脾气倒是不变,听不得我说他糊涂,直接把我从病房里轰了出去。

大概是不想破坏我们爷俩的天伦之乐,我看见站在门外等我的黎翘。我的脑子早就一片空白,只愣愣地跟他说:"我哪儿也不想去了。"

"又闹什么?"黎翘抬手做出要抽我的样子,我赶紧闭上眼睛,竖起两条小臂护着自己。

黎翘微眯了眼睛看我,轻轻叹气:"不打你。"

我放心地把手撤下来,没想到黎翘眼明手快,忽然又伸手兜了我一记脑瓢儿——转折太快,这下我始料未及,根本没来得及躲。

"兵不厌诈。"说完他便拽住了我的领带,跟遛一条不情愿出门的狗似的,硬生生把我拽走了。

这是一个万物怒号的夏天,城里的花都开疯了,湖边也不消停。

天上的白云一股脑地往一处倾斜，让你觉得这片蓝天就是个陡坡。湖美，美在恬然，美在无争，美在你自以为自己的期待已经饱和了，它还能亮出尖牙给出惊喜。不像在京市，多的是背影是仙正面是鬼的姑娘，一回头就吓你一跟头。这里的姑娘远看美近看更美，这里的山远看是连绵土丘近看才知其巍峨万丈。

风吹草低，我们看着牛羊，牛羊看着我们。

黎翘在剧组给他安排的酒店附近另找了一家酒店，用来安置我这个所谓的"新助理"。黎翘拍戏到凌晨两三点是家常便饭，而早上六点他又得赶去剧组化妆，有的时候为了节省时间，干脆就不卸那厚重的假发，胡乱睡上三四个小时。

不得不承认，以前我对明星这行有偏见，尤其是年轻一辈，觉得那些人当中也就顾遥能称得上是演员。我觉得他们是驴粪蛋，表面光，一个个明里瞧着光鲜，实则统统男盗女娼。同样我对黎翘也有偏见，我一直认为他的戏路不比顾遥宽，他长得太像个洋货，演古装横竖不是那么回事儿。

摄影棚里没有冷气，女性角色还好，贴的是花钿，抹的是靥黄，戏服虽比现代装厚重些，但不至于要人老命。男演员就苦透了，动辄几十斤的铠甲上身，尤其黎翘的角色是个动亦带咳的病秧子，三伏天里也得身披紫貂大氅。前阵子没白咽下那些苦瓜与芹菜，上妆之后，他便两颊微陷唇色泛青，一生为情所困的样子。

起初黎翘也热，仅是坐着等戏的时候也汗下如雨，不料入戏以后竟完全好了。

我也记得刚接下剧本的时候他没少抱怨，抱怨同是一家影视公司出品，为什么顾遥能演年轻时期的鲁迅，他却只能嫖嫖古人，演这种无甚营养，只能靠武指与特效撑场面的片子。

但一旦投入他的工作，投入这个角色，这位爷便一丝不苟得与往常判若两人。

有一回我坐他旁边，一不留神便睡了过去，然而当我一觉睡醒仰脸一看，却发现黎翘仍一动不动，枯坐出神。

他未卸妆，鬓边发白，病容憔悴，眉头浅浅地蹙着，薄唇轻轻抿着。我听见他饶动感情地轻念台词："远出塞外，孤身闯营，便是十去九不回……你……你当真……"

言罢，一行泪打落脸颊。

这位情深不寿的将军令我感动，也令我敬佩，不管他是大腕还是凡人，能全情投入一件事情都值得敬佩。

"贱妾不敢奢求将军念及昔日恩情发兵营救……只不过将军英雄盖世人间无匹，万军丛中取上将首级易如反掌，而今深入敌营救一个襁中婴孩，想来也不是什么难事。"

"远出塞外，孤身闯营，便是'十去九不回'……"窗外的雪似鹅毛，他止不住周身轻颤，连连轻咳，一双灰色眼眸若隐若现噙有泪光，"你……你当真……"

导演喊"咔"了以后，剧组上下直呼"完美"，唯独黎翘仍未出戏，他眉头紧锁眼眶泛红，十分钟的沉默之后，我听见他对导演说，这条有点过了，再来一条。

若在荧幕上看见这样生离死别的场景，你定会觉得特酸，特矫情，但在现场亲眼所见，那种感动无以言表。黎翘演得真好，他一落泪我也想哭，只是我哭不出来。造雪机连着工作了几个小时，可超过四十摄氏度的摄影棚实在热得人够呛，我身体里的水分已被完全蒸干，我流不出泪来，一眨眼就往外掉盐花。

这天的拍摄十分顺利，剧组收工得早，剧组里的藏族群演们与几位主演共同完成了一场戏，他们高兴地喊着，唱着，然后就跳了起来。

这里的天宽，夜似一道幕帘扯下来，天地一色之后便显得更宽了。

藏族同胞能歌善舞名不虚传，他们一个个舞姿雄浑又舒展，飘忽又灵动。我被他们的歌声与舞蹈勾得心痒，不待征得黎翘同意，便加入了那几位穿着藏袍的青年当中，与他们一同跳舞。他们的舞蹈我没跳过，但跟着他们的步伐学得很快，学会以后我又技痒，即兴添加了一些我自己擅长的动作。

藏族青年本来与我同围成一个圆,但不知不觉间他们竟变换了队形,开始以我为中心旋转。又不一会儿,几个一直在一旁笑着的藏族女孩也加入我们当中,她们翩翩甩起长袖,她们以藏语齐声歌唱。

跟了一个多星期的剧组,这却是我最痛快的时候。摄像机对准的地方,黎翘是众星拱月的绝对主角,我曾在某一刻为自己感到卑怯,但摄像机外,有年轻舞者相佐,有天籁歌声缭绕,我终于相信我如良金在镕,如好玉在璞,我一点也不逊于这位爷。

"你的新助理舞跳得不错啊!"

我自得其乐同样耳听八方,听见不远处的副导演夸我。

几个跳跃旋转间,我与黎翘四目相视,他微笑说:"岂止不错,他是最好的。"

藏族同胞同样好客,我受邀去一位小伙儿那儿喝酒,黎翘本不屑凑这种热闹,非被我涎着脸皮拽了过去。

有酒有肉有星光万斗,我与那些藏族群演席地而坐,举杯豪饮之后立马成了朋友。

黎翘从头到尾都不热情,但不热情归不热情,他也没拂袖就走,不吃肉倒喝酒,偶尔插两句话,也算入乡随俗。

外头人声更寂,一位英俊的藏族青年端起碗来向大伙儿敬酒,他亮开嗓门,以藏语开唱,歌声如一声清啸,起于夜色,又隐于夜色。

"他唱的什么?"黎翘问。

另一青年将这歌词解释给我们听,说:"吃最好的肉,喝最好的酒,睡最心爱的姑娘。"

这是人世间最好的事情。

拍戏也不尽是趣事儿,一场骑马追逐的打戏黎翘太拼,结果胯下的烈马难驯,连人带马一起扎进了山沟里。

黎翘的腰伤再度复发,趴在床上整整一周,动也动不得。

"您这腰也……您还说自己不到四十?"我嘴上数落他,其实心疼得不得了。

"滚蛋，谁跟你说是年纪的关系。"黎翘强撑起上身揉我一把，又栽下去，"旧伤，以前拍戏的时候摔伤的。"

"你不是有张大胆吗，怎么还会受伤呢？"

"那是现在功成名就了，那时候哪有人管一个刚出道的新人演员。剧组为了节省成本，即使是再有危险性的动作戏，毫无经验的新人也必须亲自出演，结果跳下大桥时保护设施出了错，我腰椎受伤，差点就瘫了。"黎翘示意我坐起来，说，"任何光鲜背后都有不为人知的苦痛，舞者是这样，演员也是。就是看似最一帆风顺的顾遥，他为了更好地演绎精神病患者，曾把自己关进精神病院一个月，险些因为入戏太深真的疯了，直到前阵子才刚刚停止接受心理辅导。"

"顾遥……怎么个疯法？"这人极有可能变成我的新老板，我不由自主地多关心了他一下。

"这个时候为什么要谈这个人？"黎翘显然还被蒙在鼓里，他不以为然地耸耸肩膀，"你得留在我身边，至少也得十米之内。"

酒店的条件不算太好，却能由窗台远望青山与草原，尽收青海湖的美景。

半个月来这地方没下过雨，空气微凉干爽，搔得人鼻端发痒。我莫名地想到黎翘钻进我车厢的那个雨天。那令我犹如开悟般心生错觉——我跟这个男人确实有一点缘分。

天亮时分接到吉良的电话，具体发生了什么他没细说，只说他即将出发来这里，还让我赶紧回去一趟。

黎翘的腰伤恢复得差不多了，再度投身剧组，第一场戏就是与女主演的一场床戏。导演提前清场，只留少数工作人员在内。但因我是黎翘的特别助理，得以在场内观看。

导演一再好心提醒他多穿两条内裤以防"情不自禁"，不想黎翘反倒轻松地摇了摇头，说："我有职业精神。"

得了，你就吹吧，还不是你那受伤的老腰，有心无力。

我带着黎翘那句褒奖与随之而来的一种莫名其妙的骄傲回到家，回到我住的那个临近火葬场的小区。

到家那天恰逢天公不作美，人与雨竖立，车与雾横陈，街上哭丧的人特别多，沿路都能看见丧服白花，听见哭声嘹喨。

还没摸出钥匙进门，我就僵在了自家门口。就在我家大门上，溅着一摊触目惊心的血迹，已经发黑了。

正当我冲着门上那摊血迹发愣，一位平日里还算相熟的邻居不住朝我探头探脑。她一见我以询问似的目光对望回去，立马欣喜地跳了出来："哎呀，你总算回来了！出大事儿了！"

她这一嗓门嚷得倍儿亮，很快又有一些上了年纪的女人围拢过来，七嘴八舌好似鸨母开会。她们都亲眼看见了那天这里发生了什么，也确实是件惊天动地的大事。

"大概是早上九十点钟的时候，我听见小离她妈跟一个女人在门口吵架，也不算吵架吧，从头到尾都是她一个人横，那女人一句狠话没回。小离她妈一边骂人'不要脸'还一边动手，又扇那女人嘴巴子又扯头发的，把人半边的头发都快揪光了，那女人也一声不吭……"

"那女人有点年纪，但好看得跟仙女似的，原来大家还以为是老范在外头养的姘头，听小离她妈嚷开了才知道，那女人是小离的舞蹈老师，把小离那孩子带去比赛，结果却没好好地带回来……"

"所以说人穷就得认命，不是自己的梦可千万做不得，前阵子上电视多风光啊，小离她妈没少在我们面前吹，好像全世界就她女儿漂亮，就她女儿有能耐……结果呢？被谁搞大了肚子都不知道，就在她那个舞蹈比赛前突然大出血，差点把命都丢了……"

"小离她妈也太厉害了，动手打不过瘾，还脱鞋打，把人的头都打破了，血就溅在这儿呢！"那女人用手指了指我家大门，啧了两声，"闹到后来警察都来了，她还不肯罢休，后来还去那女人教跳舞的学校闹了，害得人家被学校开除了……"

范家那扇锈迹斑斑的铁门悄无声息，一群女人绘声绘色地讲述这个故事，从这一张张喋喋不休的嘴里，我大致能揣想出大奖赛决赛前发生的事情——范小离忽然肚子疼，可老娘皮认为她是像小时候那样为自己不敢上舞台找借口，硬是没让上医院。疼得不行了的时候范小离给我打了一个电话，想来那个时候她自己也糊涂了，分不清是疼还是怕，结果这一拖就拖晚了。

据说那一夜范小离大出血不止，血压急剧下降，腹部鼓得就像在河里泡了好几天的浮尸。待她被送进上海的三甲医院，医生进行会诊与急救，好容易才从生死线上将她救回来。可因为送医太迟，宫外孕大出血引起了缺血缺氧性脑病，人虽活了但却没醒，能不能醒谁也打不了包票，即便醒过来也极有可能从此伴随智力障碍。

我听得非常难受，趁她们口干舌燥的时候插嘴问："他们现在人在哪里？"

"你是问范家人吗？好像是为了方便家里人照顾，小离被医院安排搭飞机送回了京市，现在就在淮仁医院里。小离她爸妈倒也想得开，逼人老师拿了十万块钱当医药费，自己去新马泰旅游散心啦！"

来不及进屋歇一歇，我急急忙忙赶去淮仁医院，向住院部的护士问了范小离的病房，就一步不停地把自己送进去。

病房里人头攒动，而我一眼就看见老娘皮坐在病床前。她穿着一件真丝刺绣的民族风长裙，散着头发，坐在那里一动不动。她的背脊挺得笔直，神态、气质与她戴在腕上的青白玉十分吻合。

记忆里老娘皮很少散开头发，除了跳《醉死当涂》的时候。跳那支舞时的老娘皮无疑是她最美的时候，她的脸像古画上才有的美人，她的头发又长又黑又密，随着她折腰、翻转的动作时常委在地上——她如此投入又如此严肃，好像她正以生命进行一场宣誓，好像她跳的不是《醉死当涂》，她跳的是善，是美，是自由，是永恒。

但此刻这张脸有些憔悴，头发也稀薄不少，左半边头皮露出大片鲜嫩的粉色。

我觉得她仍然漂亮。

一个年轻护士来换点滴瓶，跟老娘皮聊了两句与天气相关的闲话，一双秀气的眼睛始终在老娘皮脸上游走。

我想她肯定不是头一回见到这位年纪与自己长辈相近的女人，但她明显还是露出了被惊艳到的表情。

"您女儿跟您长得真像。"小护士似乎意识到自己这话说得不妥，又慌慌张张补上一句，"主任说恢复得挺乐观的，您放心，很快就会醒的。"

这里的护士都以为老娘皮是范小离的亲妈。老娘皮也不否认，她以微笑置之，随后抬脸看见了我。

在我开口前，老娘皮先接了一个电话，听她们谈话的口气对方像是房产中介。

老娘皮这人何止不擅于坐地起价，简直直白到了骨子里，她说自己急着用钱，希望对方能尽快找到买家。

挂了电话以后，老娘皮也不看我，她绞干了热毛巾，给范小离擦了擦胳膊。

"我见你的头一回就觉得，你这丫头的骨骼生得好，天生就是跳舞的好材料，可你偏偏也懒，这点你骆冰哥比你强……"老娘皮将那条细白的胳膊搁回床上，抬眼看了我一眼，"其实你的骆冰哥小时候也跟你一样，以为自己花花肠子比谁都多，所以我就想了个法子治他，我罚他光着膀子在大雪地上掰腿，他冻惨了，一直哭，一直骂，到后来眼泪全都冻在了脸上，一张小脸跟像镶上了宝石似的，一碰就揪心地疼——你问问他，是不是这样？"

"老师……"我喊了老娘皮一声，便已哽得说不出话。

"后来我问过她要不要上医院，只怪我一直都是这样的急脾气，这丫头被唬怕了，非咬着牙跟我说没事儿了，不疼了……"视线重新垂落于范小离那张眼眸紧合的脸，老娘皮俯下身，轻轻伸手撩了撩她的额发，"其实一定是疼坏了吧，她那时满头的汗，一张小脸儿煞白煞白的……"

"老师……医生怎么说？"

"不管医生怎么说，我不信这么聪明漂亮的孩子醒了就傻了，花多少钱也得让她重回舞台。"老娘皮再次挺直了背脊，她在对小离说，又似在对我说，她说，"跳舞的人还有什么苦吃不得，跳舞的人从不放弃。"

老娘皮问我："有人来请我出任戏剧《遣唐》的舞美指导，是你托的人吧？"

我不知这个时候她怎么会提起这茬，点了点头。

"你不在的时候，那人又来找了我一回。"老娘皮望着我，问，"我现在答应不晚吧？"

第十二章

▶ 向君一揖

晴天一声雷,吉良飞抵剧组,不为草原上的好酒好肉好姑娘,而是去辞职的。

吉良跟黎翘说完自己的决定,就给我挂了一个电话。他在电话里头告诉我,Lee一句挽留的话没说,只给了他两个选择:要不永远留下,薪资待遇随他要求,要不马上就滚,一毛钱都别想多拿。

吉良去意已决,他说自己离乡背井十余年,而今虽然磨出了一口京片子,但仍归心似箭,他本想按照劳动合同先提出离职再等个把月再走,既能忙过这一阵子,也能给自己的老板一点招贤纳士的应急时间。但黎翘为此大动肝火,全不体恤对方体恤他的情谊,二话不说就让他赶紧滚。

这位爷毫无疑问有点自恋,觉得别人跟着他无论干什么那都是光耀门楣,何况他与吉良之间还有十来年风雨同舟的情分,从名不见经传的新人到呼风唤雨的天王,他这位首席助理至少得居一半功劳。

怕是谁也想不到,就在彼此最好的年纪,此人竟施施然向君一揖,策马扬尘而去。

吉良离开那天,黎翘远在剧组指挥我不准去送他,他说如果我要送他,就跟着他一起滚吧。

不怪黎翘想不明白,便是我也揣摩良久。我违背了爷的命令,一边开车一边沉默,一直到分别的当口,才鼓足勇气问他:"哥……你这突然要走,是因为我吗?"

"怎么这么说?"

"就咱们爷这脾气,正常人一天也忍不了,你都忍他十年了,怎么能说走就走?"

我本是随口一猜,不承想吉良竟然笑着承认了:"确实是因为你。"他说,"其实我以前也是跳舞的。"

这个答案完全出人意料,足够我目瞪口呆,回魂半晌的了。

愣过之后我问他:"黎翘知道吗?"

"这些年他说一我不二,我恪守一个助理的本分,别说他不知道,就是我自己,也把这舞者的身份忘得一干二净。"吉良摇头,苦笑,"一开始还记得,还想过有机会跟黎翘提一提,也让我以一个舞者的身份登台，可后来深入这个圈子，光怪陆离的见得多了，别说初衷忘了，连一个舞者的基本功都忘了。就像我曾经跟你说的，我老觉得人不该有非分之想，我比那些一心一意跳舞的人光鲜多了，老想着自己比别人幸运，记性就不好了。"

大抵我也同意吉良这一说法，可我膛里的一腔热血正在沸腾，完全控制不住自己。

"其实如果不是 Lee 对你另眼相看，我们根本不可能是朋友，我一直瞧不上你的低俗市侩，可你实在太敢了，太剽悍了。"吉良轻轻一叹，又摇了摇头，"也该我这辈子上不了舞台，就是没你这横冲直撞的劲儿吧。"

我被这话夸得脸红，抬手挠了挠头："别介，别这么夸我。大国泱泱，人才济济，剽悍的多了，我袁骆冰算什么。"

"你要真不觉得自己算什么，要不咱俩换一换？你来当娱乐圈的首席经纪人，我回到舞台上，当个不起眼的小角色？"

知道是吉良成心逗我，可便是开玩笑我也不舍得，我一本正经地答他："哥，这些日子蒙你照顾，你安排我爸入疗养院，还为我老师联系工作，就算你刚才说你不乐意，你待我好却是真的。可是……我跟谁也不换。哥，你要不痛快，你骂我两声吧，你要骂不出，我替你骂！"

只酝酿了五六秒，我一嘴的糙话就喷涌欲出：

"袁骆冰你什么玩意儿，以为自己开了车就能上树？以为自己扛上钉耙便是元帅了——"

吉良面上的阴霾尽扫，他大笑着打断我："行了，行了。上舞台上发光发亮去吧，你应得的。其实我得谢你，我比你多活十来年，自以为见惯了风风雨雨的大场面，却没你活得那么坦荡，那么明白。"这样无私又体贴的笑容宽慰了我，让我将紧攥的手心渐渐松开，他说，"浑浑噩噩半辈子，也该重新出发了。"

吉良没我想的"向君一揖"那么决绝潇洒，他一步三回头，到最后已是眼含热泪。我知道他把离开中国的时间告诉了黎翘，他还是巴望着黎翘会抽身离开剧组，赶到这儿来见自己一面。

吉良始终没能如愿，我也黯然掉头，没想到却看见一个人影从拐角处走出来，他一身黑衣，戴着墨镜，情绪掩藏在不为人知的地方。

我赶紧背过身去，给吉良通风报信，我告诉他："爷来送你了，快回头。"

"不回了，回头就舍不得走了。"吉良嗓子竟也哑了，十分满足地笑起来，最后留给我一句，"我的日子在前头。"

"爷，什么时候来的？"我把手机收进兜里，迎上前，问他。机场这会儿尽是行色匆匆的旅人，没人注意到这里站着的是娱乐圈最炙手可热的腕儿。

"刚来。"黎翘的声音有些哑，我看不见他的眼眶是否早已泛红。

回程一路上黎翘都不痛快。他长时间地不发一声，忽然又连着重复几遍："为什么说走就走，我对他还不够好吗？"

我不知道怎么接话，只得专心致志留心前方的道路。

吉良的离开对黎翘打击很大，尽管他绝不会承认，但我能感觉出来。我在他的豪宅里跟蹲监似的不自在，某一天黎翘一抬眼皮扫视四周，突然朝我下令道："去把房子卖了。"

"爷，你……你也太想一出是一出了吧，我那不到三十平方米的破房子，卖给谁啊？"

"卖给我，你回去收拾东西——不，不用收拾了，缺什么就买，让吉——"黎翘突然收声，喘了口气，生硬地切换了人称，"让林姐安排吧，你反正都住下了，就多住一阵子吧。"

我心里半忧半喜，态度便更磨蹭了："好是好，可是……"

"你爸现在人在疗养院，等他出院以后就在附近给他买套房子，你可以放心了。"黎翘不让我提出异议，一言到底，"吉良走了，短时间找不到代替他的人，何况这个位置给别人我也不放心。你来吧——对，你来。"

"我？"他招呼我坐过去，可我迟疑着没过去。

黎翘似乎对自己的安排很满意，难得再次露出笑容："你不当司机当助理，不准离我超过十米远。"

"我倒是想，可是不行……"我露出为难的脸色，终于把我已有的打算和盘托出，"我已经跟顾遥签约了，不长不短，三年。"

那双烟灰色的眼睛一下黯淡下来，黎翘的脸色比他的眼神还阴沉。我意识到自己有点不识抬举，也有点不解风情，但我的关节痒了这么些年，不管以何种形式重回舞台，我只想跳舞。

他冷眼看我道："决定了？"

我答非所问："违约金好几百万呢。"

接下来黎翘便不再说话，他蹙着眉，眯着眼，嘴角以嘲讽的弧度微微翘起，我被他那种镇静过头的目光剥得赤条条的，感到山雨欲来，手足无措。

果不其然，几分钟的低气压之后，黎翘彻底爆发了，他点着我的鼻子骂："我出钱，你现在就给顾遥打电话，告诉他你毁约了。有我罩着你，你的苦日子到头了，你不用再像过去那样起早贪黑地练摊儿，不用开着黑车满街瞎跑，你现在应该跪在佛前磕头还愿，而不是屁颠颠儿地跑去给别人拍戏！"

屋子里那条好吃懒做的大狗被这架势吓跑了，留下一个负隅顽抗的我。

"爷，约都签了，我就不改了，不如这么着吧，"我无比诚恳地注视着黎翘，"要不您找根十米长的链子拴着我，要不您来给我当助理得了。"

看脸色黎翘原本怒到极点，可听见这话他突然笑了。于是我借杆上爬，尽量晓之以理："你是演员，你演戏的时候不计生死忘我投入，我是舞者，我也与你一样……"

黎翘的笑容加深了，我以为我和他达成了某种默契，可他没让我把话说完，直接揪起我的领子，把我推出了大门。

他让我滚。

反正也不是第一次了，让我滚我就滚呗。七月热夏，道旁游狗吐舌，树上老蝉聒噪，我走了很多路，路过街边的杂货店时买了一瓶冰镇啤酒。用牙咬开瓶盖，仰头喝下一口。酒味太淡，跟凉白开没两样，勉强能慰勉燥热的喉管。我想起自己还有半肚子大逆不道的话没来得及告诉黎翘——伯牙子期，知音难觅，我跟他有这情分，可他与我的舞蹈五五均分，谁也占不得谁的便宜。

傍晚的时候Skylar来找我，说要与我一同去探望我爸。

Skylar下了车，神神秘秘地冲我眨眼，她说："最近我发现一个大秘密，你知道杨滟的老公是谁吗？"

"谁啊？"我不愿扫她的兴，装作不知道。

"就是……顾遥！他真人比镜头里看着更帅，跟Lee有的一拼。"

"哦。"这会儿我的心情躁得很，没陪她演下去，想了想再补一句，"还是咱们爷更帅一点。"

"我要跟你说的不止这个，我要说了你可得把下巴兜住了……"她凑头向我靠近，"我要说的秘密恐怕娱记们都不知道。"

"资深点的娱记也知道吧，只不过顾遥圈里人缘太好，大家心照不宣，不揭他的隐私。"

"我觉得这事儿恐怕瞒不住，他们要离婚了。"

"不可能吧？你打哪儿听来的？！"老实说我不信。签约时顾遥还特地关心了我前阵子把自己弄进拘留所的事儿，他说他身为老板本该捞我出来，可惜却被黎翘抢先一步。老实说他比黎翘可亲民多了，他是娱乐圈里鲜有的楷模与标杆，他与杨滟是金童玉女天造地设，怎么也没理由突然婚变。

"真的，不骗你，我亲耳听见的。那天艺术中心临近闭馆，我半路折回去拿东西，整个艺术中心里就顾遥与杨滟两个人，他俩没意识到还有我这个外人在，一直在吵，吵得非常厉害……"

"哪有不拌嘴的小两口，你别多想了……"

Skylar急着抢白，打断我说："绝不是拌嘴，都动手了！顾遥说杨滟不愿生孩子是不想怀他顾家的种，一看姓黎的落单了，就迫不及待要送上门去，还把头剃成这么个不男不女的样子……杨滟说顾遥入戏太深疑心太重，成天里捕风捉影想那些有的没的，自己在外头才有别的女人……你绝对想不到镜头前温文尔雅的顾遥私底下居然这么歇斯底里，你看过《玩风者》吧，他就跟那里头那个精神病诗人一模一样，脑门儿上青筋暴起,眼珠都鼓了出来,他扑上去抓杨滟的手腕,杨滟都哭了……"

去了医院才知道,我爸病情有变。

我大惊,全身发抖,质问我爸的主治医生:"你不是说他的病不打紧吗?"

"对年轻人来说,受那点脑挫伤是不打紧,可对老年人来说,全身各器官的功能下降,一种毛病极有可能引发多种并发症,何况老先生本就有长期的肝病,能拖到现在已经不容易了。"

这位大主任指了指我爸对床的那个老人,宽慰我说:"老年人的病情跟股市一样,涨涨跌跌出人意料,一天一个你看不懂的花样。你看你隔壁的老先生,上一分钟还要上呼吸机,下一分钟就又能摸着护士的手揩油,病危通知都发出过好几回了,就是不肯咽下最后一口气。"

他说这话时神态轻松,还能讲笑话,抖包袱,可我十分不喜欢这种置人生死如鸿毛的态度。

夹杂着专业术语的病因我没听懂,但是病情我听懂了,治疗脑病的药物引发了肝功能衰竭,我爸肝坏了,这回是彻底坏了。

医生轻描淡写地吩咐我:"目前情况还好,不过那一天什么时候来也不好说,你做家属的有个心理准备,老先生有什么想吃的想用的,趁这最后的日子都让他实现了吧。"

我把水果放在病房门口返身又走,走了挺远的路,买了半斤卤水肘子,一瓶黄酒。

跨入门内看见我爸,他平躺在床上,睁着眼睛,似乎听见了我走向他的脚步声,朝我转过脸来。

我眯着眼睛打量他一会儿,一张黑魆魆的老脸,发却银白似雪,确认他的嘴不比我上次见他时更歪,我宽心地扬起手腕,抖了抖手里的东西:"袁国超,你心心念念惦着的卤水肘子,明天我还给你带,每天我都给你带,配着二两黄酒,吃到你腻为止。"

虽然我颇有先见之明地将肘子细细地剁碎了,但我爸的吞咽能力变得很差,被我喂了几口便再吃不下去。我取了毛巾擦了擦他的嘴,便掀开他盖着的软被,给他揉腿。

这儿的护士虽然大多眉清目秀腿长臀翘,但奈何一个个年纪太小,我总疑心她们对待老年病人未必上心。我揉一会儿我爸的腿又搓一会儿他的胳膊,他虽未偏瘫却也卧床多日,我怕他长出褥疮。

老袁的两条腿瘦成了枯柴模样,内里的水分早不知被什么人抽干了,他的皮肤布满了白花花的癣似的裂纹,我埋着头,揉着,搓着,满手皮屑。

"袁国超,小离还没醒,不过医生说恢复情况挺乐观,只要用狠了进口药多半能康复——你说咱们怎么就摊上这么样的邻居呢,从头到尾一毛不拔,自己的闺女出事也不顾,治病的钱全是老娘皮垫的……"

"还有,您儿子的老板在跟您儿子冷战呢,明明已经杀青回来了,偏不肯理人……不理就不理吧,什么脾气,都是让'脑残粉'给惯的……"

"老娘皮总算答应出任《遣唐》的舞美指导,听 Skylar……就是前几天跟我一起来看过你的那个丫头,听她说老娘皮已经上任了。我猜她也不是真想以这种方式重回舞台,主要还是想给小离的病多攒些钱……"

偶尔抬脸看老袁一眼,发现他总在走神,嘴角溢着总也拭不尽的口沫,一双眼睛直勾勾地望着窗外。

他的表情凝重得厉害,从没有过的古怪。

窗外是气温飙高至四十摄氏度的夏天,暑气拉抻天地,到处闹哄哄,到处绿茸茸,到处是光着膀子的汉子和穿着惹火的姑娘,到处是与夏天一样热胀的荷尔蒙。

"哎,"老东西时清醒时糊涂,我看他出神的时间够久了,忍不住喊了他,"袁国超,想什么呢?"

"什么都想,想我爸爸,想我妈妈,想睡在上铺的战友,想一起喝酒的工友,想我这窝囊的一辈子……刚刚正想着你妈呢,被你这小兔崽子打断了。"

我爸嘴歪了,舌头也捋不直了,他说这些话时很费劲,可我还是听

♦ 碎死当涂 ♦

151

明白了。

这一刻我悲从中来，十来年我爸从来没主动提起过我妈，而今这破天荒的头一遭让我终于意识到，也许真是他的大限将至了。

"你妈年轻那会儿也喜欢跳舞，不是小离她妈那种男男女女搂搂抱抱的，是能上台、能拿奖的……你妈跟仙女似的成天不吃饭，生了你以后还是腰细如碗口，两只手就能牢牢掐把住……"我爸两眼浑浊，幽幽叹息，"你妈什么都好，长相、身材、脾性一概挑不出错，就是不安分。"

老袁把我妈的离开定性为"不安分"，他还说我不仅遗传了我妈的舞蹈天赋，也完完全全继承了她这种"不安分"的性子。

我试图将曾经的种种再捋一遍，印象中老东西确实没少对我妈动手，但拂尽岁月细尘仔细看一看，打是打了，却未必是狠打，未必是真打。旧账重算一点也不能令人愉快，时隔我妈抛夫弃子十来年，我如今只记得那个女人眉眼好看，腰肢嬛嬛，她仰视一切光鲜，藐视一切丑恶，她在高级西餐厅前轻撩长发，就一定会有衣冠楚楚的异性前来搭讪。

我无意再去深究他们的爱恨情仇，我把我爸的腿收进毛巾被里，瞥了一眼他似合似睁怎么也不肯入睡的眼，问道："你是想我妈了吧？"

老袁闭上眼睛，露出累坏了的表情，不与我搭话。

很长一段时间之后，他突然开口："我其实特别想知道你妈现在在哪儿……早些年，听老邻居说她有了新家，过得挺好的……我就在想，等我去了那边以后，你可以去找她……"

"哟喂，什么叫'去了那边之后'，您这是临终托孤呢？！"我赶紧让老袁打住。

我从没怨过我的母亲离家多年来再未与我联系，甚至还感谢她的存在，我的舞蹈天赋很大可能是来自她的遗传，我的身体里流着的一半血液是她对舞蹈的热爱。

待老袁完全睡过去，就换我坐在他的床边走神。

这不是我第一次站在与我爸分别的当口，也不是其中最糟糕的一次。那时兜里没钱，医生拦着不让住进病房，我爸在人挤人的急诊间里吊了三天水，期间一连收了三张病危通知。医生都说没治了的时候，我推着他的病床满院飞奔着找人救命,我排队付款时就让我爸收着我的腰包,跟他说千万别让人顺了去,里头有你的活命钱呢。我爸嫌这腰包一股油腻腻的肉膻味,可他仍然抱紧了胳膊。到后来他都浑身抽搐眼睛翻白了还死死地将它抱着,我就握着他的手说:"老袁你争口气,咱们一直活到能过上好日子的时候,好不好?"我记得当时他已经完全不能说话,可他流着老泪冲我点头,然后就真的活了下来。

现在是好日子吗?

抬眼环视这间敞亮华丽的病房,想着一个男人的"好日子"理应有酒有色,我发现自己并不感到太难过,只是有些遗憾。

于是我冒出了一个荒唐且大胆的念头,我要替我爸把我妈找回来。

走出老袁的病房,我想起了拘留所里那位能吟一口好诗的老K,给他打了电话,讲了讲我这儿的情况,便问他有没有相识的姑娘介绍。

"你爸……这么快就不行了?"我在拘留所时常把外头的老袁挂嘴边上,所以老K早知道。

"嗯,医生是这么说的,我看着精神头倒还好,反正提前准备着吧。"

"节哀啊,你千万得节哀。"

"还没死呢,再说我也不哀啊。"我的声音特别平静,跟那位大主任似的,也真正做到了笑对生死,特别牛。

"嘿,一般人这时候不是哭天抹泪,就是忙着给老人张罗后事,你这样的孝子真是千古奇谈!不过你算是找对人了,关键是你想找个啥样的?"老K说起这些来滔滔不绝,我与他远隔千里都能看见那张眉飞色舞的脸。

我以前常跟我爸开玩笑要给他找个女人,但没一次付诸行动。此刻我手心盗汗,掩着话筒小声说话,还不时偷瞄一眼周边环境,鬼祟如心虚的贼:"一定得漂亮,脸蛋还是次要,首要是身段,长手长脚腰还得细,我爸虽然傻了,但他思念了我妈半辈子,再傻也不好糊弄。"

"身段好,保管身段好!我这儿碰巧有一个,也是舞蹈演员,参加过选秀节目,差点就成明星了,你看成不成?"

"成，你的审美力我放心。"

"那你想找人家干什么了？"

"就陪老人聊聊天吧。"

我不喜欢顾遥的经纪人，他留着山羊胡子，骨子里却滑溜如蛇，经常见人伏低，见鬼自矜，一点不比吉良与生俱来就温良恭谨让。

越与这人相处，就让我越感愧对吉良，也不知道他现在过得好不好，有没有结识能促使他一往无前的新缘分。

我即将参与拍摄的那部舞蹈电影，片名暂定为《大舞蹈家》，我与顾遥搭戏，虽不是男一，却也是相当有分量的角色。对于它，我有很多想法，它们常在深夜里将我惊醒，它们就像春天的新笋欲破土而出，醒来的瞬间我若扪心聆听，就能听见一阵拔节生长的噼啪响声。有时我会按捺不住给顾遥打电话，然而顾遥对此并不热情，比起一支技巧绝伦、情感勃发的舞蹈，他更热衷于按部就班地为自己完成一部电影，比如开机前的宣推就是他近期的头等大事。

顾遥的团队自有一套说法，大致就是文艺片也有文艺片的玩法，票房不够，奖项来凑。

对电影人来说这点无可厚非，但却免不了让我有点失落。我忽然怀念起与Skylar她们在排练室疯跳疯舞的日子，我不知道签约对我来说，意味着离舞蹈更近还是更远了。

与新团队相处一阵子，我发现黎翘的名字也常出现在大伙儿口中，尤其是顾遥。

"最近黎翘风头太盛了，新出的明星榜又夺了第一。他的电影部部卖座，就算业内恶评一片，一点也不影响那些国际奢牌疯了似的追在他的身后。"这话不假，黎翘虽与国内媒体交恶，但他一直都是时尚界的宠儿，他是不少国际顶级奢牌钦定的亚洲区唯一代言人。

我从这些话里敏感地意识到，天王与天王间的心有不忿竟是相互的，黎翘看不顺眼顾遥，顾遥也未必待见他。

"黎翘搞他那家艺术中心，随随便便就投入两个亿，可见他那些代言费有多好赚。"山羊胡子补充说下去,话里冒出酸味,"反把真正的影帝撂在一边,真不能理解那些老外的品位。"

"有些人是老天爷赏饭吃,比别人付出得少偏偏得到的却多。"顾遥陷身在沙发里,神情看着不喜兴,不着痕迹就损了黎翘一道,"不过人各有志。图名的图名,图利的图利,都不是罪过。"

"那你图什么?"损我的爷我当然不痛快,突然就在边上插嘴。

顾遥敛起笑容,一字一顿何其慷慨:"我图流芳百世。"

说罢他就大笑了。他点了点我的鼻子说:"这是《大舞蹈家》里的台词,你忘了吗?"

山羊胡子又问:"顾遥,你那些投资回本了吧,最近楼价是不是有点回升?"

"我又不急于用钱,反正不至于倾家荡产,慢慢等着政府调控,楼市升温吧。"顾遥轻叹一口气,挥手打发对方,"行了,别在骆冰面前扯这些乱七八糟的,让你安排晚上和瞿导他们见面的事呢?"

一直随车抵达约见的地点我才发现,顾遥口中的"瞿导"竟然就是《X-Girl》的总导演瞿立中。

如果没有范小离那一茬,我未必能记得这张脸,可我不止一次听那丫头抱怨,导演的手总对她不安分,眼神也不安分——对了,何止是抱怨,我自己都曾亲眼见过一回。

"瞿导,你好。"我一滴酒不进已经浑身燥热,不痛快到了极点,还听着顾遥跟我介绍,瞿导不仅是手握重权的大导演,还是影视公司的股东之一。

"顾遥的眼光不会错,既然他说你很能来戏,你就一定会红的。"大导演自然不会记得无名小卒,这人笑着拍了拍我的肩膀。

车不用我开,可酒却是涩嘴得很。没灌下几杯我就脑袋发昏,决定以一种最蠢的方式来证实我的揣测。

"瞿导,可能您贵人事忙不记得了,我们以前见过一面。"

"是吗?你说说,我们在哪儿见的?"这个男人眯起镜片后的眼睛,细细辨认我一响,说,"哦,我想起来了。我们确实见过,是不是曾有档节目，你来面试过？"

"不是，但是确实是因为一档节目与你见过，你还记得范小离吗？"

瞿立中只稍稍瞪了瞪眼睛，立即又恢复一脸常态，笑着说："记得啊，那丫头特别会跳舞，细眉细眼的，也挺上镜的。"

"可她可能再也不能跳舞了，她被一鳖孙给潜了，您知道这事儿吗？"

我的态度引起了顾遥的注意，在事态变得更糟之前，顾遥笑着打圆场说："今天不谈电影以外的事情，骆冰啊，你是晚辈，跟那么多前辈一起还有不少东西要学。"

我得把嘴闭上了，因为下一秒钟我就能对那姓瞿的破口大骂，周围人看我的眼神都不对了，我意识到自己的模样儿够蠢的，于是跟鳖似的把受挫的脑袋缩回去，看着他们碰杯，听着他们胡吹，不再多话。

回程的路上我挺忐忑，心想顾遥到底比黎翘脾气好，若是他俩交换，这会儿我怕是早被他一脚踹下去，追着车屁股跑了。

趁夜色能掩住脸上的尴尬，我赶紧自首，问他："遥哥，我是不是给你惹麻烦了？"

"哪儿有麻烦，有吗？"顾遥明明看出了我跟那姓瞿的不对付，却不点穿，兄长似的笑容挂了一脸，人也瞅着更英俊了。

"哥，你都看出来了。"我有些懊丧，"早知道那姓瞿的是你公司的股东，就算再卖你的面子，我也不能签约。"

顾遥转脸看我："为什么？"

"这人……害了一个好姑娘。"话一出口我就悔了，太傻了，太孩子气，也太横冲直撞。

"害了谁？害了你的亲姨还是亲妹妹？就算是你的亲姨或者亲妹妹，也不值得你拿自己的前途大动干戈，你要不做到宽恕，要不做到无视，要不你就收拾行囊，打哪儿来的回哪里去。"顾遥沉着脸把话说完，就不屑似的勾了勾嘴角，"我只是给你提供一个建议，采不采纳还得看你自己。"

白天的暑气散去大半，夜里有雾，厚薄不均地漫在街上。

车从雾里穿过，顾遥的笑容也被衬得高深莫测，那一瞬间我突然觉得他还真是个好演员，好演员有一千副令人意想不到的面孔，一副练达人情，一副周公吐哺，剩下的都好好地藏着遮着，活像一只只应活于蒲柳泉笔下的狐狸。

我终于决定问他："遥哥，你为什么要签我呢？"

顾遥回视我的目光非常平静，然后他就笑起来，笑得绢花似的，既无人气，也无破绽。

"当然是因为你的独一无二。"他说。

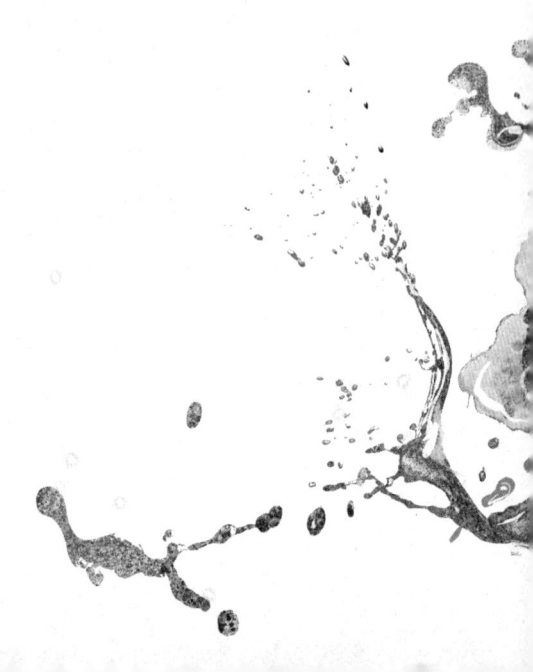

第十三章
▶ 夫虱之处于裈中

在重遇瞿立中之前，我早已认定了这人无耻且无行。然而一经顾遥指点，我忽然意识到小离还在医院，那始乱终弃的浑蛋还没浮出水面，也许不是这位外形翩翩的瞿导也说不定。

山羊胡子开车先送顾遥回去，顾遥仍然对我很客气，笑着跟我说本该先送我回医院，但家里的娇妻早做了饭，正眼巴巴地等他回家呢。

这话说来就跟真的一样，我差点也信以为真，但我很快想起来，Skylar告诉我杨滟一个星期前就已搬出家里，最近都住在艺术中心附近的酒店里。

有个叫阮籍的妄人曾拿正人君子与"裆里的虱子"相比，大抵是说所谓的君子大多藏藏匿匿，苟且于屁股缝啦、破裤头啦这样的地方还自以为自己痛快。我觉得这话跟顾遥挺贴合。然而把曾经的偶像认作"阴虱"到底是件沮丧的事情，我得努力调整完善自己的情绪，对他说："我爸快不行了，能不能准我请几天假。"

我没说出具体请假的时间，不过顾遥似乎对此毫不在意，欣然批准。待他下车以后，山羊胡子就开始挤对我，他说我明明长得可以，可笑容看着俗怆，不讨观众喜欢。他命令我回去对着镜子练习面对镜头时的笑容，也不用多勤快，大笑、微笑、似笑非笑，每天就练上一百遍吧。

我的字典里没有"俗怆"这个字眼，我想了想，他可能把"俗气""悲怆"这两个词儿掐头去尾揉在了一块儿。

我确实俗气，近来也不太快活。

他听见我说"我爸快不行了"，他让我在镜子前笑上一百遍。

黎翘在镜头前十分吝于露出笑容，一般人也笑不成那么帅，顾遥倒是个好模板，借着掏出手机看时间，我把手机屏幕当镜子照了照，学起顾遥那弧度完美的微笑，但不能怪我敝帚自珍，因为那样笑着的袁骆冰既陌生，也不好看。

回到我爸所在的病房里，看护赶紧招手让我过去。看护是个四十来岁的阿姨，吉良离开前，用黎翘的账户支付了她一整年的工资。怕扰了同病房的一位老人，她压低了声音跟我说："你爸一直不肯闭眼睛，他也说不了话，估摸着是想等你回来呢。"

我走到我爸的床边，罩着呼吸机的他伸出手来拉紧我的手，缓缓地眨了眨眼睛，特别安详地闭上了。

手不松开，人却很快就睡着了。

老年人到了这个地步，有时能拖上好几年，有时一口气提不上来，明儿就去了。医生说现在罩着呼吸机他还能喘气，但再往下就得切开气管，到时候就得遭大罪，院方也不建议这么干。我爸大约心里也有数，那时他还能说出一些含混不清的话，便对我说，最近夜里他都不敢合眼，怕一合眼人就过去了。

以前我说过，你活着的时候待你好点儿，你死以后我就不哭了。我伏在老袁的床边，把脸埋进他的被子里，嗡着鼻子说："袁国超，我自认待你还挺好的，你能不能答应我，千万别悄没声儿地就死了，好歹让我看着你咽气，送你最后一程。"

谁说我家老袁脑子浑，他不一直记着吗？！

待我爸完全睡过去我才把手抽出来，给夜行生物老K打了个电话，问他请的姑娘咋还没来陪我爸聊天？

"虽然那姑娘选秀时淘汰得早，但人在圈里火了，不好约了。"

"那姑娘腰细吗，腰细就再等她一等。"

"细啊，两手一合就能掐把住。"

"那就等等吧——话说哥哥您这个点还不睡呢？"

"这不刚给我那在美国的老婆打完电话，她还是死活不肯带女儿回来见我。"老K唉声叹气，"你说跟女人讲道理怎么那么费劲？你看我当初为了让她们娘俩过上好日子，做生意都是在玩命，现在算混出头了，却不理我了。你要让我穷着、苦着，我也就死心了，不想了。"

"那倒不一定。"我笑了一声，无意标榜自己，只是实话实说，"反正以前吧，就兜里只有钢镚儿的那个以前，我特别有欲望，遇事百折不挠，遇见更大的事儿都能跟自己说，我还没谈过女朋友呢，我怎么能倒下？"

"那现在呢？你都签约演电影了，够饱也够暖了吧，就不想找女朋友了？"

160

"也想啊，但不是最想的了。"沉默几分钟，我说了一句特有水平、特令人（包括我自己）不可置信的话，"饱暖思远方。"

老 K 从不觉得自己嘴不干净，反倒自诩"诗书不讳"。我让阿姨打个小盹儿，自己一个人在病床前守夜，想着老袁反正听不见，就高高兴兴又听他胡侃半拉钟头。

床前明月光，风也不跟人捣乱，这一夜过得特别安生。

艺术中心的姑娘们都挺有良心，她们集结起来探望我家老袁，扔下大包小包的慰问品后就嚷着要我请客。离医院二十分钟步行距离的地方有个大排档，一过晚七点就锅铲热闹人声鼎沸。我请姑娘们去那儿吃烧烤，拼了一个大长桌，点了羊肉大串、板筋、鸡腿、油腰子、韭菜与茄子，还点了啤酒与二锅头。

大概是因为这地方人气儿足，大排档周围居然长着南方才常见的九里香，花白而密，香飘九十里。

中途尿意袭来，暂别了座位，嫌唯一的厕所排队老长，就钻进巷子里头就地解决。

回来时九九与若星正为了三得利和燕京哪个好喝争得面红耳赤，我问 Skylar："老娘皮在艺术中心里与大家相处得怎样？"

话一出口，九九与若星居然齐齐收声，长桌上的氛围变得很古怪。

"怎么了？"我的心咯噔一下。

她们支吾半天然后大倒苦水，原来老娘皮一进艺术中心就重拾严师风范，指点她们舞技还不准她们偷懒。最糟糕的是她还和威尔顿对上了，他们之间出现了巨大的不可调和的艺术分歧——她对威尔顿的编舞提出了质疑。

从下属的角度来看，老娘皮的行为确实不应该，她只是舞美指导，又不是艺术总监，何况《遣唐》公演在即，不可能就编舞上推翻重来。但从艺术的角度，这声质疑就不好说了。

"王老师坚持说这是一次失败的编舞。她说，我只是舞美指导，我尊重你已有的成就，但我永远不会承认这个编舞出色，事实上它乱七八糟，一文不值。"Skylar 唯恐天下不乱，将老娘皮独有的神态模仿得惟妙惟肖，嘻嘻哈哈起来，"可惜你不在现场，德国佬的大鼻子都气歪了！"

艺术家之间理应有些碰撞与火花，但他们这回的火花能把山给焚秃了。他们虽不至于一言不合就抄家伙，嘴里喊着"上啊！砍啊！"但也到了互斥对方为"舞盲"的地步。艺术家大多有个毛病，易自炫其技，易固执己见，更易因此寸步不让，德国人的骄傲不准许别人质疑自己的舞蹈，这会儿他已经带着自己的班底退出了剧组。

姑娘们互相提醒别瞎掺和两位艺术大师之间的战争，可事情闹到这个地步我无论如何不能装聋作哑——不是我老娘皮进不了剧组，而我也知道《遣唐》是黎翘的心血。

联系不上还生我气的爷，今天也有些晚了，我从姑娘们口中确认了黎翘现下人在本地，便把她们打发走了。

劈叉练功，在老袁病床前熬过又一个不眠夜。一大清早，我嘱托阿姨照顾我爸，一有动静就打我电话，然后我就叫了一辆出租车，直奔黎翘的住处。

等到太阳当空，绿化带上的露水完全晞干，才看见一辆豪车行驶出别墅区。

不是劳斯莱斯，但说来也怪，我遥遥一眼便觉得爷在车上。

其实黎翘的贴身助理铁定不是非我不可，冰山美人林姐明显比我能干。她不仅为他换了一个司机，连车都换了。

我冲出去，朝那开车的年轻人挥手，大声喊："停车，停一下！"

车刚启动，速度不快，司机犹犹豫豫，看上去像是回头问了黎翘一声"要不要停"。

以我对这位爷的了解，他会这么容易搭理我才怪，所以我三步并作两步，跑上前去，二话不说就直接躺在了他的车前头。

人呈大字形，无赖就无赖到底，看你怎么办吧。

所幸豪车的制动能力极佳，轮胎吱嘎叫唤一声，车子急停刹住。接着黎翘气急败坏地从车上下来，抬脚就踹："你不要命了吗？"

我险做了车轱辘底下的亡魂，竟吓得黎天王俊容失色。以前他踹我大多三分做真七分样式，可这回是实打实下了狠脚，还好我反应快，借着他踹我的力道在地上滚了一遭，咕噜一下爬起来。不说话，只是笑嘻嘻地看着他。

四目交会那么几秒之后，我忍不住又瞥了他新请的司机一眼，三十岁出头的样子，长得有鼻子有眼。不是我说，这位爷是特标准的视觉动物，常常以貌取属下，认不认识他的人都知道。

"其实我不是为自己来的，我听人说剧组出麻烦了？"一见这么英俊的男人我就喜悦，说正经的也收不起笑脸。

"谁那么多嘴？是Skylar吗？"黎翘依然冷冷地看着我，"如果她不懂保守艺术机密，滚回家就懂了。"

"您别怪我多嘴一问，我就想知道，您打算怎么解决德国佬与老娘皮的矛盾？"

黎翘的脸色突然变了，我从那双烟灰色的眼睛里读出了一点歉疚的味道，心一下凉了。

"你是不是打算将老师开除？"我沉下脸，待那双烟灰色的眼睛给了我承认的反馈之后，心更凉了，"非得这么简单粗暴？就不能换个解决办法？"

哪想到这位爷冷冰冰地回绝了我："我尊敬王老师，但她的性子注定了她不能与人相处，我不能让这样的不安定因素再留在剧组。"这家伙又露出那副不耐烦实则招人烦的表情，竟挥手打发我，"这事情你别管，我自己会解决。"

其实来之前我一心想跟这人和解，但这会儿我却不满意他这么编派老娘皮。

"艺术不是谁名气大谁就说了算，你不一直想踏踏实实、真真正正地做一部东西出来吗？为什么现在有人敢让《遣唐》变得更好，你倒怂了呢？！"

"闭嘴。"黎翘呵斥我端正态度，可这人阴晴不定，转眼又变出一副身不由己的样子，"我本来一早就想去找你，但最近剧组的事情太多……你想折腾就折腾吧，三年而已，我给顾遥打过电话，你放心，再折腾他也不敢为难我的人。"

"爷，您这顾左右而言他的本事也太生硬了点儿吧，我现在跟你说的是这事儿吗？要不怎么说顾遥比你演技好呢，您说您这算是哪门子追求艺术真谛？你以为王八卸了壳就是一条龙了？什么剃头，什么服装，什么赴日考察，这些也就是旁门左道，就是场面功夫！"

"你发什么神经？！"黎翘甩手就给了我一个嘴巴子。

这一巴掌跟抚摸也差不多，一点不疼，但我犟起来，我意识到离开这人至少有一点好，我无须仰仗他的鼻息而活，自然也就无须对他毕恭毕敬。

"我发神经，我就发神经了！你啐我、削我都可以，可你让我老师背这个黑锅就不行——"

黎翘又给了我一个嘴巴子。

这一巴掌打得我晕头转向，半边脸颊隐隐烧起来，嘴唇好像也肿了。他越打我我越来劲，继续施展嘴上功夫："还什么'优不满足，良是诋辱'呢，敢情您对艺术的追求就是每隔一月痛一痛，痛完就拉倒？那您还整这一出干什么，该拍的烂片儿继续拍呗——"

黎翘给了我第三个嘴巴子。

事不过三，这第三个巴掌真是够狠的，牙齿磕破了口腔黏膜，耳鼓嗡嗡响。

我头皮冒烟，怒气如真气在身体里转了一周，整个人兀自打战，四肢都发了麻。

"你怎么那么犟？不让你插手自然有我的道理，我只是想……"被我恶狠狠地瞪着，黎翘居然服软了，他自嘲地摇了摇头，"跟笨人简直没法子交流，你怎么就不能明白呢？！"

"我是不聪明，那您就说到我明白，行不行？"耳膜还是不舒服，眼眶又酸又胀，可我得瓮声瓮气地求他，"爷，我老师就是这么一个人，既不应时也不应景，一辈子除了舞蹈就没别的……她这种性子的人活得不容易，风华最茂的时候被人排挤出舞台，如今一把年纪孤身一个，工作丢了，房子也卖了，最喜欢的学生都瘫在床上了，她唯一剩下的东西也就是那点对艺术的坚持……可她真的不是有心生事儿，她只是眼里不揉沙子，只是跟舞蹈相关的就不愿意退而求其次。这事情交给我来处理好不好，你让我去跟老师谈一谈，我试着从别的方面说服她，让她给德国佬道个歉。德国人虽然高傲却也敬业，不可能真的撂挑子走人的。"

黎翘把车门打开，冷声冷气地命令我："上车。"

"去哪儿啊？"我愣在原地不动。

黎翘估计再懒得跟我废话，一抬手就把我推进车里。

我俩都坐后座，新司机偶尔出声跟我搭话，我看出他很紧张又竭力想活跃气氛，估计是担心我回来跟他抢这饭碗。

"靠过来。我看看你的脸。"黎翘朝我侧过脸，同时伸手过来。

可我一把将他推开了。

黎翘欲言又止，不再理我，把脸转向窗外。我则把脸转向另一边。风吹在脸上，不热，熏熏的。蝉声闻之惨烈，射在地上的阳光也不扎眼了，姑娘倒是一如既往穿得少，但姑娘这种生物的构造与我等迥异，腊月三伏穿得一水儿的少。我恍然惊觉我被浑浑噩噩的日子障蔽了眼睛，夏天就快过去了。

踏进艺术中心里，看见这个时候本该在练舞的 Skylar，她看见我也看见了黎翘，吐了吐舌头，一溜烟地跑了。

艺术中心的多媒体会议室里，杨滟也在。她让我分别看了两段姑娘们排舞的视频，其中也包括她自己的两段独舞。由于编舞截然不同，同一个叙事场景却展现出不同的情节结构，甚至带给观众的共鸣，引发的遐想都大不一样，杨滟问我有什么想法？

如婴儿认出母亲的乳汁，我很快就从这两段视频中找到一种熟悉感，能确认其中一支舞出自老娘皮之手。我摁住倒带键又停止，反复将两个视频看了十来遍——我发现无论以舞者的角度还是观众的角度，要辨别出这两支舞的优劣简直轻而易举。

我轻轻地颤抖起来，好像明白了黎翘为什么会欲言又止。

"Lee 很关心你，甚至想过为你妥协，可我得以首席舞者的身份为《遣唐》负责，王老师不能胜任你的推荐不是因为她那不合群的性格，只是……"杨滟也露出为难的表情，她停顿一下，终究没把那句残忍的话说出来，她说，"你应该已经明白是为什么了。"

"也就是……就是一时失手吧……"我明白但是我不死心，眼巴巴地望着对方，"你也是学舞出身，你不会不知道《醉死当涂》，那支舞太美了，在柏林、在东京演出的时候都引起过轰动，整个世界都被它惊艳了，那支舞就是老娘皮自己编的……"

"我当然知道《醉死当涂》，我第一次看见那支舞时就发誓有一天要像她跳得那么好。只是如果你是舞者，意味着你也是车轱辘，你必须不断地运动、翻滚、向前，否则你就会锈在原地，在你自己都不知道的时候。"光头美人再次停了停，以一种包含着怜悯、惋惜甚至是庆幸的复杂目光看着我，"没有哪个领域像舞蹈圈儿那么残酷，逆水行舟，用进废退，王老师她……她的创作方式已经被淘汰了，她离开舞台太久了。"

她说了一句大实话。然而轰隆一声巨响，我听见那个建立于我整个少年时代的世界就这么崩塌了。

"我不是老娘皮最好的学生，可我知道她有多好……"我转过身去看黎翘，使劲冲他挤出一个笑，语无伦次道，"您也忒狠了，您干吗……干吗跟我讲这个呢？您直接抽我嘴巴子，抽到我服软不就得了吗……"

黎翘走到我的跟前，对我说："我会开除王雪璟，理由是她不擅于团队合作，因为如果是这样的理由被开除，她至少可以得到一笔补偿金……如果你没意见，我现在就亲自去跟她谈……"

"不……我去吧。"我又一次不配合地推开这个男人，转身向门外走。

"骆冰。"身后的黎翘喊住我。

我停下来，但没转回头去。

"把眼泪擦干净。"他说。

我抬起袖子撸了一把眼睛，这人怎么这么了解我？！

我去排练室找老娘皮，可Skylar告诉我，老娘皮一早就去找我了。我摸遍了整个艺术中心也没看见人，最后反倒在姑娘们的更衣室里找到她。

更衣室是最要命的地方。别以为姑娘就爱干净，以前我在的时候我替她们收拾，看现在这衣柜整洁、地板锃亮的样子，不用说，一定是老娘皮收拾的。

"现在这些舞衣既不好看，质量还不好。"我进门的声音不小，老娘皮却不抬眼看我，戴着老花镜，眼角旁的细纹依旧显眼，她正将一些漂亮的网纱、亮片缝上Skylar她们的舞衣。这种行为时髦一点的说法叫DIY，可我觉得老娘皮如同慈母。手中的细线游走，她用牙齿扯断线头。

"我刚听几个丫头说你来了，就想跟你说一声，小离昨天就醒了，虽说还有些痴痴傻傻，可总好过一直睡着不起来。"

一时间我忘了为范小离高兴。我只是注视着老娘皮，告诉自己，过了二十年，这个女人从来不曾老去，六十二岁的她依然优雅又从容，令二十六岁的我都怦然心动。

"大奖赛不办了，有几个丫头想去参加选秀节目，问我的意见，我让她们去问你，你想好怎么说了吗？"

我嘴里直发苦，犹犹豫豫不知怎么开口，可没想到老娘皮居然主动请辞。

"老师，也不……不这么着急走吧？"

我的心揪作一团，舌头也不利索了。我马上考虑起一个最现实的问题，老娘皮的房子已经卖了，本来艺术中心出面给她租了一间公寓，但老娘皮如果主动离职，她将分文无收，连最后的住处都会被夺去。

美人迟暮已是悲乎哀哉，老来还要辗转异地，她以舞蹈营生了大半辈子，往后怎么办呢？

老娘皮说威尔顿应该回来，但她要走跟威尔顿没有关系，她其实早有想法，等入秋以后这里就会变得很冷，她年纪大了，想到南方去投奔亲戚。

我从来不记得老娘皮家里还有什么亲戚，可能有吧，只是她没提过。当然也可能没有，她说这些只为让我宽心。

不一会儿黎翘与杨滟一起找到这里。老娘皮走上前向黎翘提出辞呈，她主动承认自己给剧组带来了麻烦，她胜任不了这个工作。望着老娘皮的背影,我突然有了一种悲凉的预感,她这一走,也许这辈子就再也不可能见到她了。

"老师。"情急之下我脱口而出,"我想把《醉死当涂》搬上舞台。"

一时间老娘皮惊,黎翘愕,就连杨沨也美目圆睁,他们盯着我,仿佛我说了一句多么异想天开的话。

"我想把《醉死当涂》搬上舞台,为老师送行,也是我个人的一个崭新开始。"

我的话掷地有声,说完就跟老娘皮说"我们走",我本来还试图头也不回一酷到底,但黎翘伸手拦住我:"我找人送你。"

"不用,我识路,自己能走。"我狠心将他推开,发现那双烟灰色的眼睛难得的毫无光彩,唯一腔受伤似的情绪稠密得化不开。正是杀敌一千自损八百,我心疼地想:活该。

我叫了车送老娘皮回去,车竟能入巷,原来是上头来人整顿菜市场,拆除了以前巷子两边的禽摊肉摊,也把卖米卖菜的一股脑地全赶走了。

新的菜市场就建在离这儿不远一条街的地方,旧的总是要被淘汰的。

我送老娘皮回到公寓,有以前跟她学舞的孩子家长等在那里,那家长一见老娘皮就迎上来,说自家丫头哪个新来的舞蹈老师都不认,非哭着要跟王老师学跳舞。

老娘皮对那家长说,不教舞了,年纪大了,误人子弟不好。

任凭接下来那小不点儿怎么哭闹,老娘皮一言不发,只是笑。

这个时候的老娘皮,让我想起了我孩提时代见过的一位老妇。

老妇是我那时的邻居,像母猴一样娇小,干瘦,永远穿一身洗旧了的旗袍,永远抹着一脸最艳的妆。她能在自家门前摆个马扎坐上一天,一头银白的长发几乎委在地上,有时她梳梳头发,有时只是静静坐着。有些不懂事的孩子,嫌她模样古怪,常常抓起石头就朝她掷过去。我虽不是恶痞,但我也常混在里头。

她从容平静的模样令我印象深刻,也令我心惊胆战。

我曾把这事告诉老袁,结果老袁拎起搓衣板就追着我打,他说他在我这个年纪的时候,这个女人就是远近闻名的美人,多少怀春的少年常望着她家的窗台走神,他就是其中一个。他还说天意公平,越是漂亮的女人,晚景越是凄凉。

我不知道自己为什么会忽然想起那个老妇。

我想老娘皮该是已经知道了。

回到那个没有老袁的家里,我倒在地上,感到衰了,苶了,心如刀割。

我接受不了老娘皮无法重回舞台的真相,它让我陷入了深深的沮丧与恐惧之中,我坚信对人而言最致命的创伤与打击不在骨肉皮,而在精气神,再没什么比杨滟跟我说的那些更残酷的了。一连几日,我躲在家里翻着一些我少年时与老娘皮的合影,照片里我刚得了一个少年组舞蹈比赛的大奖,装扮得像观音身边的善财童子,而老娘皮美目盼兮,周身圣光笼罩,不动也飘飘欲仙。

其实我不怨黎翘抽我那几个嘴巴子,但我嫌他抽得少了,他应该拿鞋板抽,拿鞭子抽,也许这样我就不会刨根问底,即便最后我仍不肯服软,他也应该含情不吐,牢牢地将这个秘密守住。

讳疾不忌医的勇气我没有,我宁愿自欺又欺人地相信,老娘皮天生妖异,舞技高世人一筹,脸蛋、身段也永葆生鲜。

黎翘破天荒地率先低头,给我打了一个又一个电话,但我一个没接,我没跟他耍性子——或者也许可能耍了一点儿。这阵子我也真是挺忙的。白天我要跟着老娘皮学跳《醉死当涂》,晚上便整宿整宿陪着老袁,我忙得几不合眼,但唯有这样的日子才能让我感到踏实。

把《醉死当涂》再次搬上舞台,必须得经过我的签约公司同意才行,所以我给顾遥打了个电话说明情况,他表示赞成,这个男人的声音听着很疲倦,因为我听 Skylar 说杨滟已经向法院提起离婚诉讼了。

Skylar 还说有一档舞蹈类的选秀节目报名在即,赛程不复杂,她想去参加。

人各有梦,人也各有追梦的方式。我不拦着。

譬如我现在最大的梦想就是找个姑娘来陪老袁天南海北唠一唠。

可惜老袁竟然无福消受,老K介绍的那位姑娘来的时候,他正在接受抢救。

我没想到,这位姑娘竟是熟人,就是她跟俩孙子带着范小离去泡吧,害我还被自家亲妹子一啤酒瓶砸开了脑袋。

她居然也记得我,短暂地愣过以后还大大方方挥手,"其实我本来是不打算来的,但我想看看到底什么德行的人才能想出这么馊的主意,原来是你啊——你说我该叫你'孝子'呢还是'傻子'?你是不是上次被小离砸傻了呀!"

人家不计前嫌我便也不计,我冲她点点头,又细细瞅她一眼,发现她而今的身段模样与我记忆中的不太一样,一时就没舍得把目光收回来。

"你还挺怪的啊,我见过一些人,对待父母也未必多孝顺,唯独死的那一刻哭天抢地,唯恐被人点着鼻子骂不孝,你倒好,怎么这个时候了,还不哭啊?"

"这不还没死呢吗?"

姑娘不依不饶:"如果这就救不活了呢?"

我只得嘴硬:"救不活也不哭。"

"就这么干坐着怪没劲的,说点啥子让我乐一乐呗。"

"我有许多关于隔壁老王的笑话,你想听哪个?"

"随便来一段儿呗。"

我挖空心思想了一个,讲出来。可人姑娘回馈我一个木疙瘩似的表情,我意识到自己大失往日水准,于是彻底不想说话。

"这儿早晚温差挺大的呀,我都快冻死了——"

秋天这就真的来了,夜凉如水如缎如冷气开足的太平间,我团紧了身子,感受自己一点点僵硬,一点点风化,一点点与这混沌的夜晚融为一体。

直到我爸的主治医生走进来,我"噌"一下弹起来,根本不受控制。

主治医生说:"老先生抢救回来了,虽然这会儿生命体征——哎,你别跪,你别跪下啊!"

医生们把老袁从鬼门关拉回来以后,我总算也活过来,能收拾心情和人姑娘聊一聊。我想起一个折磨我许久的问题,便问:"我想知道,是不是那个姓瞿的浑蛋导演潜了小离,又始乱终弃?"

姑娘答得干脆:"不是。"

我皱眉,磨亮一把藏在心里的刀:"那么……难道是那天在酒吧的两个兔崽子之一?"

"也不是,小离是上那儿解闷去的,跟那俩都不算熟。她那阵子特纠结,特苦闷,因为对方是有家室的人,摆明只想跟她玩玩,她说她本来也就是帮她哥去要个签名,没想到……"

第十四章
▶ 醉死当涂

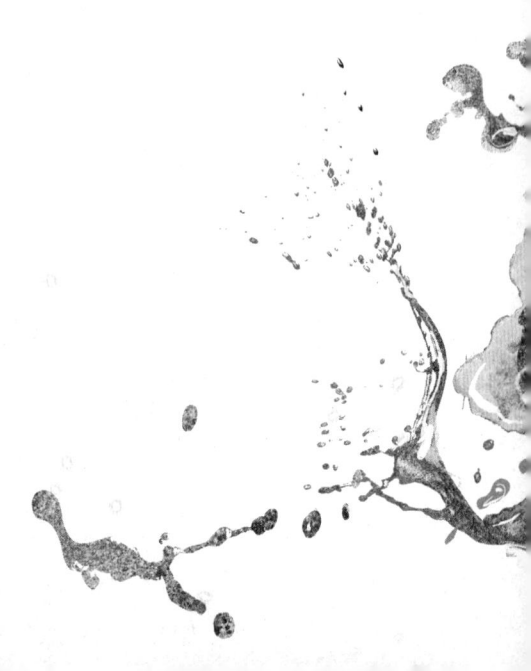

这姑娘的话无疑是晴天霹雳，但我细细一想，突然意识到也并非毫无可能。当时在电视机前的我太过粗心，他们在《X-Girl》里的每一次四目交会、每一次肌肤接触似乎都有迹可循。

如此一来我便面临着选择。人在很多时候都有可能面临选择，这是一门相当难的活计，据我所知许多历史上相当厉害的人物都曾一失足遗恨千古。错的时候做对的选择不行，比如洪承畴；对的时候做错的选择也不行，比如吴三桂，他俩都不得好死，归根结底他俩都失了气节。

但你要在娱乐圈这样的地方谈气节，是要被人笑掉大牙的。我快二十七了，不至于这么单纯，说到底这件事吃亏的不是我，目前来看最好的选择还是不管不问，继续拍我的舞蹈电影，排我的《醉死当涂》，表面上与顾翟二人打哈哈，只要保持内里良知不朽，道德不烂，也就不算太失了气节。

然而后来我又想起病榻上的老袁。老袁这一辈子，除了屎尿不禁实在糊涂到不行的日子，其余时候的立身标准一直都很高。想起他如何跟那些连停车费都不肯缴的车主斗争到底，锱铢不让，我就感到汗颜。所以纠结再三，我还是决定以飞蛾的姿态投火一次。

我去新片的训练基地找顾遥，面对我那夹着些许稚态的质问，对方竟不以为忤，轻松表示："你已经签约了，《大舞蹈家》的前期宣传上也已经有了你的名字，这个时候提出解约，违约金将是非常大的一笔数字。"他还说不仅如此，我参与所有的商业活动都要公司同意，没有他的首肯，《醉死当涂》就别想上舞台。

然后他就跟兄长似的拍了拍我的肩膀，一边耐心教导我忍一忍，一边把我往门外送。

顾遥不愧是数夺影帝的实力派，寓演技于举手投足生活之中，左看如尧如舜，光辉敞亮，右看如狗如彘，分裂得就跟遭人一劈为二似的。我第一次觉得他是这么比不上黎翘，连脚丫子上的汗毛都比不上。

顾遥这人很精，精到可以洞察人心，他应该看出了我在想什么，慢悠悠地瞥了我一眼说："你不是问过我为什么要签你吗？"

我猜他这是要说实话的样子，于是不插嘴，认真听着。

顾遥似是料定了我不敢在这里生事，还冲我笑得挺英俊："我老婆在黎翘那儿寄养了一条狗，所以我也把他的狗牵来了。"

我返身就走，两步之后又折回来，一拳正中顾遥下颌。

这一拳我不遗余力，估计至少也得崩掉影帝同志的一颗牙。我要跟张大胆再多学一点，能在周围人一拥而上前直接把他撂趴下。

有人上来就给了我一个嘴巴子，比黎翘下手还黑，趁我眼冒金星之际，又有人往我身上招呼。眼看要被一群人狂揍，我决定拿出泼劲儿跟他死磕，大喊道："你要打就直接把我报销了，否则我这一张嘴必定逢记者就说，说你顾影帝怎么道貌岸然又怎么无恶不作，还甭怕人不信，你跟小离的照片我手上可都有呢！"

最后一句是我唬顾遥的，估计他也不会一下就信。但他应该也不敢真把我报销，于是这些人就把我放了。

虽然挨了揍但也揍了人，尤其揍这样的人渣是很爽的，但爽完以后我就面临了一个非常严峻的问题，到底何去何从？

一阵冷风吹来，带来丝丝凉雨，宣告秋天又近一步。我仰脸迎接一点小雨，上一秒还在感慨世间万物逃不过春发秋藏的规律，下一秒又感到身子骨有点轻飘飘，还是七魂六魄离开躯壳的那种。不害怕亦不后悔，反倒感到轻松，反正我从来没想当演员，我只是个跳舞的。

兜里的手机震动起来，我摸出来一看，十几个来自医院护士的未接电话。

我知道大事不妙，拔腿就往医院的方向赶。

若是为了揍那畜生错过送我爸最后一程，我才真正会抱憾终身。幸好我家老袁坚韧而挺之，在我赶去医院前，一直不肯咽下最后一口气。这时老袁的喉管已经被切开了，医生们在尽最后的努力施救，同时也惊叹于老袁的顽强，他的脸已经涨成可怕的猪肝色，喘气的时候你会听见咕嘟咕嘟沸水冒泡的声音。

医生跟我说，老袁弥留前曾经回光返照，居然能说能动，还差点从床上坐起来。他跟人讨酒喝，讨肉吃，酒得是那种二两五一瓶的白酒小炮仗，肉得是皮肥肉瘦、桂花与蒜泥缺一不可的大肘子，他还跟人讨儿子,他让人赶紧把我叫到他的跟前来,他说要儿子背着回家。

老袁清醒的时候耳朵就不好使,所以跟他说话我基本靠吼。我走上前,紧握住老袁的手,扯着嗓子大喊:"我在这儿,你也在这儿,咱爷俩都在这儿,这儿不就是家吗!"

此时此地,此情此景,估计还是有点可笑的。

按理说这个时候老袁应该什么也听不见了,但奇怪的是他又好像听见了——老袁也一个字没说(他早说不出来了),那枯柴似的手反过来紧抓了我一下,抓得我的骨头咔咔作响,然后他就合上了眼睛。

老袁走了,带走他余留人间的最后一丝眷恋——对我的眷恋。

接下来就是给老袁办后事。这个问题在他还清醒的时候,我曾跟他讨论过。中国人的传统从来都是入土为安,可老袁坚持要海葬,他说海葬好,海葬环保,海葬不花钱政府还贴你钱,他说他活着的时候拖累我太多,争取死后就不给我添麻烦了。

是否让老袁魂归大海,这个主意我没拿定。但火葬场就离我们的家不远,让他在哪儿火化似乎不是什么难决定的事。

我叫上了不少人,从街坊邻居到一起看大门的六叔,老袁一直是个好面子的人,黄泉路上不能让他冷清了。我还请来老袁单位的老厂长来为他念悼词,因为那是他最耿耿难忘的光荣岁月,坐享能到处吃喝的肥差,曾一个人以三斤白酒撂倒一桌外厂的客人,名扬厂里厂外。

老厂长自己也是半截身子入土的年纪,比起曾经冷脸把老袁交给了民警,这回他欣然应允,看来"逝者为大"这话很有道理,中国人待死人永远比待活人厚道。入殓当天,老厂长穿得干净体面,在众人面前颤颤巍巍掏出一张纸,他说老袁的一生是兢兢业业的一生,坚持不懈的一生,无悔无愧的一生……

我认为老厂长有点水平,四个字的成语层出不穷,而且他极富感情,念起悼词来抑扬顿挫,一咏三叹,乍一听简直是要追封老袁为烈士的节奏。此外,他还着重表扬了我。

好多人都哭了。

我的一只手插在兜里,握紧了打算偷偷塞进老袁骨灰盒里的小炮仗。

我没有哭。一来老袁没那么伟大，二来我更差得远，我们只是这世间千千万万平凡父母与子女的其中之一，我幼时他养育我，他老来我伴着他，这种感情既不能以血缘二字轻率归纳，也毋庸以眼泪渲染。

老袁离开之后，一连半个月我都会梦见他，但那些梦始终不清晰，常常是老袁已经老成了一棵老城里的歪脖子树，而我还是一个十一二岁的少年模样，有时那个皱着一张老脸又瘸腿歪嘴的老头就与我一街相隔，可每次我笑着向他跑过去，总会被不知哪儿来的人流冲散。

时间定格又消散于我们相依为命的那一年。每一回都在梦里号啕大哭，每一回又在醒来时把眼泪擦干。如开窍一般，往往醒来以后我就会冒出许多离奇的想法，我想把这些想法全都编进《醉死当涂》。

当我在家抓破脑袋编舞的时候，《遣唐》的首演在艺术中心一炮打响。在黎翘开启全国巡演之前，他来我这破地方找我。隔着两米远的距离黎翘望着我，他的目光前所未有的柔和体恤，如轻柔的风稀疏的雨。他没走近，我也没迎上去，我们就这么互相看着，一眼两眼三四眼，仿佛十年百年千万年。

他说："你怎么不告诉我你爸过世了？"

"告诉了又怎样呢，人都走了。没事儿，走得不拖拉，不痛苦。"这个时候我已经放弃了与这人敌对的态度，再见到黎翘我挺高兴的，只是秋风有点凉，多少掐灭了一点儿常伴在我脸上的喜气。

"有什么能帮你的吗？"

"我能不能借一点艺术中心的场地？我现在缺一个排舞的地方，还缺……一个剧场。"

"没问题。近两个月还有两场大型演出，只要和他们把时间错开，整个艺术中心随你用。"黎翘爽快地答应，又问，"还有别的吗？"

"没了，都挺好的。"难得还能这么心平气和地谈话，我不想在这个时候提顾遥那笔烂账。我张开手臂，笑着跟他说，"我在新闻里看到《遣唐》要全国巡演了，祝你马到成功，抱一抱吧。"

黎翘便走上来。他占身高优势，两臂张开。

许是上回那失控的几个巴掌令他也感到后怕，黎翘这回轻轻拍了拍我的后背,像成熟的兄长宽慰年轻的弟弟,我一颗时上时下的心却终究平静下来。

一直到黎翘离开,我们都没再多说一句话。这阵子我听了太多的"节哀顺变",过多的安慰实不必要,我很享受这一刻的静默。

《遣唐》当然会成功,但《醉死当涂》十之八九是要失败的。

我再见黎翘已是三个月后,期间他忙于《遣唐》的全国巡演,我也没闲着。

活人不在身边,新闻却铺天盖地,抬头不见低头见。电视与网络上都常能看见黎翘与杨滟接受媒体采访。据那些新闻说黎翘还在巡演的某两站换掉了男主角,亲自上台过了一把戏瘾,除个别永远无法取悦的批评家,反响相当不错。杨滟的反响就更好了,她在采访中披露自己即将离婚,虽没点名道姓直指顾遥,但却光荣地树立起一个为艺术牺牲个人生活的美女舞蹈家形象。偶有一个瞬间我望着屏幕上的俊男美女出神,我会觉得其实他俩在一起也挺好的。

别的主创与群演早先一步回来了,但黎翘与杨滟没回来,他们受邀赴美,结伴飞往了大洋彼岸。

实则按照合同威尔顿这会儿也该飞回德国了,但黎翘又临时续约了他三个月,摆明了是要留他在这里,替我监一监《醉死当涂》。但德国佬依旧看不上我,从他时不时紧拧的眉头、斜睨的眼睛与耷拉的嘴角中都明确无误地传递出这个信号。我有且仅有自知之明,舞美灯光之类的设计一切从简,若非遇见实在堪为我能力之外的问题,尽量别现身招人讨厌。

我对《醉死当涂》进行了大刀阔斧的扩编,它由一支数分钟的独舞变成了一出由群舞、双人舞与独舞共五部分组成的小型舞剧,而改编的依据多半来自这些年我的所见、所闻、所感,来自我怀念老袁时的梦境与我个人那少得可怜的舞台经验。所以遇上能力之外的问题也就在所难免了。

威尔顿本一点不愿掺和我这没头没尾的一出戏,偏偏我抱必死之心,只要他一出现,就亦步亦趋地尾随、前进,连他出恭亦不放过。古有杨时立雪于程门，今有袁骆冰蹲候厕所，威尔顿每每尿毕，转头就能见我一张笑得倍儿殷勤的脸。

在我如此锲而不舍地胡搅蛮缠下，威尔顿最终做出妥协，但他要求我，《醉死当涂》的公开宣传过程中绝对不可以出现他的名字。

我本来也没打算公开宣传。

我不想伸手向黎翘要那笔解约费，一来当初是我自己一意孤行非签约不可，二来我也实在怀疑自己有没有那个立场。顾遥那声关于"狗"的比喻在某种程度上已将我牢牢挟持，我提醒自己也没必要害怕雪藏，无非就是三年不能拍戏，不能参加媒体宣传与商业活动。

公演的日子选在十二月的最后一个周六，考虑到影视公司的法务随时准备着细抠合同然后起诉我，所有的宣传活动只能偷偷摸摸地暗中进行。Skylar想了个既节约成本又不易引人注目的法子——由她带着姑娘们去大学城还有居民区派发《醉死当涂》的门票。门票是老K设计的，主题是一代舞蹈大师王雪璟的谢幕演出，另附歪诗一首：

众人拾柴之下火焰高不高是不知道，但最起码，不要钱。

我跟姑娘们一起，既要登台表演，也要走街串巷。嫌雪弗兰行动不便，我以一辆小破自行车载着一个姑娘，在老城的校园与民宅之间，迎着凛冽冬风，梭游如鲜活的鱼。我们不仅送票上门，还要竭力煽情鼓吹，逢不懂行的就说是告别演出以赠票回馈社会，逢较真些的就老实交代，咱们虽不是文化巨擘，却有一颗追求艺术的拳拳之心。几天下来战绩可喜，接受赠票的那些人里十之七八是一转身就把门票扔在地上、踩在脚下的，但余下两三成当真表示极感兴趣，愿意前来。

转眼日子过到十二月的最后一个周五，数千张门票悉数发完，有乐观点的姑娘问："咱们拿了艺术中心里最小的剧场，才两百来个座位，如果到时来的观众远远不止两百人怎么办？"

但大多数人没这么乐观，尤其是Skylar，于是我跟她发生了下面的一段对话，充满了听天由命且悲己悯人的意味。

Skylar问："公演那天……能有人来吗？"

我说:"看老天爷。"

没想到老天爷最终还是涮了我们一把。周六凌晨突然变天,飞沙走石,大雨傍着大风。遇上这样的天,若非刀架在脖子上我都不愿意上外头载客去,更别说跑出门来看一个名不见经传的舞者跳舞。

姑娘们刚刚跟着《遣唐》剧组经历了万人空巷的那种热闹,忽然又变回了冷冷清清、惨惨戚戚的境况,自然对此不满意。

"骆冰,剧场里都是自己人,这舞咱们还跳吗?"

"哪怕只有一个观众,咱们也得认认真真地跳啊。再说人少吗?也不少啊,十来个了吧。"

姑娘们一个个都垂头丧脸,非常泄气,所以我得出声鼓励她们。我笑着说自己还得去化妆间准备,刚刚转身背对众人,便觉得双腿一软,整个人都快蔫趴下去。

老娘皮已经在等着了,我与她全都是黑发,红衣,赤着脚,我们将跳一支象征着传承与交接的双人舞,这将是这么多年来她第一次也是最后一次登上舞台。我一定想过无数次《醉死当涂》重回舞台的境况,但没一次会遭遇这样的冷遇。不堪承受老娘皮的眼神,在演出即将开始前我躲进了化妆间,凝视镜中那个年轻人。他的红衣像蚊子血,浓抹了一脸舞台妆,却一点与红衣、浓妆相衬的喜气也无,反倒像刺秦前的荆轲,满目悲壮。

我沉浸在自己酝酿的情绪里无法自拔,忽然听见背后传来一些响动。我回头,看见湿淋淋的黎翘出现在门口。我也不知道他从哪里冒出来的,总而言之就那么出来了。我眼前忽然浮现出我生命中最好的那个雨天。那个雨天与今天如出一辙,那张被雨水沾湿的男人脸孔今天依旧英俊,那天他像光一样乍现,今天依旧照在了我的身旁。

"你怎么进来的?"

"我的剧场,我不能来吗?"

"不是……我是问,你怎么回来了?"

"提前回来的,我迫不及待想知道,这事情你还打算瞒我多久?"

"最近事情太多,太乱,你问的是哪一桩,得容我想一想。"

"明知故问,你知道我指的是违约金的事。杨滟的离婚手续办妥了,她把她知道的都告诉了我。"黎翘的目光在我脸上滚动一遍,问,"你到底什么时候打算求我帮忙?"

不及细想,我本能似的脱口而出:"那你求我吧,求我求你帮忙。"

黎翘作势又要兜我一个脑瓢儿,我明明可躲却不躲,所幸他及时撤力,不疼。

就当我犯浑,当我拧巴,当我拿劲吧,我扭开头,仍不配合。

"好,我明白了。"黎翘的嘴角微露一丝哭笑不得的表情,点点头,认真起来,"袁爷,我求你。"

我打定了主意得跟这人打一场事关男人与舞者尊严的拉锯战,然而一声"爷"却叫得我心惊肉跳,继而心花怒放。我甚至来不及回忆我已经多久没这么称呼过黎翘了,黎翘竟打算替我穿鞋——这个举动再次吓了我一跳,以前他从没伺候过我,都是我伺候他的。

"袁爷,我求你。"黎翘一边将我的舞鞋替我穿上,一边又将这话重复一遍——再一声"爷"彻底瓦解了我的决心,我在最后一刻自拆城墙,自毁余粮,打算跟这位爷重修旧好。

于是我冲着他笑,他便也冲我笑。

我们互相取笑一番,一瞬间,化妆间里充溢着一种好听极了的声音,似万物都有回响。

寒冬里出了一头汗,心里竟是自老袁离世后难得的平静。

我对他说:"这舞我一定能跳好。"

第十五章

▶ 是开始也是结局

除了仗义援手不取分文的姑娘们，这出舞剧里还有一个值得一提的人物就是老K。

老K虽常把自己写的歪诗挂在嘴边，但真实的身份却是阔商，侠义之名更非浪得。他集结了一群在他手下混饭吃的人来给我捧场，虽是来得迟了，但乌压压也有四十余人，他们湿淋淋地钻进了剧场，带来一股浑浊难辨的气味。

姑娘们并不是太领情，跟我说这些人最多只能充充场，哪儿懂艺术。

我知道她们担心曲高和寡，但眼下不是介意这个的时候，我宽慰她们说："甭管观众懂不懂，舞者只管往死了跳，甭管观众感不感动，先把自己感动了就算成了。"

姑娘们率先登场，《遣唐》的灯光师到底是国际水准，配合旋转穹顶营造出如梦似幻的舞台效果。Skylar她们匍匐地上，随音乐律动起身，忽有一道光柱从天而降，如佛祖槃化时的圣光，转眼延伸向整个剧场。台下的观众大多被这样壮观的美所震撼，刚一开场便已掌声雷动。

但我宁愿相信这只是老袁遥遥眺望我的目光。

于是所有我爱我在乎的人都来齐了，台上的老娘皮，台下的黎翘与范小离，加上天上的老袁，齐了。

最后一支舞便是曾让老娘皮名噪一时的《醉死当涂》。我跟老娘皮在先前的双人舞里完成一个类似交接的仪式，然后极尽绚烂的舞台重归黑暗，她悄然退场，将她一生挚爱的舞台留给我一个人。

这是我跳得最快活的一支舞。我将自己招摇的天性完全释放，我疯我癫我痴我狂，我旋转我翻身我跳跃我蹒跚，我像一阵北风越过林梢，我像一只鹏鸟心向长空。

这支舞结束后我已浑身湿透，我茫然望着台下，掌声并未如期而来，回应我的是一阵长达十数分钟的静默。然后坐头排的黎翘第一个起身鼓掌，我在台上与他短促相视，便看见他对我动了动嘴唇——我立即读懂了他的唇语，他跟我说：别哭。

我见黎翘掌声不断，眼含泪光，心道：还装模作样安慰我，你不也哭了啊。

掌声终于爆发般响起，如这场来势汹汹的雨，如几千个人齐刷刷地擂门。

我目眩，耳鸣，除了掌声什么也再听不见，连着谢幕六次之后，我跌跌撞撞回到后台，独自傻坐于化妆台前，仍是一副灵魂出窍的样子。

姑娘们经历了《遣唐》座无虚席的大阵仗，竟也为这一支乏人问津的舞感到高兴。大伙儿手牵着手，在化妆室里又唱又跳，又哭又笑，一个个妆容都被泪水冲花了，花猫似的，也都不在意。

直到有人忽然开口："这么好的日子，王老师呢？"

我才恍然惊醒，所有人都在庆祝，唯独老娘皮不见了。

最后一个见着老娘皮的是Skylar，她说老娘皮在我跳最后那支舞时就走了，问她去哪里，也不详说，只是那么仙气十足地笑一笑，一如既往。

Skylar劝我别担心，还能去哪儿，就是回家吧。

房子都卖了，她哪儿还有家呢？我心呼糟糕，赶忙掏出手机给老娘皮打电话，可电话那头只剩下关机的忙音。我愈感不安，忙问Skylar："她走之前，真的什么都没说吗？"

"倒是说了的，她让我转告你，"Skylar眨了眨镶贴水钻与羽毛的长睫毛，回忆之后告诉我说，"她说你傻，她怎么会怨你，她说你一直是她最好的学生。"

Skylar这话一出，我一把拽起范小离的胳膊，就往门外跑。这丫头没傻透，何况近来在老娘皮的悉心照料下已经有了好转的趋势，她似也明白发生了什么，叽叽哇哇地叫着："老师！老师！"

可我们的老师在哪儿呢？我紧握着范小离的手，面向人来车往的大街，不知该追去哪个方向。

外头的雨已经小了，风声雨声声声入耳，听来却像浊声浊气的一声叹息。天敞亮，地干净，冬天里的枯树瞧着抖擞，就连街边的瓦檐都被洗刷得冒出青光，我在这个分外陌生的世界，不顾一切地往火车站的方向一阵狂奔，然后蹲在地上，失声痛哭。

老娘皮就这么悄无声息地离开了，我没赶上向她道一声谢，再喊她一声老师。

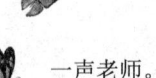

此后的一段时间我都住在黎翘的别墅里,他当中又光鲜有型地出了一趟国,回来以后就着重要为我处理解约的事情。但顾遥这孙子忙于拍他的《大舞蹈家》,黎翘刚回他就走了,两位天王一直没机会打上照面。

"顾遥那个浑蛋,居然敢动我的人。明天你就带着解约金去找他,一捆一捆全砸他脸上。"我怀疑这人佯怒实喜,因为他接下来就说,"不白给你这笔钱,你还得给我开车,听我呼来喝去。"

我摇头,伸腿轻踹他一下:"我不,老子偏不尿你这一壶!我说你的思想怎么那么落伍呢,咱俩现在这感情多纯洁,多纯粹,多无瑕,你非扯什么钱不钱的,多俗气,多龌龊啊!"

踹是踹了,但没下狠脚。黎翘与我,现在不是主仆了,虽说有转变总是好的,但我到底不敢在他面前太放肆,恃弱凌强这种蹬鼻子上脸的事只能偶尔为之,干多了自己也觉得没底气。

"戏子十之八九都龌龊,你才知道。"黎翘真没拿我当外人,尽量把话放软了说,"袁爷,跟你打个商量,再替我按摩按摩我的腰呗。"

我欣然领命。

其实有件事儿我一直没告诉黎翘,但我想他应该很快就会知道,虽然《醉死当涂》没能如我预想中一鸣惊人,但我却打动了一个看似永远不可能被打动的人。

就在公演结束的第二天,威尔顿亲派翻译前来找我,说要与我面谈。人贵有敬贤之心,尤其是咱们这种搞艺术的人,纵然与这德国佬相处从不曾愉快,我还是忐忑地去了。果不其然,威尔顿劈头盖脸批我一顿,将我编舞的技巧批得体无完肤,但转折突如其来,他决定修书一封,将我举荐给西班牙皇家塞萨尔学院,并且学费全免。

翻译还原了德国佬的话,他说公演那天他就坐在最后排,我的舞蹈在他看来并非完美,但我确实拥有一个舞者少有的灵性与态度,他在我身上看出了巨大的上升空间。当然他同时也提醒我三思,因为三年后我已步入三十岁的门槛,对于一个想成名的人来说太晚了,但对于一个真正的舞者来说，或许他的舞蹈生涯才是刚刚开始。

我几乎本能地回答"好"，不假思索。

因为要起早赶飞机，我几乎一夜不寐。五点不到的时候，我从房间里醒过来，趴在床头，留下一张言辞恳切的便条纸。我简要说了下离开的理由，说只要等我三年，三年后我就将学成归来，这样既不用担心重蹈老娘皮逆水行舟的覆辙，也不用欠下他替我还债于顾遥的人情，简直两全其美。

本想着尽量长话短说，不想写着写着竟还湿了眼睛，啪嗒落下一滴泪来。

我抬袖子撸了一把眼睛，把自己收拾妥当，决定走了。

昨晚我们俩谈天谈地谈理想，胡侃一夜，这会儿床上的黎翘还没睡醒。我凝视他半晌，然后推门走出去。

我一副学生打扮，穿着T恤，背着双肩包，离开黎翘的别墅还没走出多远，便听见身后有人大声喊我的名字。

应声回头，望见黎翘站在别墅的露台上。他眼眶血红，胡楂儿不净，好像一夜之间就把日子过颠倒了，不遮不掩一脸孩子般的脆弱。他只着一条内裤一件衬衣，衬衣甚至来不及扣好，在清晨的风中翻飞如鸟。他以感伤又温情的目光与我凭空交接，更急切地扶栏大喊："袁骆冰！"

这个男人以真挚的呼喊劝我留下，于是我便也冲他挥手，同样大声呼喊他的名字："黎翘！"

我扔下背包，张开双臂，即兴发挥为我的爷跳了一段舞。舞步十分轻快，舞罢便笑烂了一张脸，我拾起行李，最后朝黎翘挥了挥手，便头也不回地走了。一直走出别墅区那金碧辉煌的大门，上了一辆提前叫来的出租车。

"听口音不像北方人，打哪儿来的？"一闻见熟悉的汽油味儿就来劲，我心情甚好，打算跟开车的小子天南海北地唠一通。

"南边，来这里半年不到，最近才定下心来打算就在这儿发展。"

"定下来是好事儿啊，抽烟吗？"我从兜里掏出一包玉溪，递到他的眼前。

"不抽,不会。"挺精神的长相,小伙子腼腆一笑,"其实我是学画画的,我开出租还没一个月,主要是房租实在交不起了——我这算北漂吧?"

"算啊,怎么不算。"我决定不遗余力地鼓励他,"漂着漂着你就能琢磨出这座城市的好来,八方宁靖,歌舞升平,姑娘们逮谁爱谁,一个个都跟垂涎肉的狗似的……"

"你……你这什么比喻……"

这人确实刚上路不久,一不留神就走错一条道,手忙脚乱地打开了手机上的导航,我瞧着过意不去,跟他说:"要不你找个地方停车,我来开。"

"你会开车啊?"估计小伙子怕耽误我赶飞机,把车停在道边,下来跟我换了位置,一个劲地跟我说对不起。

"岂止会开车,我也干过你这行,不过我跟你不一样,我算是编制外的。"

司机的位置我更为熟悉。太阳浮出来,倏忽间天光亮了,车零零碎碎拐过几个弯,便一路无阻。

这是一片朝也干戈、暮也干戈的土地,我望着不断向前延伸的道路,想起黎翘,想起老袁,想起老娘皮,想起我妈,想起那些不甘于瘠瘦与饥渴的人,想起那些在梦想与现实的双掌间舞蹈挣扎的人……随我渐渐行远,他们的脸孔忽隐忽现,继而与这片土地融为一体,冬蛰藏,春复苏,鲜活饱满,生生不息。

直到上一刻我还为未卜的前途深感恐慌,但在手握方向盘的这一刻,我突然义无反顾了。

车轱辘承载着不断向前的使命,河流一生不肯安命于原地。

如果我是车轱辘就前进,如果我是春水,就向东流呗。

番外 1

◀ 嗨,西班牙

刚去西班牙那会儿，交流实在是个大问题。西语我完全听不懂，英语也就高中时学的那一点，几乎完全还给当年的英语老师不说，西班牙人那喜欢长音短发的口音也叫人吃不消。九个月的语言学校非念不可，不过好在同班里还有一个宝岛姑娘叫郑媛熙，姑娘虽年轻貌美，但历史学得够呛，永远分不清自己是郑和还是郑成功的后人。

他乡相逢亲人，我俩当然一见如故，没聊几句便更为投契。她苦大仇深地跟我抱怨，说我们那儿到处是俊男，遍地是美女。

我问她想追谁？她先说出一个近两年的已婚宝岛男歌手，接着便又说了另一个名字——

黎翘。

强调那位男歌手已婚是为了说明郑姑娘把一腔少女情怀全倾注在了未婚的黎翘身上。一瞬间，她双目放光，鼻孔微张，开始滔滔不绝，夸黎翘不仅帅得万中无一，还有型有才有演技……

"有演技"这评价勉强了点儿吧。粉丝这类人十之八九会犯识人不清的错误，但我不戳穿，只是始终保持微笑耐心听着，就跟自己挨了夸似的，心里贼美。

郑姑娘不仅用她那偶像剧感十足的普通话与我交谈，还充当我的老师与翻译，大大缓解了我人在异乡的不便。顺带着我也结识了跟她走得很近的一个阿根廷小伙儿塞尔吉奥。班上跳舞的年轻人大多盘靓条顺，二十岁的塞尔吉奥却是男女公认的第一，混着意、阿、西、葡多国血统，面部比例完美到近乎梦幻，黑发、直鼻、肉感唇形，尤是一双眼睛生得贼，瞅你一眼就能偷走你的心似的。塞尔吉奥对我泱泱大国的五千年文化充满兴趣，他想学中文，我想学西语，在郑姑娘的牵线下，我们二人便迅速"勾搭"在一起，同住一间公寓，共担房租。

刚去西班牙那几天黎翘完全不理我，只让林姐管我要了我在巴塞罗那的地址，不多久后我收到一张信用卡，主卡是以林姐的名字办的，附卡归我。

其实我倒花不着。

虽说得益于威尔顿的举荐，舞蹈学院免了我一年数十万人民币的巨额学费，但要在巴塞罗那扎根三年，生活费也不是一笔小数目。所以在出去前，我托老K把我与老衰的房子卖出去，老K很仗义，开口就说卖给我吧，你要学成归来有出息了，再买回去。无牵无挂，图一个破釜沉舟，再加上考虑到老K是生意人，买我这间底楼的小破房子回去不住人，堆货倒也方便。所以我觉得这主意倒可行。

哪知就在我收到信用卡没多久，老K又给我汇来一笔钱，真真正正的一大笔。

他说："得，想学一回雷锋人还不给机会，有一姓林的女的，还是美女，也不知道用什么法子找着了我，非出高价要买你那房子。"

不用想也知道是林姐。我算准了时差去找黎翘，黎翘难得不摔我电话，在那头慢条斯理地说："那破房子不值一毛钱，却承载着你这辈子最不可抹杀的一段回忆，除了我，你还想把这么珍贵的东西留给谁？"

听黎翘那边传来拉开易拉罐的声音，我猜想他该是喝了一口啤酒，我在遥远的西班牙感动到无以复加，又听见他慢条斯理地说了一句话，瞬间将我的感动抹除干净了："别以为你这一跑欠我的就能还清了，回来你得当牛做马，连本带利地还给我。"

我们有的时候网上联系，有的时候电话联系，但基本都是我找他。黎翘规定我每天都得向他汇报我当日的行程，无非就是学舞、练舞、吃喝拉撒睡，偶尔我去剧院看表演，更多时候我在一家华人老板的百元店里打工或者跟着塞尔吉奥上街表演，赚一点生活费。反正事无巨细都得讲，少讲了还不行。黎翘总是听着不插话，难得"嗯"一声，就跟老师在学生簿子上批示"阅"字一样。

某一天我跟塞尔吉奥看了场精彩绝伦的舞蹈演出，震撼、感慨且兴奋之余又喝了酒，郑姑娘早一步回去，只剩我俩喝得半疯，当街跳舞。这个时间点没有了抱着手风琴的流浪汉，我们边哼唱，边跳舞，边前行，有时不得不突然为前方的一片水塘停下，但定睛一看才发现，那只是倒映于地面的皎洁月光。

回到租住的地方，也不知怎么突生人在异乡的感慨，感觉一腔沸腾的情绪等待宣泄。我上网找黎翘,没找着,于是一个电话拨过去,跟他说我有话说。

"舌头捋直了说话。"黎翘的声音不带温度,硬邦邦直愣愣地杵过来,却是我听过的最美妙的音,"喝酒了?"

"喝了,不喝不行,不喝晚上睡不着,老瞎想。"

"想什么?"

"想老袁,想老娘皮,想你,想家。"酒意直冲脑门,我这一通瞎想说来不打一个磕巴。

"发什么神经?我现在人在片场。"我这儿是凌晨,他那儿是上午,黎翘不耐烦地骂我一句,就收线了。

我不得满足,兴味寥寥,仰面栽向大床。脑袋刚刚落在枕头上,就晕菜似的睡了过去。

傍晚时候我才醒来,酒后精神萎靡,头疼欲裂。我从床上爬起来,在洗脸池前以冷水拍了拍脸颊,开始洗漱。嘴里还叼着牙刷,便听见塞尔吉奥大喊我的名字:"袁,有人找你!"

我猜想是百元店里的同事,心道也不用急,揉了揉醒后的乱发,加快了手上的动作。

听着塞尔吉奥把来访的客人引进阴暗的楼道,还听见他以蹩脚的中文快活地说着荤话,也不管来人到底听不听得懂,塞尔吉奥比我还没心没肺,没羞没臊,尤其喜欢瞎开玩笑。

"袁,你的叔叔来啦!"

塞尔吉奥把人带来我的跟前,一步跨至我的身边,亲热地搂住我的肩膀,还凑头过来跟我咬耳朵。

我看清来人的样貌,大喜之后瞬又大惊。

我特别骄傲,这位爷即使与舞蹈学院最漂亮的男孩相比也毫不逊色,但我又特别恐慌,因为这位爷脸色阴沉,眼神如刀光一般,似一腔暗火烧到了顶点即将爆发。

我知道黎翘这厮最忌讳人说他年纪大,赶忙一把推开塞尔吉奥,冲他摆手,跟他解释:"学跳舞的都浪,学表演的才严谨,这浑蛋就爱开玩笑,您这么严谨的人不会上他的当吧!"

黎翘的脸色依然不好看,眯了眯他烟灰色的眼睛,似信又似不信地低头打量我,没想到我们身后的塞尔吉奥突然开口,嗓音清脆,掷地有声:"不是叔叔,难道是爸爸?"

塞尔吉奥是个妖孽,有着颠倒众生的脸蛋、身段,还有一点点坏心思和小手段,他今天似打定了主意要跟我抬杠,居然眨着一双无辜的眼睛,又以那口烂透了的中文跟黎翘打招呼:"袁叔叔你好,我欣赏袁,我们谈得来……"

我望天翻了个白眼,黎翘这时候估计已经被气疯了,他视我为障碍物般将我狠狠推开,径直走向塞尔吉奥。

"谁是你叔叔?你又是袁骆冰的谁?他巴巴伺候我的时候,你还不知道在哪儿呢!"黎翘一脸煞气,一板一眼,对峙的气氛有些尴尬,可我倒乐了。我不顾这会儿塞尔吉奥还在,我从黎翘背后突袭,一举跳到他的背上。

"你有病吗?快下来。"黎翘依然冷声冷气,"收拾完这小子再收拾你。"

"别啊,先收拾我啊,我骨轻肉痒心眼坏,早欠收拾啦!"

"有道理。"黎翘忽然提举我的肩膀将我从他的肩上摔下,我"啪"的一声落到地上,尾椎骨一阵麻溜溜地疼,但我不生气。我们留下碍眼的塞尔吉奥,回房小聚去也。

回房以后也没动手,其实动手倒好了,黎翘还是不肯理我,我知道塞尔吉奥那些鬼话他压根儿没介意,这会儿生气只是借题发挥,归根结底还是怪我不打一声招呼就跑了。

"爷,我错了……"我无比郑重地道歉,"等我学成回国,第一支舞就跳给你看,跳给你一个人看……"

黎翘转过身来,睨眼看我:"怎么跳?"

我一下坐起来,信誓旦旦地保证:"探海翻身,腾空劈叉,你想我怎么跳我就怎么跳。"

怀疑是脑补了我又蹦又跳的蠢样子,黎翘脸上露出一丝不易察觉的笑容,说:"欠我的,当然得还。"

我来西班牙快两个月,始终如离根的草在空中瞎飘,终于在此刻有了把心放踏实的感觉。

我把自己收拾整洁,推窗远眺,西班牙人早起的不多,八九点钟的太阳落在城市各处,平日里仄仄的街道此刻也显得宽阔,把头探出去,仿佛一眼能见千里之外。看天天蓝,看地地茵,听着浴室里传来黎翘洗澡的水声,我恍惚以为我又回到了京市,心说上天待我真好,他乡也成了故乡。

黎翘来得太匆忙,只问林姐拿了些欧元,行李一件没带。

塞尔吉奥就在隔壁。我轻拍塞尔吉奥的肩膀,跟这位高出我大半头的阿根廷鲜肉说:"借你那件花色儿的印染上衣穿穿?"

塞尔吉奥入戏太深,估计他自己都信了黎翘就是我爸爸,一见黎翘出现,立刻收起一张与我谈笑的脸,毕恭毕敬地跟他打招呼。我不管他,一双眼睛完全定在黎翘身上,一样的衣服,塞尔吉奥穿得骚气满满,这位爷穿就是倾国倾城,我高高兴兴迎了上去,真心实意地褒奖:"黎倾城,你怎么能那么好看呢?!"

平时这个时候我与塞尔吉奥会上街表演,有时叫上郑姑娘与别的同学,有时就我们两个人。塞尔吉奥主动邀请黎翘跟着我们一起去,黎翘表示同意,他说他想看看我在这儿到底怎么生活。

把表演的东西准备好,走在半道上,塞尔吉奥这个妖精又来事儿了,他说他琢磨着黎翘也是搞艺术的,所以就想跟他比一比,看看谁的表演能收获更多。

塞尔吉奥有眼不识天王,这说明黎翘虽然红透了国内乃至亚洲,但在西班牙认识他的人确实数量有限。我有点担心,没想到黎翘竟然爽快答应,点头说好。

我看这俩才相识不久便要意气之争,还置他们争执的对象于全然不顾,忍不住便插嘴说:"哎,你们俩还没问我呢,我怎么觉得这事儿好像跟我也有点关系啊。"

"你想怎样?"黎翘问我。

"你们比你们的,但今天表演的地点我来选,成吗?"

我们去的地方毗邻流浪者大街,但街道更宽,街边的高迪建筑也更琳琅。

塞尔吉奥率先跳了两段舞,加起来超过十分钟,现场反应热烈,引来一众围观者不说,口哨声和掌声也此起彼伏。

"该你了。"帽子里装了不少钱币,塞尔吉奥得意扬扬,"Lee,你该不是害怕了吧?"

黎翘看我一眼,我什么也没说,他却与我十分默契,胸有成竹地表示,再等一等。

塞尔吉奥便又来了一支舞,笑得像个不良职业从业者,贴着一个白人中年妇女大献殷勤——这位妇女被塞尔吉奥逗得花枝乱颤,如怀春少女,竟毫不犹豫地给出了两张大面值的钞票。

"你再不表演可就输定了。"塞尔吉奥收获颇丰,一边继续扭腰动胯,一边冲黎翘与我挤眉弄眼。

可黎翘只以几个简单动作就打破了这厮的幻想,掀起了百倍于他的海啸。

他摘了墨镜,朝自不远处过来的人群挥了挥手,笑喊一声:"嗨,同胞们!"

"那……那是黎翘啊!"

今儿这个地方有华人社团举办的彩妆游行,规模空前,浩浩荡荡如蝗虫压境,乌云压顶。黎翘冲塞尔吉奥轻轻一耸肩膀,说:"承让。"然后又立马做出顿悟状,"'承让'的意思你可能不懂。"

我估计塞尔吉奥是没懂,但得意不过几秒,黎翘的脸色突然就变了,面对疯狂朝他扑来的粉丝,他喊我一声:"骆冰!"我心领神会,转身就跑。

慌不择路,跑得上气不接下气,好容易甩掉了数百发了狂的粉丝,也顺便甩掉了塞尔吉奥。我俩望着眼前半陌生的街道,互看了对方一眼。

黎翘出国出得频繁,西班牙来过几次,不是为了工作,便是去马德里看球。见多识广的人通常干什么都不易提起兴致,曾经就有一次他出国参加一个全球顶级奢牌举办的派对，对方的品牌公关特别想跟他套近乎，问他有没有欧洲血统，黎翘面无表情地回应，中国人，纯种。

但今天他似乎极有兴致。我们坐上环城行驶的大巴，听人讲解了巴塞罗那的历史与轶闻，下车以后继续勾肩搭背在街上乱逛。天气极好，艳阳清风无所不在，流浪艺人与卖手工艺品的小贩也遍布城市各个角落。黎翘从小贩手里接过造型奇特的帽子、眼镜，还有那种杀人狂才喜好的皮质面具，非让我戴上。我嫌这玩意儿丑得触目惊心试图抵抗，他拿它兜我一记脑瓢，不由分说便强行套在了我的头上。

这位爷自己则戴上了帽子和眼镜，兴致高自然更大方，根本不要找零。伪装以后我们就愈发肆无忌惮，混在陌生的人群之间，买了牛肉丸子与奶油酱土豆，不计形象（主要是黎天王，我本也没有什么形象）地吃了一路。累了，找块草坪就随意躺下，我们欣赏街边的彩色艺术墙壁，还有一对对热吻中的情侣。

仰面躺着，望着头顶上方蓝得惊人的天空，黎翘突然开口："最近有个导演来找我演部电视剧，剧本不错，人物也很丰满，一个乍看之下作奸犯科、无恶不作的律师，实则又有一套他自己的处世准则，演起来应该会很过瘾。但我没决定要不要接，听听你的意见。"

我诧异，费解，受宠若惊道："你听我的？"

黎翘不耐烦地瞥我一个白眼："袁爷，您不是舞蹈家吗，这点审美力总是有的。"

我被他夸得心花怒放，于是佯作正经地问道："那你刚才说了想接的理由，现在再说说干吗不想接呢？"

"我时隔多年重回小荧幕，媒体会咬定我人气下滑，把假的说得跟真的一样。"

我朝黎翘扭过脖子，笑了："你还介意这个？媒体的话你要早点介意，十个顾遥都不够你看的。"

"好像……有点道理。"黎翘皱眉头，然后恍然大悟似的点头，然后又皱眉头，"如果接拍那部电视剧，就得有很长一段时间不能来西班牙看你。"

这话说得我的心陡然一软，不知怎么就开口道："实在对不起……"

　　"这次来我本想把你带回去，你要不肯就揪你的耳朵，打断你的腿，但看到你的时候又犹豫了。"黎翘面上的表情十分严肃，正儿八经地问我，"你在这儿学了多少东西？它们真的让你感到快乐吗？"

　　"你能想象一块干巴巴的海绵被扔进水里有多快乐吗？到了这儿我才发现我以前是只井底蛙，我知道世界那么大，有天赋的人那么多，我也知道我能不负我爸，不负老娘皮，不负我自己，我能跳得更好…… 对不起……"我为我的不够义气向他道歉，我悲喜交加，几乎潸然泪下。

　　我们在西班牙的草坪上躺了良久，受夏风熏陶，阳光抚摸，便打了个盹。

　　黎翘离开的时候其实我醒着，但我装作没醒。

　　但这又有什么重要的呢？不告别是为了下回再见。我们终究有这缘分。

番外 2
▶入围

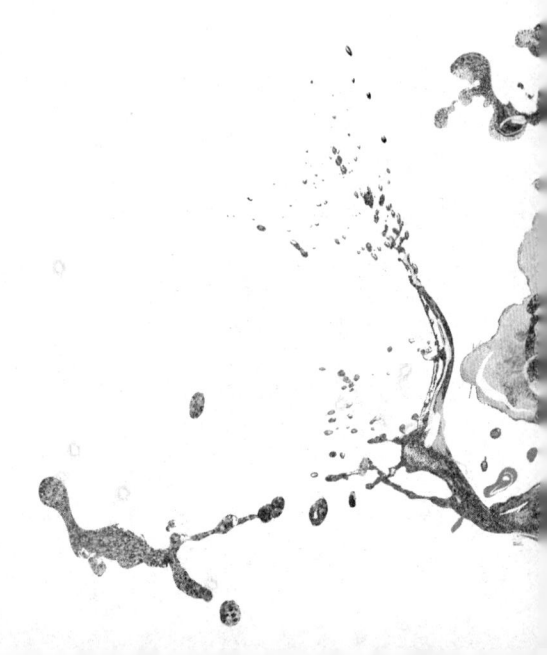

缘分来得比预想中更早,我跟黎翘在港城偶遇了。

这事情说来也巧,他去参加电影颁奖典礼,而我也恰好跟着西班牙舞蹈团去那儿演出。正带着塞尔吉奥在街上闲逛的时候,突然就被黎翘的助理逮着了。她逮着我以后立马又喊来俩保镖,一左一右地把我挟持走了,扔下一个八国混血小帅哥在异国他乡的陌生街道上"袁""袁"地瞎喊。

所以说,这世上有些人朝夕相对也是相看两相厌,而有些人冥冥之中自有千里相会的缘分。

"不就是住咱们隔壁跟着你老师跳舞的那个丫头嘛。你当你爸是傻的?!"

我反应快,顺嘴瞎掰:"想爷了呗,一知道你入围,我二话不说,颠儿颠儿地就来了。"一见着那张英俊得沾着仙气的脸我就每一根毛发都战栗,每一处毛孔都喜庆,我笑弯了一双眼睛扑上去,两腿一蹬就想往他身上跳。

黎翘身后有一整个造型团队,少说二十个人,他特别嫌弃地推了我一把,冷着脸说:"注意影响。"

我讪讪打住,悻悻刹车,还没从这泄气劲儿里缓过来,这位爷忽又一把拽过我,往我后背狠狠拍了这么几下。

他笑了,笑得邪气又温存,笑得包含了整个巴塞罗那的热烈与老城的喧嚣。

我去的时候正逢某奢牌的品牌公关来送晚上黎翘参加电影节穿的礼服,精挑细选的三套西装,我看着都差不多,黎翘却只瞥一眼就说:"不行。"

电影节开幕在即,西装还得派人送来,那公关赶紧一个电话回去,让人在旗舰店里给他重新选了两件,又全拍下视频,发来让黎翘挑选。

皇帝不急太监急,黎翘皱着眉头,慢条斯理地挑拣着、嫌弃着——对方一行人都是女生,尤其是一个看似初入职场的菜鸟,大概从没见过

碎死当涂

这么难伺候的主,已经微微红了眼眶。

黎翘始终不满意,忽然扬手招我过去,让我给他选一件。我从没见过他这么纠结一件出席活动的礼服,八条腿的蛤蟆不好找,两条裤管的西裤至于那么难以抉择吗?

在我眼里,黎翘是那种特别在意自己形象的人。想来即使不从事演员这行,这份在意,也能令他在镜子前头捯饬自己数小时。其实我觉得这种精细到乃至屁精的行为,对比他起床后随意洗把脸的样子根本没差,谁让这人天生丽质难自弃,怎么捯饬,倒不捯饬,都是黎倾城。

不过通常情况下,黎翘不会在穿衣服这个问题上折腾品牌公关,这回一反常态,多半还是紧张了。

他久旱不雨这些年,眼见甘霖将降,一定是诸多渴盼期待,诸多患得患失。

"不去了,什么破颁奖礼,不想去。"黎翘这么跟我说。果然,衣服只是一个幌子。

"可是你的《浮躁》都入围了呀,现在才说不去?"

"入围了就得去吗?让我给顾遥那浑蛋再陪跑一次?"

"上次那个是小奖,这次才是重头戏。"我安慰他,又挑衅他,"顾遥那边获奖的公关稿都写好了,你不去,别人肯定以为是你怕了他。"

顾遥这回也提名了,还是又提名了。这人人品堪忧,演技却一直无可诟病,他坐拥数个影帝头衔,这部《大舞蹈家》依然是获奖的最大热门。前阵子先声夺人,已经斩获了一个最佳男主角。虽说那个电影节的分量不算重,但偏偏黎翘的《浮躁》也获得了提名,还是几位男演员里夺魁呼声很高的一位。当时黎翘在国外拍戏,让林姐早早安排了公关团队替他写了获奖感言,就等着临门一脚——可惜到头来,还是顾遥笑到了最后。

不久之后网上有传,黎翘与顾遥在那电影节之后的一个群星慈善活动上大打出手。我没向黎翘求证这个传言,其实明眼人也都看得出来,这俩影坛大腕的关系已经降至冰点,但凡照面必是水火不容,连昔日在媒体面前的装模作样都能免则免。

进门来的林姐看我一眼，颇自得地跟我打声招呼，似乎一点也不奇怪在这地方撞见我。她耐心地跟黎翘解释："这次和上次不一样，这次呼声真的是很高的……"

"呼声高又怎么了？拿不拿奖我从不介意。"黎翘微微眯了眼睛，一脸不知所想的表情，半晌才问，"这次……呼声真的很高？"

我在心里暗笑，装，你再装。不过想想也是，出道这么些年，除了一众女性粉丝，收获零影帝、零好评、零业内认可，换谁都得憋着口恶气一待雪耻。

现在国内的电影行业是既浮躁又浮夸，太多电影人追求的是商业与票房，忘记的是艺术与底线。但爷的这部《浮躁》真不一样，我偷偷看了不下五遍，每一遍都觉得我的爷演得真好，每一幕画面都带劲，每一帧定格都有戏。当然批评的声音仍有，我猜不是同行心有不忿，就是多年的黑子死咬不放，于是我注册了几个小号，在各大网站和社交平台，跟他们往来厮杀，血雨腥风，何其痛快。

黎翘坐在那里，让几个助理轮流在网上搜电影与他的评论，还让他们大声念出来。

林姐念了一篇网上很火的评论，笑着跟黎翘说："这帖子挺热的，转发量惊人，都上热搜了——哟！这嘴也太歹了，歹得跟我们骆冰有的一拼——"

黎翘从林姐手里接过手机，匆匆看了那帖子一眼，然后斜着眼睛睨我："就是你吧？"

我挺诧异："这都看得出来？我这回多文明呐，'屎尿屁'三个字一个没有，讲的都是大道理……"

"谁还能贫过你这张嘴？猪不犟不胖，你袁骆冰就是天生嘴欠皮痒，三天不打就得上房。"黎翘笑了，拍了拍我的肩膀，"一会儿让剧组给你安排一个身份，你跟我一起去文化中心，如果这次真能拿奖，我希望那一刻在我身边的人是你。"

"爷，我也想……可是……"

按说我本该亲眼见证他领奖的那一刻,可偏偏事有凑巧,我这回来是来跳舞的。演出我不是主角,不过众绿叶之一,却是我重拾舞蹈之后,头一回登上这么大、这么热闹的舞台。黎翘很有些不高兴。但我看得出来,他强忍住了不高兴。他从品牌公关手里选定了礼服,就着人把我轰了出去。

晚上的演出十分成功。在台上跳舞时我永远心无旁骛,但低头谢幕时我却热泪盈眶,每每登上舞台我都会难以自禁地想起老袁与老娘皮,想象他们一个在天上、一个在远方,都向我投来无比欣慰的目光。

演出结束我谢绝了与塞尔吉奥一同出去泡吧庆祝,匆匆忙忙赶回了酒店。

虽然因为舞蹈错过了颁奖现场,但我仍想亲身体会一把当时当刻黎翘的心境。

《浮躁》的一拨人坐在左边,《大舞蹈家》的一拨人坐在右边。许是知道顾黎二人的关系不对付,镜头不时地在这泾渭分明的两拨人间切换,反倒让本土的电影人都成了陪衬。

我能清楚看见,镜头里,顾遥始终面带淡定微笑,似乎胸有成竹,而黎翘一直双唇紧抿,眉头微蹙。

气氛格外凝重。

很有点高手过招前山雨欲来的态势。

在"最佳男主角"的名字被念出之前,镜头里每个人的表情都很严肃,那种紧扼咽喉般的情绪通过屏幕传给了我,我双拳紧握,汗湿背脊,整个人不住地发抖。

直到听见颁奖的那位名导,念出黎翘的名字。

"最佳男主角,《浮躁》,黎翘。"

尘埃落定。

我的一口气却半晌没缓过来。镜头下的黎翘正与身边的导演、演员一一相拥,然后他依然摆着一张冷酷到底的脸,看似从容不迫地上台领奖。

他似乎打定了主意不与众人为伍，上台以后与那位名导客套地拥抱一下，获奖感言也相当干脆。

他说："《浮躁》不浮躁，电影很好，奖也很好。"

也许只有我看出他正竭力压抑自己的情绪，他握着奖杯的手正不停发抖，他的眼眶微微泛红，抿嘴的表情不太自然，声音也刻意保持着平稳。

不管怎么说，真好。

我在电视机前一边傻笑一边鼓掌，噼噼啪啪停不下来，掌心都红了。

拿奖之后少不了得参加庆功宴，我知道这种庆功宴向来有头没尾，一疯起来就刹不住车，所以我在酒店等了黎翘两个小时，确认他一时半刻回不来，便决定洗洗睡了。

为了今日演出，这阵子我是真真的闻鸡起舞，脑袋刚一碰上枕头，人就彻底厥了过去。我正与庄周论蝶，睡相犹如死猪，口涎直流。突然间，有人推了我一把，我迷迷糊糊听见来人的声音，他令我赶紧起来。

我约莫醒了一半，可仍不愿意好好睁开眼睛，一翻身又把头埋进被子里。不一会儿那声音又响起来，这回听来已明显带上了不耐烦的意味："起来，快！"

我人尚蒙，眼半睁，我慢吞吞，懒洋洋，结果彻底惹毛了对方，一记爆栗从天而降："起来！"

"这都几点了……"我揉揉眼睛擦擦嘴，神志还未完全清醒，"我不吃夜宵，明儿赶早，一起吃早茶吧……"

"谁跟你吃夜宵了？"身后的黎翘抬脚一记猛踹，他估摸着是被我气笑了，声音听着倒没先恼了，"喊你起来一起看演出。"

见我还是赖在床上不动，黎翘抬手欲兜我，我耳畔呼呼一阵风声，吓着了。没想到最后关头他的手撤了力，只是轻轻在我脑瓢上兜了一下，很轻很轻的一下，他说："很重要的演出，咱们一定得一起看。"

我不得不离开被子，把一双惺忪睡眼揉清醒了，望着他："我知道你拿奖了高兴，我也高兴着呢，真的……"

"我是高兴，为自己，也为你。"

他的身上带着特别好闻的酒气，我看着他摸出手机，非让我跟他一起看演出——

我的演出。

原来这人身在曹营心在汉，特意安排了人去看了我的演出，也不知怎么蒙混过关，还偷偷录下了全场。

黎翘问我："头一回登上这么大的舞台，什么想法？"

我便也贫嘴地问他："头一回赢了顾遥，什么想法？"

黎翘眼神一暗，看似十分认真地沉默了好一会儿才开口道："你先说说。"

我说我突然发现，站上这么大的舞台，面对这么多的观众，和我过去一个人在小区里的空地上偷偷练舞并没有什么不同；我说我曾经以为现在的生活就是我的目标，可真当这个目标实现的时候，我才意识到天很宽，路很长，自己仍然很小，而远方永远在前方。

黎翘又笑了，他说："巧了，刚才，就是刚才，我也是这样想的。

番外 3 ◀ 圣诞礼物

我回去的那天正刮着一场百年难得一遇的沙尘暴。天昏地暗，举目飞沙走石，路上每个行人都有飘飘欲飞之态，而十米之内你辨不出他们的面孔。我任风把沙子糊我一脸，整个人被吹得东倒西歪，一路心情愉悦地小跑。

老城让最乖张的性子得到安抚，它是我这小半辈子的一个温柔的断面，承前启后。

回国之后，范小离是我见的第一个当年一起跳舞的朋友。

她现在恢复得不错，一见我就自动打开话匣子，聊过往，叙家常，逻辑基本清晰，口齿也还伶俐。范小离说她已经不跳舞了，报了个夜大重新开始学习，她一直担心自己傻过一回，可能课程跟不上。但大学里头一回期中考试，成绩到手之后，她就彻底放下心来。还好，不算出类拔萃，也不是不可雕的朽木。

我问她，悔不悔。

范小离说，舞蹈是她这辈子做过的最美的一个梦，梦醒了，生活还得继续。说到这里，她笑了笑，谁会后悔做过一场美梦呢？谁也不会。

Skylar是第二个。

Skylar已经身怀六甲，她先生不放心她大腹便便地一个人出门，陪在左右。

Skylar的先生是个挺腼腆的胖子，不算大款，但经营着一间家政服务中心，利润不错，囊中微有小钱。他一见我就憨厚地一笑，踏踏实实地自我介绍，鄙姓王。

我还记得当年Skylar心心念念想放弃舞蹈去钓凯子，但如今她已嫁做人妇，那颗心反倒不安分起来。她拍着她先生圆溜溜的脑袋说，自己这是曲线救国，尽管而今已经锦衣玉食，但仍割舍不下舞蹈。她开了一间极小规模的舞蹈工作室，平日里除了教人跳舞，也提供家政服务。

Skylar问我要不要跟她一起干，我当场决定加入，但我兜里分文没有，只能技术入股。

Skylar身为人母，但依旧不减昔日的豪迈，见我之后根本没有几年不见的拘束——也不奇怪，跳舞的人大多看着斯文，实则骨子里都狂野得不行。Skylar猛拍我的大腿，扯开嗓门大喊大叫："那就这么说定啦！咱破釜沉舟，定要把这事情办成！咱是为了自己吗？咱不是！咱为了中国的现代舞屹立世界巅峰！"

Skylar的先生劝了她两句，悠着点，但Skylar飞出白眼，斥其闭嘴，她此刻有雄心万丈，手劲大得惊人，我被她拍打得龇牙咧嘴："姐们儿，轻点。"

我与Skylar一拍即合，立马着手准备。就这么简简单单的，学成归国以后我有了自己的舞蹈工作室，取名为春水。我喜欢"春水"这个名字，这两个字有个特别好的寓意，一往无前，谁也拦它不住。

我接收的第一个学生是一个刚进初中的男孩，瞒着家人偷偷过来报名，还没跳上两次就被母亲发现了。他母亲是个厉害女人，扯着嗓门就来工作室里闹腾，要求全额退款。

"男孩子跳舞哪儿有出息，你就说你，你在这儿教人跳舞，你有出息吗？"男孩的母亲振振有词，说得倒有几分道理。

男孩殷殷切切望着我，可怜兮兮地说，自己是真的喜欢跳舞。

他的目光似曾相识，像是若干年前徘徊在每一个剧场门外的我，于是我指了指墙上挂着的我跟黎翘的合影，劝他母亲说："跳舞也未必没有出息，你儿子根骨很好，很有希望。"

哪知那位母亲一见合影气焰愈加高涨，点着照片上的黎翘，冲她儿子尖声尖气地叫起来："看见了吧，都跟大明星混上了还是红不了，跳舞这条路，注定没出息！"

我原本指着这张照片抖分儿，没想到反被对方奚落。得，赖我。

为了这间工作室大吉大利，Skylar特意请来一位相师。其实我不信这个，总觉得他们不怀好意，满口雌黄，但那位瞎眼大伯仅用一句话就把我撂倒了，他说："你这人人糙命不糙，憨包天养，命里注定有贵人相助。"

我恍然大悟，于是想起我的贵人来。想到圣诞节即将到来，我赶紧给黎翘去了一个电话,但没想到正撞见他跟属下发火,电话那头就他一个人毫无形象地亮着嗓门,周遭一片死寂。听他话里的意思,是这两年林姐愈发泼辣,尽给他接些吃苦受难的节目,也尽干预他的私生活。

"当家三年狗都嫌,"黎翘从来不拿我当外人,幽幽叹气,"哎,袁骆冰,回来再给我干司机吧。"

我知道他指的不单单是司机,而是生杀予夺倍儿牛的那种经纪人,但袁骆冰今非昔比,我劝他道:"林姐多是为了你好,你别嫌人家管得宽了。"

黎翘仍不乐意,我便请他来参观我的工作室,并且郑重其事地告诉他,他是伯乐我是马,他是伯牙我是子期,若有朝一日,我袁骆冰带领着春水工作室能够飞黄腾达,一定涌泉相报。

黎翘正处于休息期,我诚心诚意地邀请,他就赏了我个面子大驾光临。他选了平安夜的日子上门参观,同时他提了一个要求,命我带他参观完我的工作室,就得跟着他跑一趟。

别说跑一趟,跑十趟我也义不容辞。我欣然答应,开玩笑说,我俩的情分不能以这些俗事计较。

谁知我俩一照面,黎翘丝毫不见高兴,他便眯起那双花哨极了的眼睛对我上下打量,显然是嫌我满身市井小民之气息,与这节日氛围格格不入。

我也低头打量自己,裤衩拖鞋,没有什么不对。黎翘趁我不备,突然兜我一个脑瓢儿,说:"不是喝过洋墨水儿了吗,怎么还这么土鳖?"

我龇出白牙,倍儿甜美地回他一笑:"这叫大俗大雅。"

估摸黎翘嫌我朽木不可雕,已经彻底懒得教育我,他鼻子里轻轻哼了一声,就不再说话。

我领着他拐了几道弯,看见了工作室大门上贴着的"无忧保姆,专业放心",他顿时大皱眉头,嫌弃我的工作室规模太小,简直螺蛳壳里做道场。他告诉我说,他决定投资一部分,首先就是把工作室的门面给换了。

不容我拒绝,他当场掏出支票填金额,黎翘这人一贯大手大脚,开支票的姿势特别霸道总裁,生怕别人不知道他是腕儿他有钱。

"你就摆阔吧,"我明明得了大便宜,却还拿腔拿调地挤对他,"谁不知道你黎大腕儿,没有演技只有钱。"

黎翘这人最听不得别人诋毁他的演技,当即啪地轻拍我一个嘴巴,很轻很轻,斥责我道:"童言无忌也该有个限度,三十岁了,嘴上还没个把门的?!"

一连半个月都是沙尘暴天气,偏偏黎翘来的这天晴空万里。我招呼着工作室的姑娘出来跟黎翘见礼,一个个娉娉婷婷地走出来,凹凸有致,都贼水灵。

她们列队整齐地站在我与黎翘跟前,我特别得意地看着她们,又看着黎翘:"瞧见没有,这都是我的姑娘。有些是苦孩子出身,有些家境不错,但没一个身上有娇惯的毛病,既能接地气,也能登大雅之堂。"

她们喊了我一声"袁老师",然后一拥而上,围着黎翘要签名。

我想起与她们初见的时候,这群十六七岁的姑娘也是这般叽叽喳喳地围着我叫我老师,我受宠若惊之后顿感手足无措,我感慨岁月如梭青春不再,我无比真切地意识到自己已经三十岁了。

三十而立这说的是别的行业,对于舞蹈演员,便意味着人到暮年,确实老了。

黎翘似乎发现我若有所思,低头附在我耳边笑了一声:"怎么?觉得自己老了?"

"人老了,但是心不老。"我仰脸看着黎翘。

我在拥有巍峨廊柱与高大穹顶的西班牙大剧场里跳过舞,我在老城的犄角旮旯里有了自己的舞蹈工作室,然而无论在哪个地方跳舞,我的血液总在脉管里滚开了一遍一遍,我的心怦怦直跳。

这是历尽千帆后的坦然与平顺,我的工作为我深深喜爱,我的生活终于步入我朝思暮想的轨道。

参观罢舞蹈工作室,我便顺应黎翘的要求,跟他去了一个地方。车还是我开,我们一路往南边走。

我们下午两点出发,车开到目的地时,已是傍晚五六点钟。

黎翘带我来到一间低矮的平房门外,说:"送你的,圣诞礼物。"

我隐隐有预感,忽感手心盗汗,一口气儿堵在嗓子眼里,怎么也喘不上来。我不敢直接进门,只得扒着窗口向里头张望。

在见到老娘皮之前,我一直想着如果能再与她相见,我就再次请她出山。可当我真的看见她了,这个念头登时烟消云散。

老娘皮仍未放下舞蹈——她许是一辈子也放不下舞蹈。这个时间点了,她仍在教孩子们跳舞,我看见她把一个七八岁小姑娘的腿往上抬,小姑娘大概是疼的,她噙满了眼泪,但老娘皮视而不见,她说:"你是跳舞的坯子,你的劲儿还能使得更大。"

她还是当年的样子,眼神平静超然,盈盈如秋水一泓。

今天的斜阳就像那天的斜阳。我此刻看着她,就像当日她在街角如此凄切地看着我。

我不想打扰她的平静了。我扭头对黎翘说:"我们走吧。"

我以目光与老娘皮告别,随后带着黎翘离开那栋小平楼,在陌生的街头四处转悠。不同的地方也是相似的街景。平安夜,街上的圣诞氛围十分浓厚,红红绿绿的挂饰镶上了彩色玻璃窗,商店里放出的音乐唱着"金钩倍儿"。

黎翘帽子眼镜全副武装,安安分分地走在我的身边,总算不再打眼。我寻思着也得给他买一份礼物。这位的长相如此洋气,过起洋节来应该也毫不含糊。

我们走过一个人头攒动的丁字路口,黎翘突然开口:"家里空空荡荡的,圣诞节一个人过太没意思。"

"你要不搬着被褥到我家来搭伙,山珍海味没有,但管饱。"我们因舞蹈相识,又因舞蹈缔结了最深厚的情谊,此刻我与黎翘勾肩搭背,理应对他的苦闷拔刀相助。

"行啊,索性我住到春节,全由你伺候。"明明我的提议正中他的下怀,可黎翘居然以不屑的眼神斜着睨我,"不过得先把房子收拾干净,我嫌你邋遢。"

我断然反驳,抬手挥在他脸前,自己拽着袖子往他鼻子上杵:"哪里邋遢?"

黎翘到底懂我,他似看出我笑容背后的恍惚心境,轻轻搭上我的肩膀,问我:"你想见就见见她,干吗一声不吭就走?"

"见不见的真没有所谓。"我抚摸心口,感受着里头与老娘皮、与每一个舞者节奏相似的跳动,无比坚定地对黎翘说,"我一直知道她就是我的东南西北,她就是一支舞蹈中最好的部分。"

番外 4

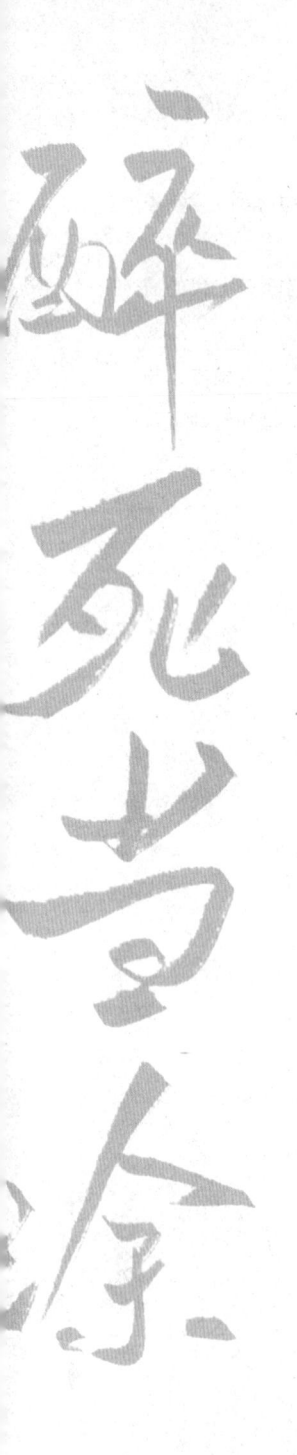

▶ 新年快乐

对于这间春水工作室，我做足了心理准备。阳春白雪不管温饱，下里巴人才是生活，我跟Skylar照旧一边教人跳舞，一边提供家政服务。但没想到圣诞之后元旦之前，我们就接到了第一份舞台邀请——在某地方卫视的元旦晚会上为国内某知名女星伴舞。

我深切地怀疑黎翘从中出了把力，但他死活不认，非说自己忙着筹备新的话剧，没工夫随我瞎折腾。他在电话里一板一眼地批评教育我："袁骆冰，自己踏实把舞跳好了才打紧，别尽琢磨歪门邪道。"

《遣唐》之后，黎翘玩票上瘾，又兼拿了个影帝，更觉初心回归，时不时就要过一把话剧瘾。不过他忙里抽闲，也参加了这次元旦晚会，他和一个女演员合作为观众带来了一首流行歌曲。我一听就发笑，所幸及时忍住，没惹恼电话那头的那位爷。我的印象里黎翘唱歌不怎么好听，高音不成低音不就，白瞎了一把醉人的好嗓音。但这一点也不打紧，他只要在台前动一动嘴，就老一票少女五迷三道，成痴成狂。

我担心别人质疑黎翘以亲自登台为条件为我开后门，所以尽量避免在人前与他接触。但黎翘却道身正不怕影子歪，堂堂正正凭本事争来的节目，根本不必避嫌。我俩各持己见，谁也无法使对方信服，最后索性暂不往来，省得越闹越不可开交。

整个元旦晚会的舞台设计得相当奢华，尤其我们要跳的那支《东方美人》，简直称得上是不惜靡费。我自觉舞美设计得太过，有些喧宾夺主，想着要不要跟导演提一提，但后来一个与我交好的化妆师给我透了底，这支《东方美人》就是为了捧一个女演员，别说夸张的舞台设计，你们春水工作室的一票人马全是人家的布景板，哪儿还有什么喧宾夺主。

这个女演员名叫凌姿，人如其名，隆鼻杏眼的颇符合当下的审美。但关于她的传言纷纷扰扰，说她欺瞒年龄，浓妆艳抹之后看得过去，一旦卸妆，惨不忍睹。

那位化妆师还劝我务必小心，说这位女星是个极难伺候的主儿。我不以为然，嗤之一笑，这世上还有比黎翘难伺候的主儿？爷可是伺候着那位爷走到了今天，兵来将挡水来土掩。

与凌姿见面的那天我特意起了个大早，把自己捯饬得特别水绿山青。能见到凌姿我特别高兴，她跟黎翘合作过两部戏，一部演兄妹，一部演情侣，她苦追黎翘未果，也未因爱成恨，仍在媒体前说了不少黎翘的好话，夸他英俊勤勉天下无双。那些话听着令我十分窝心。

　　哪知道凌姿见到我时还算摆了副笑脸，见到我带去的姑娘以后，立马拉下个脸来不高兴。她当着副导演和我一众姑娘的面就指指点点："这几个也太扎眼了吧，绿叶衬鲜花，你见过比鲜花还扎眼的绿叶吗？"

　　也不知哪里就开罪了这位难伺候的主儿，化妆师们自此对我们爱答不理，我们的盒饭也总比别人少个荤菜。姑娘们愤愤不平，尤其是Skylar，她的脾气太大了，简直令人怀疑是妊娠反应。她拉着姑娘们当场就要辞演，但我不忍搅黄姑娘们的一场美梦，决心舞台上见真章，一切都凭本事说话。

　　据熟人透露，凌姿不止一次撺掇导演把我们工作室的舞蹈演员都给换了，只不过姑娘们跳得实在出色，离晚会开演又没多远的日子，导演便推说来不及了，这才侥幸地把我们全留下来。

　　报上已经出了关于这台晚会的消息，黎翘当然是绝对的主角，但凌姿的新闻也常见，媒体吹她是舞者里最会演戏的，演员里最会跳舞的。但据我观察，她还差得远。凌姿那点舞蹈基础其实不过是三脚猫功夫，和我的姑娘们压根比不了。

　　凌姿每天彩排必迟到早退，她自己不排练，也不喜欢姑娘们练得太勤，她巴不得我们笔直不动，衬托得她仙女儿一般。她难得来一次晚会现场，便颐指气使地到处转悠，副导演跟在她的身后，掏着小本儿一路记录，也一路捣蒜似的点头。最后一次带妆彩排，凌姿一上场就虎着个脸，结果舞才跳了一半，她就大声喊停。

　　"这妆画得什么鬼，全部擦掉！"

　　化妆师应她要求，直接上台来给姑娘们卸妆。结果却是出人意料，小姑娘们大多芳龄二八青春无敌，卸妆之后非但没有如凌姿所愿一丑到底，反倒更显青春洋溢，一个个瞧着光可鉴人，无比水灵。凌姿偷鸡不成蚀把米，当场又提苛刻要求，让我与编舞的老师重新改编舞蹈动作，得让姑娘们尽量把脸挡上。

副导演也认可姑娘们跳起群舞来风采逼人,蔚为壮观,但架不住凌姿要求众星拱月,所以取了个折中的办法,所有伴舞的女孩子都得戴上面具,这样既不用重新编舞,那些光鲜水灵的面孔也甭想露出来。一听这话我既恼又急,抗辩道,姑娘们每天起早贪黑地拼命排练,难得露脸的机会,哪有突然变卦的道理,何况面具不伦不类,与整支舞蹈的风格并不相容……

"不戴面具,她们不准登台,你也别想领舞了!"凌姿盛气凌人,不满我的合理诉求,"啪"就兜了我一个大嘴巴,还冲副导演叫嚣着要把我们全部开除。一巴掌打得我满耳蜂鸣,脑袋"嗡"地就大了。忽然一阵杂声中我听见一个极熟悉极动人的声音,仿佛遥远的仙音,穿透云雾而来。

"开除谁?谁敢开除我的人?"

我循声回头,果然看见黎翘优哉游哉地晃过来,一脸浅笑,很是云淡风轻。

副导演点头哈腰地赔礼道歉,连凌姿也瞬间服软下去,一口一个"翘哥"。

然而黎翘态度明确,斜着眼睛瞥了凌姿一眼,字字落地有声:"这次元旦晚会,有我没她。"

关键时刻还得靠这位爷,凌姿怯了,导演厌了,顶顶水灵的姑娘们在特写镜头前招摇身姿。舞美相当出色,也没过犹不及,我在舞台上尽兴发挥,直到谢幕仍感到心潮澎湃,难以自已。

黎翘的节目也结束了,他与我并排坐在台下。我对黎翘的及时到来还颇不满意,死鸭子嘴硬地说他多余,我自己就能把事情解决。

黎翘目光向前,装作欣赏节目,挑眉问我:"怎么解决?"

我想了想,顾左右而言他:"削他!狠削!我自己的姑娘我自己罩着,就跟当初你罩着我一样。"

"狗屁。"黎翘不冷不热地睨我一眼,突然伸手拧了一把我的脸颊,慢悠悠地说,"袁骆冰,你现在怎么越来越像个老鸨?"

我俩互相挤对之时，台上正有一位歌手在唱。那歌很老了，歌词而今听来极不靠谱，爱你一万年，一万年，万年……

一万年？一万年太久，只争朝夕。

我想对每一个跳舞的人来说，都是如此。

演唱的歌手还是一位昔日的腕儿，但据传他私生活极不检点，不计嗓子的后果就是早已今非昔比。一句高音破了好几个音，挺好的一首歌听来跟破抹布似的全是窟窿，我跟黎翘互相对视一眼，憋住了笑，悄悄从晚会现场溜走了。

新年将至的大广场，人满为患，每个人都深深地沉浸在节日气氛之中，没人注意到我与乔装改扮后的黎翘。我俩乐得自在，大明星与小百姓同在挤挤挨挨的广场上等待新年倒计时，高声呼喊。

当倒计时到最后一秒之际，突然间，天空炸开了一朵巨大的烟花，姹紫嫣红，如同万颗流星，从天而降。万人几乎齐声欢呼："Happy New Year！"

黎翘突然大力地拍我的肩膀，一把年纪的人了跟个孩子似的兴奋地嚷："快！快许个愿望！"

我也很兴奋，真的闭上眼睛，认真许愿。

愿所有不忘初心的人都得到报偿，愿旧去新来，日子越来越好。

然后我睁开眼睛，发现黎翘正看着我。他的眼睛里有繁星点点，比满天烟火更璀璨动人。黎翘对我说："新年快乐。"

我也同样看着他："新年快乐。"

图书在版编目 (CIP) 数据

醉死当涂 / 金十四钗著. — 武汉：长江出版社，2024.5
ISBN 978-7-5492-9444-2

Ⅰ.①醉… Ⅱ.①金… Ⅲ.①长篇小说 – 中国 – 当代
Ⅳ.① I247.5

中国国家版本馆 CIP 数据核字 (2024) 第 087494 号

未经许可，任何单位、个人不得以任何方式复制或抄袭本书部分或全部内容。

醉死当涂 / 金十四钗 著

出　　版	长江出版社
	（武汉市解放大道 1863 号 邮政编码：430010）
项目策划	长沙硬核文化
市场发行	长江出版社发行部
网　　址	http://www.cjpress.cn
责任编辑	陈　辉
特约编辑	夏　欢　夏寿艳
内页设计	谢志豪
印　　刷	天津盛辉印刷有限公司
版　　次	2024 年 5 月第 1 版
印　　次	2024 年 5 月第 1 次印刷
开　　本	880 毫米 ×1230 毫米　32 开
印　　张	7
字　　数	210 千字
书　　号	ISBN 978-7-5492-9444-2
定　　价	48.00 元

版权所有，侵权必究。如有质量问题，请与本社联系退换。
电话：027-82926557（总编室 ）027-82926806(市场营销部)